新思

新一代人的思想

凝视深渊
A Killer by Design

悬案、侧写
和我对破译犯罪心理
的探索

[美] 安·沃尔伯特·伯吉斯
[美] 史蒂文·马修·康斯坦丁 ———— 著
黄琪 —— 译

中信出版集团│北京

图书在版编目（CIP）数据

凝视深渊：悬案、侧写和我对破译犯罪心理的探索 /（美）安·沃尔伯特·伯吉斯,（美）史蒂文·马修·康斯坦丁著；黄琪译. -- 北京：中信出版社，2023.7（2024.8重印）

书名原文：A Killer by Design: Murderers, Mindhunters, and My Quest to Decipher the Criminal Mind

ISBN 978-7-5217-5755-2

I. ①凝… II. ①安… ②史… ③黄… III. ①纪实文学－美国－现代 IV. ① I712.55

中国国家版本馆 CIP 数据核字（2023）第 108560 号

A Killer by Design: Murderers, Mindhunters, and My Quest to Decipher the Criminal Mind by Ann Burgess and Steven Constantine
Copyright © 2021 by Ann Burgess with Steven Constantine
This edition arranged with The Martell Agency
through Andrew Nurnberg Associates International Limited
Simplified Chinese translation copyright © 2023 by CITIC Press Corporation
ALL RIGHTS RESERVED
本书仅限中国大陆地区发行销售

凝视深渊：悬案、侧写和我对破译犯罪心理的探索
著者：　　[美]安·沃尔伯特·伯吉斯　[美]史蒂文·马修·康斯坦丁
译者：　　黄琪
出版发行：中信出版集团股份有限公司
　　　　　（北京市朝阳区东三环北路 27 号嘉铭中心　邮编 100020）
承印者：　三河市中晟雅豪印务有限公司

开本：880mm×1230mm 1/32　印张：10　　　字数：230 千字
版次：2023 年 7 月第 1 版　　　印次：2024 年 8 月第 3 次印刷
京权图字：01-2023-3182　　　书号：ISBN 978-7-5217-5755-2
　　　　　　　　　　　　　　　定价：69.00 元

版权所有·侵权必究
如有印刷、装订问题，本公司负责调换。
服务热线：400-600-8099
投稿邮箱：author@citicpub.com

谨以本书纪念

罗伯特·肯尼思·雷斯勒
（Robert Kenneth Ressler）

罗伯特·罗伊·黑兹尔伍德
（Robert Roy Hazelwood）

琳达·莱特尔·霍姆斯特龙
（Lynda Lytle Holmstrom）

推荐与赞誉

在与我合作过的所有同事中，安是最犀利也最坚韧的一位。安教会我们如何把控连环杀手的混乱心理，帮助我们攻破了难以破解的秘密，她的幕后工作对联邦调查局行为科学调查组产生了深远的影响。我推荐所有人都读一读《凝视深渊：悬案、侧写和我对破译犯罪心理的探索》这本书，不仅仅是因为这是一本扣人心弦的佳作，还因为公众应该知道安的故事。

约翰·E.道格拉斯

联邦调查局前犯罪侧写师，著有畅销书《心灵猎人》

安·伯吉斯博士——最早的一批心灵猎人之一——有关性凶杀的重要文献曾影响了我的职业生涯。如今，在《凝视深渊：悬案、侧写和我对破译犯罪心理的探索》中，伯吉斯凭借敏锐的眼光和对受害者的深切同情，展示了自己不断优化犯罪侧写方法的过程。这本书出版后立即在我的书架上占据了永恒的位置。要想了解探索犯罪者心理的历史，这本书是必读之选。在与邪恶较量的战斗中，伯吉斯是一名真正的英雄。

保罗·霍尔斯
联邦调查局前专案组探员

我永远不会忘记在宾夕法尼亚大学第一次听安·伯吉斯向一群听众谈起她工作时的情景，我们全都听入了神。安给大学校园带来了法医护理知识和她对犯罪受害者及创伤的创新性研究。她彻底颠覆了执法部门对创伤以及性侵受害者的认知，同时挑战了美国文化中根深蒂固的观念。她的故事需要被人听见。

克莱尔·M. 法根
宾夕法尼亚大学护理学院前院长

联邦调查局行为科学调查组名声在外，作为组中年轻的犯罪侧写师，我很快意识到，成功的关键是找到专业的导师，他们的身上有我所向往的知识、技术和能力。安·伯吉斯在当时是，现在依然是我的偶像。

格雷格·M. 库珀
联邦调查局前侧写师
悬案基金会（Cold Case Foundation）执行主任

20 世纪 70 年代末，联邦调查局行为科学调查组在发展壮大，安·伯吉斯引领着组里的训练、研究和运作，联系了常规调查和起诉职责之外的精神健康专业人士。她帮助行为科学调查组在理解犯罪者和受害者行为时获得了新的视角和见解。安的新书《凝视深渊：悬案、侧写和我对破译犯罪心理的探索》从她独特的视角讲述了她与行为科学调查组长期合作的幕后故事。我强烈推荐这本书。

肯尼思·V. 拉宁
联邦调查局行为科学调查组前成员

全世界无数的调查员和侦探每天所做的工作都基于安·伯吉斯博士的研究和发现，我也不例外。但在《凝视深渊：悬案、侧写和我对破译犯罪心理的探索》中，我们第一次能体验到这些真实事件、数字和程序背后引人入胜——往往也令人痛心——的故事。安在这些案件中的发现成了犯罪侧写的基础。这部精彩的作品将成为专家和侦探作品爱好者的镇宅之书。

萨拉·凯琳
犯罪行为学家

伯吉斯博士有着犀利的洞察力，数十年来在一个男性主导的领域做出了开创性的研究，并且孜孜不倦地帮助骇人案件中的受害者。她是法医界真正的开拓者。这部痛切、扣人心弦、令人期待已久的作品将很快成为真实犯罪类书籍中的经典。

麦克尔·H. 斯通 医学博士
加里·布鲁加托 哲学博士

我在行为科学调查组的工作之一是将伯吉斯博士在波士顿分析的数据收录到我的警员培训项目中。我会比较警员和伯吉斯博士对案件的分析。我们所引入的基础侧写工具——帮助犯罪侧写开发了一种清晰、规范且合理的方法——经受住了时间的考验。在《凝视深渊：悬案、侧写和我对破译犯罪心理的探索》中，读者可以窥见在如此重要的前线工作是何种体验，如果想要了解电影和电视节目之外的真实犯罪侧写，这本书不容错过。

贾德森·M.雷
联邦调查局前侧写师

目　录

推荐序　　　　　　　　　　　　　　　　　　　III
作者按　　　　　　　　　　　　　　　　　　　IX
引　言　始于一次考验　　　　　　　　　　　　XI

第 1 章　联邦调查局来电　　　　　　　　　　　1
第 2 章　防空洞　　　　　　　　　　　　　　　19
第 3 章　给侧写师做侧写　　　　　　　　　　　37
第 4 章　解读犯罪现场　　　　　　　　　　　　55
第 5 章　女性杀人犯　　　　　　　　　　　　　69
第 6 章　我最好的朋友米西　　　　　　　　　　95
第 7 章　"镜子"　　　　　　　　　　　　　　115
第 8 章　面罩之下　　　　　　　　　　　　　　143
第 9 章　既是艺术，也是科学　　　　　　　　　163
第 10 章　深度研究　　　　　　　　　　　　　169
第 11 章　幻想与现实，不可兼得　　　　　　　187

第 12 章	肢解的模式	199
第 13 章	言外之意	217
第 14 章	绑住她们,虐待她们,杀死她们	227
第 15 章	败于自负	241
第 16 章	凝视深渊	253
第 17 章	内心的怪兽	279
致　谢		289

推荐序

很巧,刚参与了一个案件的调查和审讯。嫌疑人在到案前杀人、焚尸,性质恶劣。我负责对犯罪嫌疑人进行犯罪心理分析和审讯。在确凿的证据面前,26 岁的犯罪嫌疑人态度顽固,口供近乎为零,也没有一丝悔恨和内疚。被害人与他没有财产、感情等纠葛,这导致嫌疑人的杀人动机难以判断。

近几年,我参与了多起恶性案件的犯罪心理分析和审讯工作,按司法部门的要求,这些工作的目的不只是厘清客观的犯罪事实,还要溯源主观的犯罪动机和犯罪心理。可能是因为我参与的都是难啃的"硬骨头",我越发感到我们对不同历史阶段、不同文化背景、不同成长经历、不同人格特点、不同犯罪类型的犯罪人的分类缺少历史积累的数据库,也没有建立起符合国情的犯罪心理分析模型,因此经验仍然是目前主要的工具。令我和一起参与案件侦破的老刑警们忧虑的是,随着互联网、手机、"天眼"的普及,以及以 DNA 技术为代表的科学证据的广泛利用,一般刑事案件的侦破已经趋于简捷,这可能会导致年轻一代执法者更注重新技术的运用，缺少分析人、分析犯罪心理、分析恶性疑难案件背后环节的传统能力，缺少在案件侦办过程中开展逻辑推理和认知加工的基本功。细细想来，问题出在我们这一代人身上。过去，从事刑事侦查和犯罪心理研究的工作者都有分析犯罪心理痕迹的基本功，犯罪心理画像（也称为犯罪心理侧写）的技术也不似文学作品中烘托得那么神乎其神。这些基本功更依赖于经验，靠师傅带徒弟来传承。老一代渐行渐远，经验未能总结，甚至连比较专业的犯罪心理分析案例汇编都少见，就更不要说能够帮助侦查人员实战的犯罪心理分析理论和模型了。

他山之石，可以攻玉。这本《凝视深渊：悬案、侧写和我对破译犯罪心理的探索》有点及时雨的作用，可以帮助我们借鉴国外的犯罪侦查经验，推进我们国家刑事侦查领域对犯罪心理分析技术的运用，发挥其价值。

这本书的作者安·沃尔伯特·伯吉斯最初是波士顿学院护理系的教授，与犯罪心理侧写八竿子打不着，即便是她主要研究的领域——精神科护理，似乎也与犯罪心理分析没什么关系。评估、治疗、照护精神疾病患者应该是她的本行。了解犯罪心理侧写的读者应该知道，20世纪六七十年代，出现了一些用传统的侦查思维无法读懂、分析、侦破的非常态恶性案件，于是美国警方向精神病学家、心理学家求助，希望另辟蹊径，获取侦破方法上的启发。因为警方发现，许多系列杀人案件已经不具有传统杀人案件的动机特点，不是以财、色、情、仇为目的，而是针对某类群体，以残杀和虐待尸体为表征，这些似乎不是正常人所为。

伯吉斯最初受到美国联邦调查局的邀请是为探员提供咨询，扮演掌握专业知识的专家的角色。之后，她开展普及性的讲座，向探员们传授精神病人和人格障碍患者的心理与行为特征，解析这些特征背后的生成历史，扮演讲师的角色。她的专业能力和对具体案件的分析逐步得到了联邦调查局的认可，因此开始受邀对具体个案的犯罪人心理进行分析，参与联邦调查局行为科学调查组的工作，并把科学、定量的手段引入行为科学调查组，开创了犯罪心理侧写的方法。美国犯罪心理侧写领域鼎鼎大名的约翰·道格拉斯，既是与她共同推进犯罪心理侧写技术的同事，某种程度上也可以算是她的学生。

在《凝视深渊：悬案、侧写和我对破译犯罪心理的探索》中，伯吉斯用讲故事的方式描述了十几个她所经历的经典案例，向读者展示了犯罪心理侧写的深邃底蕴，也呈现了警匪博弈的惊心动魄。这些案例的内容我不在此透露，还是读者自己阅读去体验比较痛快。我想借此机会普及一些犯罪心理画像（书中译作犯罪心理侧写）的知识。

犯罪人都有作案的目的，实现目的可以满足动机。刑事案件发生后，警方通常首先要广泛收集现场的各种信息，其中最核心的是各种客观的证据材料，比如杀人案件中的尸体、凶器、血液、指纹、足迹等。之后，办案人员会在大脑中对作案的行为过程予以复原，分解作案的时间顺序和行为顺序。接着就要对不可见的作案人以及被害人在犯罪发生时的心理过程等主观的内容进行分析。这一步可以称为犯罪心理痕迹分析，它将个别、零散的信息通过认知加工进行编码，进而形成对案件全貌的认识与判断。犯罪心理痕迹提取自犯罪现场的物质（物理、化学、生物等）痕迹和相关人员的记忆，是能够反映作案人的动机、目的、能力、情感、情绪、性格、气质、手段、习惯等心理状态与特点的综合性信息。

对它开展的分析实际上是对犯罪人作案时的心理过程，也就是知、情、意的解析。只有在通过这些分析仍然无法确定犯罪人的基本范围时，犯罪心理画像作为犯罪心理痕迹分析的延伸才会登场。它事实上是根据案件中反映出的犯罪心理痕迹，结合其他证据材料，对作案人的性格、气质、职业、成长环境、教育程度、犯罪经历、活动区域等信息提出的假设。如果说犯罪心理痕迹分析关注心理过程，那么犯罪心理画像则侧重作案人的个性心理和产生犯罪动机的动力系统。前者重点关注干了什么事，后者重点关注作案人属于什么类型的人。

在某起国内著名的系列变态杀人案件中，作案人杀死了11名女性，并有剜取被害人性器官的行为。这些案件均为入室杀人，其中只有一起涉及强奸行为，财物损失也很少。凭借我们以往的经验，完全看不出犯罪人到底想要什么。因此，最初几起案件发生后，办案人员均未从变态杀人的视角去审视，但后来却发现，作案人想得到的正是通过虐待被害人而获得的控制感和快乐。对于这类案件，犯罪心理画像就有它的用武之地。个别犯罪人的内心世界无法用你我正常的认知去解读，真的是千奇百怪。上个月，韩国发生了一起杀人分尸、抛尸案。一位大家眼中的乖乖女，23岁的郑有贞入室杀死了一名几乎与其同龄的女教师，而其犯罪原因竟然是就想试试杀人。如果不是因为警觉的出租车司机报警，这个案件估计就要用犯罪心理画像技术去侦破了。

犯罪心理画像师有心灵捕手的美誉。最称职的心灵捕手是掌握精神病学、心理学尤其是变态心理学知识，并拥有丰富实战经验的一线刑警，他们是离罪犯最近的人，也是离危险最近的人。希望这本书的引进能够激发年轻刑警们汲取多学科的养分，提高侦查思维能力，在实战中总结经验，归纳不同类型的犯罪人特征，提炼出适合国情的犯罪心理画像模型，像这本书的作者那样，有凝视深渊的淡定，更有透视深渊的功底。

马皑

中国政法大学犯罪心理学研究中心主任

2023 年 6 月

作者按

致读者：

  关键词提示：暴力，谋杀，绑架，性侵，家暴（对象涉及孩子和动物），性别歧视/厌女，种族歧视，精神健康。

  请注意，本书记录了我在工作中与执法人员、受害者和暴力罪犯打交道的内容。书中的对话来自真实事件的文字记录及录音。在某些情况下，因为无法获得相关的第一手记录，我会根据相关档案和我尽可能全面的记忆来进行文字组织。

  部分内容本身已经很有画面感，所以在写作的过程中，我并未加以渲染或修饰。我坚持还原事件的本来面目，不希望削弱罪行的本质，或者淡化其造成的创伤。我衷心希望本书能提醒我们，勿忘受害者，同时我以本书向案件叙述者致以敬意，并铭记这些名字。

引　言

始于一次考验

　　我逐一审视着摊放在面前桌子上的照片。照片分为三组，每组都由全景、中景和特写照组成，是标准的法医照片。第一组的标签上写着"丹尼，9.21"。照片中是内布拉斯加州的宁静乡野，一幅近乎田园牧歌般的场景。但风景只是背景，这组照片的真正焦点是一具隐藏于其中、块头不大的尸体，尸体的一部分被土路边的高草丛所遮掩。中景照更加让人不适：一名了无生命迹象的男性受害者——一名儿童或者少年——仰面倒在地上，姿态扭曲。他的手腕和脚踝都被绳子绑着，除了一条深蓝色内裤外，身体上再无其他衣物。特写照呈现的是男孩伤痕累累的残躯：在被捅了很多刀后，他的胸骨彻底裂开，脖子后有一道深深的割痕，头发被泥土和凝固的血液缠结在一起。到处都是苍蝇。

　　当我放下这组照片，拿起另一组标签为"克里斯托弗，12.5"的照片时，我立刻感受到一种浓重的似曾相识感。这组照片是昨天拍的，却与上一组有着某种手法上的连贯性。照片中的受害者也是男性，无论是年龄还是体形都与"丹尼，9.21"中的受害者接近，而且两具尸体都是在内布拉斯加州的同一片偏远乡野被发现的。两组照片惊人地相似。不过在第二组照片中，季节已从秋天变成了冬天。仔细检视中景照，我发现男孩苍白的皮肤上覆盖了一层薄雪，刚好掩盖住了伤口和面部特征，令他看上去像一具人体模型。特写照中，一摊摊冻结的血泊勾勒出受害者头部和腹部的轮廓。两张尸检照片更让人不寒而栗——强光聚焦在尸检台小小的躯体上。在第一张照片中，有一道深深的切口，刀被刺入受害者的后脖颈，然后从右耳到下巴的方向逆时针划了好几英寸[①]。第二张照片聚焦在受害者腹部和胸部的 7 处割痕上。很难确定这些伤口是随意造成的，还是在刻意传达什么信息。

在那个 12 月的早晨，我深深吸了一口气，开始整理自己的想法。当时是 20 世纪 80 年代初，地点是位于弗吉尼亚州匡蒂科的美国联邦调查局（Federal Bureau of Investigation）。我与另外 5 名联邦调查局探员一起站在联邦调查局学院中心宽敞的地下会议室里。这个会议室被人称为"防空洞"。会议室墙面没挂照片，室内没有电话，完全没有干扰。唯一的窗户是一小面用铁丝网加固的正方形玻璃，向外能看到空荡荡的办公室和一个空旷的大厅。匡蒂科的这片区域鲜有人知，这里属于联邦调查局的"行为科学调查组"（Behavioral Science Unit）。封闭的环境每天都在提醒我们，我们的工作有多么备受争议。我们追捕连环杀手，我们研究他们，了解他们的想法，想方设法尽快抓到他们。这些工作是通过一种叫作"犯罪侧写"的新技术完成的。局里的同事当时持不同程度的怀疑或不屑态度，都不看好这种技术。但批评并不重要，重要的是结果。

[①] 1 英寸约为 2.5 厘米。——编者注

我们下定决心，要证明我们的方法确实有效。

犯罪侧写是我们在那个冬日早晨集合的原因。罗伯特·雷斯勒探员当时接手了内布拉斯加州的一桩紧急案件，前一晚，他给行为科学调查组的每个人都发了一份简报传真，并调用、布置好了会议室，让我们天亮前赶到。在等待雷斯勒赶来时，我们忙着阅读面前大桌子上摊开的各种文件：案件档案、尸检报告、证人证词、罪犯素描、嫌疑人名单，还有此刻我手中的几组法医照片。每份材料都令人触目惊心。

至少对我来说是如此。虽然我入组已经有几个月了，还是犯罪侧写核心方法论的学术带头人，但其他探员平时都与我保持着距离。他们不知道该如何看待我。我是以受害者研究和暴力犯罪专家的身份进组的，探员们因此对我尊敬有加，但我仍被他们看作外人，是"外卡选手"[①]，是那种他们在紧急情况下才会求助的"资源"。我或许是个专家，但我不是探员。因此，那天早晨的会议对我来说格外重要。那是我所参与侦办的第一个案件。这是一场考验，检验我能否融入其中，与他们顺利协作。对我来说，会议早已开始。

除此以外，我之所以如此重视此案，还有其他原因——我是行为科学调查组里唯一的女性。在匡蒂科工作的探员以男性居多，女性只有寥寥数人。到处都是审视的目光。说压力不大，那是谎话。我想通过这个机会证明自己。我已经在全世界最封闭的部门等待多时，正迫不及待想要一试身手。

进联邦调查局工作其实不难，但从跨进联邦调查局的门槛那刻

[①] 外卡是指比赛中给予不具备参赛资格的优秀选手的特殊参赛权。——编者注

起,他们会训练你,看你是否吃得消。你会因为技术、才能、体力被录用,而你犯的错误也会影响评估的结果。这是规矩。这种简单粗暴的评估方式决定了成员的去留,听起来似乎不近人情,但确实行之有效。坚持下来的人,经历了一系列的考验、承受住压力的人,会被招收进去。他们是不可或缺的人才。他们会接受任务,被寄予厚望。那天早晨站在我身边的5位探员都是这么过来的,我也想同他们一样。

我定了定神,清空脑中纷乱的猜测和疑虑,重新审视这几组照片。我知道,每组照片都藏匿着细节和线索,它们或许就是破案的关键。答案就在其中。我要做的是发现它们。

"喂,安,你没事吧?"

突然出现的声音吓了我一跳。我放下照片,手上还捏着一张,转身看是谁。探员约翰·道格拉斯正等我回答。

"我没事,"我说,"不管凶手是谁,看得出他开始越来越有自信了。你瞧这些割痕。"我将第二位受害者胸部的照片递给道格拉斯,接着说道:"从伤口看不出慌乱。他越来越从容了。"

道格拉斯点点头。

我知道他对照片和我的发现都没兴趣。他只是想看看我是否受得了凶案画面。我之前就见他这么干过。同联邦调查局里的大多数探员一样,道格拉斯总在试探同事们的弱点。这些探员从来不会隐藏这种意图。实际上,道格拉斯很喜欢在办公桌的显眼位置摆上一个人类头骨。走进他的办公室后无法直视头骨的人,都输了。通过测试的唯一做法,是注意到头骨后,该干什么干什么,仿佛没有受到丝毫影响。

我通过了头骨测试和其他考验。实际上,在我和道格拉斯站在防空洞里的那天上午之前，我早已充分证明了自己。代理局长詹姆斯·D.麦肯兹签发了认可函，正式欢迎我加入行为科学调查组。联邦调查局史无前例地邀请了一个外来者——而且是女性——加入，然而探员们对我仍缺乏信任。他们需要我证明自己敢直视暴力最本真的面目。

通过最终的考验，意味着我在那年年初非正式地加入了道格拉斯和雷斯勒负责的秘密案件的调查工作中。他们的想法很有说服力，挑战了传统的调查范式。几十年来，司法界将某些罪行划定为超出理性认知的纯粹精神失常。然而，道格拉斯和雷斯勒并不这么看。他们认为，采访杀手，了解其行为动机，或许有助于理解犯罪行为，为调查人员指明方向，利用犯罪者的心理反治其身。联邦调查局看出了这个概念背后蕴藏的潜力，因此给道格拉斯和雷斯勒大开绿灯，将对连环杀手的私下访谈变成了调查局官方的犯罪心理研究。但道格拉斯和雷斯勒都没有多少心理学背景，他们需要有人规范数据收集和操作方法，帮助整理研究结果。于是我加入了进来。

作为一位小有名气的精神病学博士，我理解精神异常人士的心理，也知道如何去规范混乱的非数值研究。此外，我还为性侵受害者服务多年，拥有处理常见恶劣罪行的直接经验。最重要的是，我深晓其中利害，明白这项工作对整个社会的深远意义。无数受害者不用像我之前的病人那样，被迫遭受恐怖的创伤。犯罪心理学也将打开新的局面。同犯罪的斗争将会发生前所未有的变革。这就是我的工作目标。

第 1 章

联邦调查局来电

读博期间,我研究的是精神科护理。在那段时间,我初次了解到了人性中的暴力面。人的思想、大脑的运作机制以及精神不稳定导致的极端行为令我非常着迷。20 世纪 70 年代,业界盛行着公然的性别偏见,我对异常行为动机的兴趣常常被男领导评价为"人生必经的一个阶段","很新奇",或者最糟糕的是,"很可爱"。过去,从事护理专业的女性被视为"女佣"——她们都是"洋娃娃",穿着纯白连衣裙、长筒袜,戴着浆洗过的白帽子。我们的价值并非取决于我们的付出,而是取决于我们对医师指令的执行度。但我不理会这一套,我想有所作为。长久以来社会对女性的陈旧观念无法阻止我依照自己的想法行事的决心。

我对自己要求很高。但在当时,除了性别偏见,我还得面对一个事实:大部分人都不太了解精神科护理。直到 1955 年,精神科护理才成为专业护理教育的一门必修课,因为在二战结束后,有大批退役士兵需要专业人士来照料他们的精神健康。而就在我毕业前几年,精神科护理专业才刚设了最高级别的学位。在种种因素的共同作用下，我成了一个小众专业中为数不多的知名专家之一，而这个专业对我来说，则是一片有待开拓的疆土。

读研期间，我第一次有了帮助精神病患者的机会。当时我在马里兰州的斯普林格罗夫州立医院工作。那是一所大医院，但精神病科室太小，资金不足，因此我可以自行选择"你最能帮助的病人"。最初吸引我的是女性患者。我很快发现，对大部分女性患者而言，精神疾病并非与生俱来，也不是在年轻时逐渐变得严重起来。她们中大多数人的共同之处在于，她们都是性侵的受害者。这些女性曾受到过袭击、羞辱，之后又被迫独自承受这些不幸经历所带来的创伤，乃至他人的指责——"她们咎由自取"。这样的长期持续性的折磨让人难以招架，而当她们再也无法承受时，她们就会成为精神病患者中的一员。

有一位病人引起了我的注意。她叫玛莉亚（Maria），20岁出头。在发现她遭到强奸后，她的丈夫立刻落井下石提出了离婚。我刚见到玛莉亚时，她日复一日地在医院的长厅里来回踱步，搓着双手，嘴里念念有词——长厅的松木宽地板被她踩得有些褪色，甚至有点泛蓝。我陪着她一起来回走，希望我的支持会让她敞开心扉。直到几周后的一天，玛莉亚在长厅里拖着脚步越走越快，我紧紧跟着，想听听她在嘀咕什么。她直勾勾地盯着我，像冒气的茶壶一样气急败坏地说："别跟着我，你这个该死的红头发婊子。"

听到这句话，我突然停下来。玛莉亚的话点醒了我。在那之前，我从来没想过，两个人对同一件事的理解会如此不同，每个人的脑海中都上演着截然不同的现实。我觉得自己是在安抚和陪伴玛莉亚，但对玛莉亚来说，我的靠近以及无休止的坚持却如同龇牙咧嘴的猛兽。我进而意识到，这种差异其实也是暴力的核心要素。我过于关注受害者的感受,却忘记了暴力伤害事件中存在另一个完整的个体,而不仅仅是残忍、专横或者病态这样的符号。而要充分理解犯罪的本质,我需要同时看到事件中的受害者和犯罪者。我必须知道犯罪者的动机,以及他们行凶时的心理活动。

治疗玛莉亚的那段经历成了我职业生涯的转折点。之后几星期,我将注意力从女性患者转向了住在精神病科室法医病房里的男性患者。他们大多犯有严重的罪行,在案件审理前被暂时安置在这里。因此,连医生都不太注意他们。也没有人跟他们谈论他们的犯罪经历。这反倒令我对他们特别感兴趣。我想知道他们如何看待自己的罪行,以及如何看待受害者。我想了解他们。需要说明的是,我的兴趣不是改造这些人,而只是将他们看作踏入犯罪心理学——这片"处女地"——的一次机会,从他们那里获取知识,以帮助以后的受害者。我没什么可损失的。于是,我开始以访谈的形式与他们接触,重点关注他们的幼年和青春期经历,让他们畅所欲言,重述犯罪经过。

我的兴趣和访谈似乎让我的谈话对象很惊讶。自从被病房收治后,他们一直受到贱民般的对待。回忆犯罪过程时,他们会慢慢敞开心扉——有时警惕,有时高兴,有时又颇为凶狠。在这一过程中,他们显现出更深层的行为共性:注视着我,密切地观察着我对那些暴力细节做出的每一个反应。他们想看我有没有表现出不舒服。这似乎是一种奇怪但又普遍存在的控制欲。他们每个人都被诊断为患有某种潜在的精神疾病——精神分裂症、精神病性抑郁症,或者是当时对无数未明疾病的笼统诊断。我看得出这背后存在着什么,值得进一步追问。

我对此产生了兴趣。我感觉自己差点儿就能抓住至关重要的答案，揭示受害者与犯罪者之间的动态关系。这正是我渴望大显身手的工作。而另一方面，我的同事们却对此无动于衷。他们更愿意把性暴力解释为有伤风化的边缘性行为，或者是不应讨论的"女性问题"——仿佛性暴力不涉及男性似的。

事实绝非如此。暴力强奸在美国广泛存在，是最主要的 4 种暴力犯罪之一。仅 1970 年就发生了 37 990 起强奸案。雪上加霜的是，那些受害者所遭受的心理创伤也缺乏合适的治疗方案。

"你们不懂，"我对不屑一顾的同事说，"从来没人研究过这种独特的人类行为，现在是个机会。这类研究还很新颖。我们可以做一些既重要又正确的事。"

他们的反应都一样："算了吧。这样不利于你的职业生涯，不值得。你不是还想取得终身职位吗？"

我无法相信他们会这样说。他们是每天与我一起工作的朋友和导师，是我在精神病领域非常敬重的前辈专家，但他们竟都是如此得过且过。他们要么没明白我的意思，要么是不想明白。不管哪种，都是在助长不正之风。

* * *

那次醒悟扭转了我的人生。我越发清楚地看到，医院的同事永远不会理解深度研究强奸行为的重要性，于是我辞了职，开始了新的学术生涯。帮助病人固然重要，但我想做出系统性的改变，让受害者得到应有的治疗和支持。进入学术界可以让我继续我的研究，从而更全面地了解犯罪者在实施强奸、性侵和性暴力时的心理。面对这类罪行，当时大多数人认为是受害者"咎由自取"，而这在无形中也助长了犯罪。我的研究则有机会改变这一切。

斯普林格罗夫州立医院的那些女性患者教我认识到，受害者和犯罪者是同一故事的两面；而那些男性患者，则让我看到了"控制"这一要素的深远影响。是"控制"——或者说缺乏控制——令女性很少公开谈论自身的创伤。正因如此，几十年来，关于性暴力的心理分析——流行的理论是女性因为着装或幻想被强奸而导致她们受到侵犯——尽管毫无道理，却从未受到质疑。"控制"导致"耻辱"，而"耻辱"则让人们对问题守口如瓶。总之，没有人关心受害者的想法。

因此，我和琳达·霍姆斯特龙聚焦于强奸案受害者的反应，开启了一项跨学科研究。琳达是一位社会学家，是我在波士顿学院取得精神科护理教职后的同事。我们想深入了解性暴力造成的情感创伤，因为情感创伤往往比暴力本身造成的身体创伤更持久。我们希望这项研究能帮助临床医师认识和理解强奸带来的创伤表征，也能为更多的受害者提供服务。我们的方法与当时常见的研究方法极为不同。在一年的时间内，每当波士顿城市医院急诊室收治了强奸受害者时，分诊护士都会立即给我和琳达打电话，我们会马上找受害者面谈。我们会根据病人的情况安排会面，通常在急诊室的隔间里，不受他人干扰，而不是让一大堆调查人员不带感情地用临床方法分析访谈对象，仿佛受害者只是有待观察的单纯数据。我们将她们视为独立的个体。她们讲完自己的故事后，我们会提供危机干预的建议。在当时，只有极少数受害者接受过这种类型的专业护理。我们的合作不涉及金钱：不向受害者付费，而我们提供的建议也是免费的。但我们从彼此那里得到的见解却极为珍贵。我们用这种方法与受害者建立了更好的沟通，并且令受害者所遭受的心理创伤第一次有了学术上的名称"强奸创伤综合征"。最重要的是，我们的方法奏效了。我们总共面谈了 146 位病人，年龄从 3 岁到 73 岁不等，收集了 2 900 页笔记，并做了归类、分析和解读。我们给了受害者发声的机会。

1973 年，《美国护理学杂志》(American Journal of Nursing) 发表了我们的研究结果，文章标题为《急诊室中的强奸受害者》("The Rape Victim in the Emergency Ward")。1974 年，我们在《美国精神病学杂志》(American Journal of Psychiatry) 上发表了第二篇重要论文《强奸创伤综合征》("Rape Trauma Syndrome")，将读者范围从护理学领域扩展到了精神病学领域。该研究得出的最重要的结论是，性暴力不仅关乎性，更与力量和控制有关。我们对受害者经历所进行的崭新解释引起了巨大的反响。执法部门如何与受害者互动、医疗机构如何回应受害者的需求，以及司法系统如何处理强奸案件，都因此萌发了新意识和改革需求。研究引发的广泛影响比我的期待要更加深远，不仅颠覆了人们对性暴力的系统性认知，也改变了我的职业生涯。

因为这项研究，我引起了联邦调查局的注意。

* * *

在此之前，联邦调查局就已注意到 20 世纪 70 年代后期暴力性犯罪的数量出现激增。而联邦调查局的任务之一，正是对暴力案件出现的新趋势做出解释并应对。随着相关案件的报告压垮了地方执法部门，性暴力泛滥成了联邦调查局亟待解决的问题。最初，联邦调查局采取的是标准的处理方式：给联邦调查局学院培训部派发任务,指导全美国的执法部门如何更好地理解和应对特定种类的暴力犯罪。他们以为和以往一样,这一趋势终会过去。可问题是,学院里没人了解性暴力,在性侵、强奸、性谋杀或受害者心理等方面,也少有探员拥有相关的背景或专业知识。他们既无法胜任这类工作,也无从为其他警官提供专业建议。

虽然调查局官方对性暴力犯罪所知不多,但他们的期望很明确。他们向整个培训部传达了最新指令,明确必须添加性暴力相关的课程。1978年,行为科学调查组的新探员罗伊·黑兹尔伍德在洛杉矶警局教授人质谈判课时,根据这项指令提及了这一新的内容,但坦承自己对强奸案受害者心理不甚了解,很快便转向了其他话题。他之前也这样做过,没人对此提出异议。但这次不同。培训课结束后,一位周末在当地医院急诊室兼职护士工作的女警官走上前来,对黑兹尔伍德说,自己读到过一篇解释性暴力生理、心理本质的文章。她觉得,或许这篇文章对黑兹尔伍德提到的那类案件会有所帮助。这引起了黑兹尔伍德的兴趣。他觉得这或许能解答联邦调查局的难题。于是黑兹尔伍德向女警官询问了细节,一星期后,女警官将我与琳达的文章寄给了他。

差不多在同一时间段,也就是1978年的秋天,我正忙着教学和新课题的研究。9月中旬的一天,新学期才刚开始没多久,就在我为了新的研究课题——关于心脏病患者回归职场的社会心理风险——申请资助时,办公室的门被敲响了,助手探身进来说,有人打电话找我。

"你能让他留言吗?"我问,头也没抬,"我现在很忙。"

她停顿了一下,我察觉到她在盯着我。"我觉得你有必要接下电话,是联邦调查局。"她小声说道。

这当然引起了我的注意,我点点头,让她继续自己的工作,然后缓缓拿起电话:"你好?"

电话那头传来铿锵顿挫的声音:"你好。我是督导探员罗伊·黑兹尔伍德。你是安·伯吉斯教授吗?"

"是的。"我回答说。

"是写《急诊室中的强奸受害者》的那位安·伯吉斯吗?"

"没错。"

"太好了,"他说,"我希望没有打扰你。我一直想和你聊聊你的研究。"

黑兹尔伍德公事公办的干练语气突然变得柔缓而严谨起来。他很友善,措辞谨慎,缓缓说出的长句像是在和他想表达的意思周旋。一开始,我没明白他是怎么找到我的。他花了几分钟解释自己如何读到我的文章,又花了更久的时间才说起他打电话的原因。

"要知道,哪怕是像联邦调查局这样情报丰富的机构,有时候——其实是很偶尔的——也需要外面的专家提供新见解。我们不太能读懂你在文章中提到的暴力趋势,"他停顿了一下,"我想这是因为没有多少人站出来谈论亲身经历。现在的问题是,我怀疑联邦调查局搞反了研究方向。面对这些犯罪,我们得到的只不过是一堆分析数据。而你,你挖掘到了其中的人的因素,我很想知道你是怎么做到的。我想请你到匡蒂科来做一个讲座,给探员们介绍一下你的研究成果,给他们讲讲性暴力犯罪中双方的心理问题。我想他们一定会受益匪浅。"

我有些犹豫。在此之前,我只向护理人员和对性侵危机进行干预的相关工作者讲过我的研究内容。女性群体倒是很愿意了解这个话题。她们与我的工作息息相关。我们也能相互理解。她们能体会为什么大学时我在医院值完班后要匆匆穿过波士顿公园,赶在天黑前参加三角姐妹会(Tri Delta)。更重要的是,女性受众能理解我的恐惧:有天晚上,一群男性青少年从巷子里蹿出来骚扰我,拽着我身上的护士披肩,拉扯我的胳膊,幸好我最后奋力挣脱了。我不知道男性受众是否也能有相同的体会。片刻迟疑之后,我的好奇心终究占了上风。

"好吧,黑兹尔伍德探员,"我说,"把详细情况传真给我。我想看看联邦调查局是如何训练探员理解性犯罪的。"

* * *

我在联邦调查局学院第一次做讲座时,听众是一群40岁左右的男性探员,他们大部分看起来是电视上常见的模样:清爽的板寸发型,清一色的挺括蓝色衬衫,魁梧的运动员体格。连举止都很典型,他们提前5分钟在座位上坐定,手里捧着笔记本和钢笔。

我很乐观,先问了个问题:"你们对强奸案受害者的心理了解多少?"

有几位探员垂下目光,有些人默默笑了笑。但没人回答。

我心中执法悍将的光辉形象瞬间崩塌了。

"强奸在传统上是从性的角度定义的,"我说,"强奸并非只关乎性。强奸是一种关于力量与控制的行为。受害者明白这一点,因此很多人不会站出来。她们感到无助、崩溃、羞耻。她们彻底体会到侵犯一词的含义。只有在极少数情况下,受害者愿意站出来向你求助,那是因为她们隐约希望你能帮她们找回自己被夺走、损毁和无力掌控的东西。这种时候,你的回应至关重要。"

我从笔记上抬眼看去，发现每个人都坐得笔直。我已经抓住了听众的注意力。

"好，"我说，"我们来看几个案例。"

我调暗顶灯，打开投影仪，点开一系列照片，照片中是血迹斑斑的内裤、一片狼藉的卧室，以及遍布伤痕的女性面部特写。有些探员低头开始做笔记，但更多的人为照片中的惨状所震撼。之后再没有人傻笑了。

第一次的讲座很顺利。不久之后，我受邀回来定期讲课。那段时间跟做梦似的。在联邦调查局里工作的女性通常只有文员和秘书，她们会尽量避免与我接触，只是用好奇的眼神打量着我。除了她们，我常常是楼里唯一的女性。出于专业方面的原因，我能想象自己这个新来的性暴力犯罪专家会引出什么闲话。不过黑兹尔伍德特别照顾我，让我不用担忧。他耐心地向我解释了联邦调查局的内部文化，也乐于就他手上的案件和课题请教我的看法。他也总是向其他探员介绍我。这种场合下的谈话往往简短、专业，还有点冷淡，大部分时候我与探员们的关系也是如此，但也有令人难忘的例外。

那时，刚上任不久的助理局长肯·约瑟夫宣布学院的全体教员都要尝试进行原创研究，包括行为科学调查组的"心灵猎手"们，这一独特的称号来源于他们对连环杀手犯罪心理的兴趣。这一新的指示显示了联邦调查局的思维转变。局势变了，胡佛时代的官员逐渐下台或者隐退，他们坚持的理念也随之淘汰。这一理念，用上一任助理局长约翰·麦克德莫特的话来概括，即"联邦调查局的工作是抓住罪犯，送他们上法庭，并监禁他们。研究则是社会学家的工作"。时代在变。黑兹尔伍德明白这一点，并借此契机安排我和他的另外两个同事会面。他们是罗伯特·雷斯勒和约翰·道格拉斯。

"他们想进一步了解你的研究。"黑兹尔伍德一边说,一边招呼我进电梯。电梯把我们带到地下楼层。"你的工作内容让他们深受震撼,因为……那个,"他停顿了一下,"我不应该说太多。他们有个小项目,你可能会有兴趣。你们做搭档应该不错。"

黑兹尔伍德说得没错,我跟雷斯勒和道格拉斯一拍即合。其中部分原因是我擅长讨论暴力问题,另一部分原因是我跟别人不同,我对他们的工作真的感兴趣。此外,还有一个重要原因,那就是雷斯勒认为来自局外的声音也很重要。

道格拉斯一开始有些冷淡。不过,当雷斯勒向我解释起这项"非常规"的研究后,道格拉斯打开了话匣子。

"我们管这个叫作犯罪人格研究,"道格拉斯说,"鲍勃[①]想的点子。我们在给学院办事的时候,可以顺便造访监狱、采访连环杀手。过去,我们一直在漫无目的地研究各种犯罪案件,可得到答案的最好办法,似乎就是去采访被定罪的罪犯本人。但这只是最容易的环节。凭借着警徽,我们可以毫无障碍地进出监狱,拿到所有人的录音。埃德蒙·肯珀(Edmund Kemper)、西尔汉·西尔汉(Sirhan Sirhan)、理查德·斯佩克(Richard Speck),这些人都不在话下。"

"是的,"雷斯勒接过了话头,"难的是搞清楚录音真正的意思。目前这些录音只是记录了采访的内容而已。所以,黑兹尔伍德介绍你的工作时引起了我们的注意。你使用的技术和我们正在尝试的方

---

① 鲍勃是罗伯特的昵称。——译者注

法可能有重合之处。你怎么看?"

我被勾起了好奇心,当即表示同意,并听起了他们拿到的录音带。

我仿佛偷听到了赤裸裸的人性。一盒接着一盒,我一次次地按下播放键,凝神细听,直到最后一盒磁带"咕噜噜"地到了尽头。我做好笔记,又从头开始听。录音带里的对话揭露了罪犯的傲慢,有一种让人难以抗拒的魔力。但同时,这些采访也显得很凌乱,缺乏统一性,也没有明显的策划,甚至算不上是谈话研究,也显然没有考虑到未来的分析。这些采访的唯一目的,似乎只是让罪犯不停地说话。不过,我仍然被这种前所未有的行为学调查吸引了,雷斯勒和道格拉斯为此确实付出了巨大的努力。于是,在第二次见面时,我也对他们说了我的感受。

"我觉得你们做的这件事很有意义,"我说,"从中可能会发展出理解犯罪行为的全新方法。据我所知,还没人研究连环杀手的杀人动机。这个影响会很大。"

"我知道。"道格拉斯笑了,看了眼雷斯勒。

"可是,"雷斯勒没有回应他,而是认真地看着我,"你认为这些录音带能说明什么问题?在我听来,它们只不过是一群疯子在聊自己的犯罪幻想。是缺了什么吗?"

"目前缺的有很多,比如背景信息、成长经历、暴力史,"我承认,"但只要方法规范,操作无误,这些问题都能解决。你要先打好基础。准备一份问卷,比较每次的访谈结果。你必须把它当作真正的研究,要有数据收集和分析的实际目标。只有这样,才能搞清楚犯罪者的动机。你还要把研究结果发表出来,让其他人也能理解。"

"比如，出版一本书？"道格拉斯问。

"我原本想的是发表一篇杂志文章，阐述研究结果，"我说，"不过，出书也许也不错。"

道格拉斯看也没看一眼雷斯勒，立刻就问我能不能帮他们忙。

* * *

利用工作之便，探员们弄到了一堆研究所需的案件资料，涉及强奸或性暴力的连环杀手。材料一应俱全。困难在于要想出一个细致又全面的方法，要能经得起联邦调查局的严格审查。有一次，局长威廉·韦伯斯特（William Webster）请雷斯勒去他的办公室共进午餐。毫无准备的雷斯勒被要求当着其他就餐者的面解释犯罪人格研究。雷斯勒解释了半天，却只换来局长的严厉警告，说绝对不允许"玩虚的"。不过，最让雷斯勒恼火的倒不是这个警告，而是他一口都没吃上那个他花了7.61美元买的三明治。

但我对这警告背后的利害深有体会。我在强奸问题上的研究成果，来自学术界同事的质疑，这些都让我对可能的官僚主义审查有了充分的心理准备——有人会把我们的研究视作对现状的挑战，也会有人嘲笑我们，甚至百般阻挠，盼着我们失败。大多数人固执地认为，杀人犯就是一群变态，除此以外，并不存在更深层的意义，也没有什么值得学习的经验教训，纠结于他们为何杀人纯属浪费时间。但我完全不在意这些想法，心理问题绝非如此简单。更重要的是，好的研究终究会揭露背后的真相。我相信研究的意义。

当时最让我担忧的是犯罪人格研究的覆盖面和概括能力。为此，我们有必要将研究划分成侧重点不同的至少三个部分，这样也更有利于操作。首先，要分析对已定罪的罪犯的访谈，利用访谈材料理解那些无明确动机的犯罪。其次是分析总共 36 起连环杀人案，看看这些案件中，犯罪者的家庭教养方式和人格与其犯罪模式和行为之间存在何种联系。最后，为犯罪侧写建立基础。每个步骤之间显然关系紧密。作为一项研究，各个阶段既要独立，又要能整合，这样才能具有方法论的意义。

道格拉斯和雷斯勒还没有完全信任我。虽然他们向我寻求过帮助，但只要我在场，他们仍怀有戒备——评价受害者时小心翼翼，透露暴力案件信息时也迟疑不决。我不知道他们是想保护自己的利益还是想保护我。

于是，我一如既往地专注于自己能够把控的事情。访谈是收集数据的主要工具，而后者则是所有研究的基础，因此有必要设计一种合适的访谈方法。访谈要在尽可能了解连环杀手的本质的同时，重点关注三个问题：他们为何杀人，他们对自己暴行的看法，以及他们的暴行发生了怎样的升级。我先设计了一份数据工具。这份 57 页的"工具"包含 5 个独立部分，以各种颜色区分不同类型的内容，每一个罪犯都对应有 488 项条目，内容从罪犯人口统计数据到受害者特征、犯罪者的动机、受害者选择、施害手段、施害特征以及大量其他法医细节。我的这个设计受我的一位同事、心理学家尼克·格罗斯（Nick Groth）的启发。格罗斯在康涅狄格州的萨默斯惩教所工作，在那里他使用了类似的工具来研究强奸犯的犯罪动机。不同的是，我的工具不是用来做学术的，而是被联邦调查局探员用来与那些臭名昭著的杀手近距离周旋。我需要改进这一设计，令其简单直接，更适合眼前的任务。

最终的数据收集工具相当容易操作。它看上去像一份调查问卷，读起来也像，但它真正的作用是巧妙地引导谈话，让探员掌控采访的走向。当然，控制才是其中的关键因素。控制能使我们获得各种信息——远多过犯罪者愿意提供的。控制，是解锁连环杀手心理的关键，能够帮助我们理解他们的心理机制及其特殊之处。这正是我们所追求的。因此，在设计采访问题时，我特别重视采访对象对犯罪的重述，以及他们的暴力史和最早期的幻想与暴力念头。

我们也查阅了官方的犯罪报告、法医照片、尸检报告、心理评估以及受害者的信息。这一步必不可少，在判断罪犯陈述与案件本身是否一致，是否存在偏差或前后矛盾时，这些信息提供了重要的参考依据。最终，我们设计出的学术工具，整合了定性与定量两个方面，以探索暴力罪犯的心理构成。也就是说，这种方法可以揭开杀手的真正面目。我们要利用他们自己的心理对付他们。

行为科学调查组发明新研究方法的消息像野火燎原一般传遍了匡蒂科。每个人似乎都有看法。有些人的观点根深蒂固，说我们的工作不过是"安乐椅神探"的玩意儿，或者顶多是一种不靠谱的方法，永远比不上前人的成就。但也有些人承认我们的分析很实用，期待能看到实践结果。这些肯定的声音让我们感到一丝宽慰。要是能拿出证据，证明自己工作的价值，我们就能改变局里对我们的看法。这里就需要犯罪人格研究的第三部分"犯罪侧写"来发挥作用了。侧写是衔接学术研究与现实案件的中间环节，可以协助探员更迅速地解决复杂案件。成功地侧写是研究的收获阶段。

在为犯罪人格研究的前两个阶段——数据收集和分析——设计好方法后，我们把注意力转向了第三阶段。可以确定的是，进行犯罪侧写的最佳做法是按部就班，做到如说明书一般细致和清晰。收集好相关数据后，只需根据受害者、犯罪方法和犯罪现场的资料进行提炼，运用犯罪心理学的知识谱系，找到特定连环杀手的作案动机和行为特征。这种方法既要简明易懂，又要好用。最终成形的"犯罪侧写流程"包含5个不同阶段。

侧写输入：第一阶段侧重于收集数据。数据包括犯罪现场分析（实物证据、证据模式、尸体姿势、武器），受害者信息（背景资料、习惯、家庭结构、最后被看到的信息、年龄、职业），法医信息（死因、伤口、生前/死后的性行为及伤口、尸检报告、化验报告），警方初步报告（背景信息、警方观察、犯罪时间、报警人信息、附近社会经济状况及犯罪率），还有照片（航拍照片、犯罪现场、受害者）。

决策过程模型：第二阶段研究的是凶杀的类型、方式及其主要意图，受害者风险，犯罪者风险，犯罪升级分析，犯罪时间和地区因素。

犯罪评估：第三阶段的重点是犯罪重建，犯罪分类（是有序型、无序型，还是混合型），受害者选择，对受害者的控制，犯罪行为的顺序，伪饰现场的动机和犯罪现场动态。

犯罪侧写：第四阶段是对罪犯的综合侧写。该过程会确定罪犯的体貌特征、习惯、促成犯罪的既往行为、犯罪后行为，并为调查人员提供建议，帮助缩小嫌疑人范围。

调查与逮捕：最后阶段包括与当地执法部门一起追踪和抓捕犯罪者。

最后一个环节是道格拉斯提出的。他解释说，验证侧写效果的最好办法，是让当地执法部门把未侦破的疑难谋杀案交给我们处理。他强调"行为科学调查组"应该随时帮助地方警局处理疑难案件。"这是我们研究的目的,"他说,"我们可以重点调查最有可能的嫌疑人,主动出击,找出真正的罪犯。"

全国各地警局的回应接踵而至。最初几个月内,调查组就收到了几十份案件。由于案件不断涌进,调查组只好规定,案件必须由当地执法部门独立处理3个月以上,否则联邦调查局不会介入。不过,需要筛选的案件仍然很多。是时候大展拳脚了。

8人组成的侧写团队开始研究案件,每个案件都有3~6名组员负责。麻烦的是,侧写只是研究任务的一部分,而研究则不过是当时全部工作的一小部分。我们要做讲座、外出教学、处理分内案件以及上级丢来的其他工作,只能把研究塞到这些事务的间隙里。另一个难处是,道格拉斯和雷斯勒严格规定,任何人不准在当地调查人员递交全部调查信息前启动侧写。连环案件很紧急,很可能会出现后续的犯罪,因此等待的过程很艰难。但这样做符合章法,也维护了工作的统一性,更何况道格拉斯或雷斯勒只要一个犀利的眼神,就足以警告大家不要妄自行事。

虽然困难重重,每一个组员都不得不加班加点,甚至周末都是在办公室里度过的,但侧写总的来说进展得很顺利。每项调查都有一位主办探员提前审阅所有案件细节,再由他尽可能简明扼要地向其他组员交代案情。主办探员需要紧扣事实,说明每个案件的人物、时间和过程,以及其他的一些警方报告、尸检信息。然后通过组员的自由提问,主办探员进一步解释调查细节。

之后才开始真正的犯罪侧写。这时组员们会逐一检视案件的各个细节:留在犯罪现场的线索、受害者的特征以及犯罪行为的各个细微之处。从这些细节出发,我们得以以犯罪者的视角审视案件,并给出犯罪者的一些明确特征。通过锁定罪犯的行为及性格特征，我们可以厘清"不明嫌疑人"的身份，以及他接下来要做什么。简单来说，侧写是我们探究犯罪者思想的方法。

侧写工作会议的强度很大。每一个组员都能言善辩，相互争执起来也绝不相让。虽然言语的交锋不时有一丝火药味，但结束时团队成员往往能为向我们求助的执法部门提供一份全面的侧写。

在早期的案件中，有一则来自内布拉斯加州的骇人报道。这起案件引起了组长罗杰·迪皮尤（Roger Depue）的注意。他立刻打电话给雷斯勒，叫他搭第一班的航班去奥马哈市。在那里，一个连环杀手刚刚杀死了第二个孩子。当地的调查人员毫无头绪。但从发来的犯罪现场照片和尸检报告来看，有一点很明确：杀手正变得越来越自信。如果不尽快制止他，将会有第三个、第四个，乃至更多的受害者。我们必须与时间赛跑。

第 2 章

防空洞

"所有的连环杀手都有犯错的时候,你只是不知道他们会犯什么错。"

在内布拉斯加,当第一个男孩失踪后,雷斯勒说过这句话。我不止一次听他这么说过。实际上,不少探员都说过类似的话。这像是他们信奉的真理,再棘手的案件也有侦破的希望。这是属于同僚之间的乐观和信念,有着安慰人心的效果。只是在我看来,它也像一种借口,默许我们对生死攸关的案件无能为力。这令我发慌。我相信侧写能够为侦破工作提供助力,因此从犯罪者手中夺回控制权就成了我工作的最大动力。如果侧写工作确实能达到我的预期,那么这一切的局面就有可能逆转。我们不需要等待连环杀手露出马脚,而能够在他们继续作案之前抓到他们。

那个12月的早晨,当雷斯勒请我参加内布拉斯加案的小组会议时,我正在思考这个问题。雷斯勒的邀请起初让我有些措手不及,虽然我参与过小组研究,也在开发侧写技术,但我不是探员,也没去过防空洞,更没有办案经验。但雷斯勒觉得这些都不重要。

"听我说,"雷斯勒说,"现在别担心那些规矩了。我需要一切力量来协助处理这个案子,我要在凶手再次作案前把问题解决掉。"

当然,他说得没错。对我来说这是个帮助受害者的机会。要是有人觉得我的加入违反了规定,那么,我愿意自负后果。越重要的事,越是要冒险。

雷斯勒的紧迫感延续到第二天早晨的侧写会议上。一进防空洞,他就关掉了头顶的一排荧光灯,径自打开投影仪,迅速把注意力投向我和其他组员。

"好了,打起精神来。这个浑蛋找的是孩子。我不希望再有其他人受到伤害。"

紧接着,他谈起案件细节,用照片和证人证词对特定细节进行说明。他小心地仅仅陈述事实。这种小心在研究过程中至关重要。每次开始新侧写时,主办探员都要尽可能保持中立,不能流露个人观点或偏见,以免影响团队中其他人的判断。

在这桩案件中,不明嫌疑人会残忍地杀害儿童。截至目前,就我们所知,已经有了两名受害人,但极有可能还存在着其他受害人。

* * *

1983年9月中旬,一个星期天的早晨,13岁的丹尼·E.安静地起了床,穿好衣服。像往常一样,他要为内布拉斯加州贝尔维尤的一个小镇送一轮报纸。天色还很暗,他蹑手蹑脚地穿过门厅,轻声经过父母的卧室门前,来到室外。外面回荡着蟊斯的鸣叫声。他打开自行车锁,推着车走到车道尽头,小心地不让链条嘎吱作响。

远处有一辆车闪着前灯。此时是早晨 5 点 15 分,太阳尚未从地平线上升起。他赤脚骑车,来到当地的便利商店,领取自己要送的报纸。在窗边的地板上折好报纸后,他按照平常的路线出发了。

大约两个小时后,刚过 7 点,丹尼的父亲就被孩子的主管打电话叫醒了。

"我收到了投诉,说报纸没送到,"主管发牢骚说,"你能让丹尼接电话吗?"

"什么意思?"丹尼的父亲问。"嘿,丹尼?"他敲了敲丹尼的房门,等了一会儿,然后大声喊道,"丹尼!"

还是没人回应。丹尼没回来,他的自行车也不见了。丹尼的父亲担心起来,他跳上车,开始沿着丹尼送报纸的路线寻找。他先去了便利商店,跟店里的员工交谈后,驾车路过一座、两座、三座房子,直到他看见儿子的自行车靠在一排围栏上。但丹尼仍旧不知所终。报纸整齐地码放在自行车的布邮包里,只少了三份。这时,丹尼的父亲报警了。

当地的调查人员立刻展开失踪人口搜查。他们搜遍了这片地区,系统性地检查了每一栋楼。丹尼的自行车也被查了个遍,没有发现搏斗的痕迹。他们联络了丹尼的亲戚,包括当时在州外旅行的姑妈和姑父,没人知道丹尼在哪里。有一位目击者称,那天清早,在自行车被发现的位置附近停着一辆以前没见过的车,并描述说,有一个人从车里走出来,在街上张望。但没有更具体的细节,也没有其他有效的线索。丹尼就这样人间蒸发了。

调查人员扩大了搜索范围。两天半后,有人在一条乡村土路边的高草丛里,发现了被掩藏着的小男孩的尸体。尸体的脚踝和手腕被绑在背后,嘴巴上贴着胶带。尸体曾遭受过残暴的对待:肩膀被割开，脸部有瘀青，腿上有一道切口，颈部的刀伤一直延伸到脊柱，胸部遭到数次捅刺，身体被撕裂，内脏暴露出来。男孩的衣服被扒光，只留下一条深蓝色的内裤，而现场并没有留下其他的衣物。

  尸检报告认为，丹尼死于多次刺伤导致的失血过多。腿部和背部的伤口被认为是在死后造成的，纵横交叉的形状像某种图案，似乎表达了某种象征含义，但并不是十分明显。如果说这些是单纯的刀伤，也讲得通，因为受害者的肩膀上也缺了一小块肉。罪犯没有留下多少证据，尸体也没有遭受性侵的迹象。然而，报告也指出，用来捆绑受害者的绳子不同寻常，很有特点。绳子的内侧有蓝色纤维，只有把绳子从男孩的脚踝和手腕上割下来后才能注意到这一点。

  应联邦调查局奥马哈办事处主管探员的请求，雷斯勒同意给不明嫌疑人做初步侧写。但首先，他得去内布拉斯加州跟办案人员谈一谈。他惊讶地发现，这次的案件与记录在案的另两起案件非常奇怪地很相似。在那两件未侦破的案件中，受害人都是年龄相仿的小男孩。第一个案子发生在一年前，在艾奥瓦州得梅因附近，也是一个男孩在星期天早上送报纸时失踪，至今杳无音信。第二个案子发生在佛罗里达州，一个小男孩在户外购物中心跟母亲购物时失踪了。几天后，小男孩的头被发现漂浮在一条运河上。调查人员从几位目击者那里了解到，有个男人引诱小男孩离开购物中心，上了一辆外州车牌的车。但在当时，由于证据不足，无法对车主进行拘捕。之后由于联邦调查局缺乏司法管辖权，又有各种烦琐的程序束手束脚，调查很快不了了之。

  从内布拉斯加州的调查人员那里了解情况后，雷斯勒勘察了犯罪现场，评估了案件档案，最后确定，此案很可能是连环杀手所为。他在脑海中对不明嫌疑人做了初步侧写：男性，十七八岁到20岁出头，很有可能认识丹尼，并且将谋杀视为获得主导控制权的行为；没有发生性暴力，表明犯罪者对性不感兴趣，或者至少没有传统意义上的兴趣，甚至可能是无性恋者。当时没有太多可供参考的信息，只能依据受害者的年龄、当地的低犯罪率以及既有的研究资料，因此初步侧写的内容很少。雷斯勒把分析报告交给了由当地警方、州警、地方军队以及联邦调查局奥马哈办事处的探员组成的专案组。参与此案的办案人员都没处理过如此残忍的未成年人谋杀案。但他们知道，只有齐心协力、共享资源和专业技术才有可能破案。

* * *

"很不幸，初步侧写没有太多内容，"雷斯勒打开顶灯，"对凶手的描述非常典型：白人男性，青年，在当地工作，很可能参加了某个俱乐部或者社会组织，想要融入团体。现在没有足够的实用信息。我们该做的都做了：催眠，法医检查，给证人测谎，根据证人不可靠的描述画像。但基本上都没什么用。这是丹尼，第一个案子的受害人。大家有问题要问吗？"

"有，"黑兹尔伍德第一个发言，"受害者肩膀上缺失的那块肉，最后有没有找到，还是一直没找到？"

"没找到。"雷斯勒回答。

"那块肉有多大？"

"大概有一美元银币那么大，"雷斯勒思考了一会儿说，"是一刀割出来的,就像切掉火腿的一端那样。"

"嘿,鲍勃,"道格拉斯插话说,"土路那边只是弃尸现场,还是凶杀现场?"

"土路可以确定只是弃尸现场。实际上,尸体全身都是砾石印,但是发现尸体的现场没有砾石。受害者要么是在一片砾石区被杀害,要么是尸体被放在了某个有砾石的地方,然后被运到这里。"

我突然冒出一个想法。照片里,尸体像是被随意丢弃在土路旁边,没有被彻底掩盖。这有可能是凶手的疏漏。"他们检查轮胎印了吗?鉴定结果如何?在我看来,他弃尸时显得有点焦虑,做得比较匆忙。"

"没有特别清晰的轮胎印,"雷斯勒答道,"也没有鞋印。我们推测,不明嫌疑人停下车,就随便将尸体丢在了路边,也没有再次挪动尸体。"

探员肯尼思·拉宁举起手,雷斯勒朝他点点头。

"你提过有彩色纤维的绳子,这是什么情况?受害者的四肢上有绳印吗?"

"好问题。他们割开绳子后,检查了受害者的胳膊和腿,找不到他被长时间捆绑的痕迹。事实上,压在身下的草留下的印记都比绳子留下的深。绳子被送到我们的实验室了,但在已知的样本中还没有找到匹配。"

拉宁还想问后续进展,但道格拉斯插嘴问道:"你如何给受害者归类?被动型?攻击型?还是果敢型?[①]"

---

① 指心理学上的3种沟通风格,分别由一系列特定的行为及应对模式构成。——编者注

"受害者是比较典型的中西部男孩，"雷斯勒说，"很普通。在他的房间里，我们也没有发现毒品或者与吸毒者相关的东西。"

"凶器呢？"我问，"凶手用的是哪种刀具，有没有线索？"

"伤口深3~3.5英寸，"雷斯勒说，"凶手很有可能用的是某种猎刀，没有什么不寻常的锯齿，也没有双开刃或者其他特殊结构，就是那种很容易在商店里买到的刀具。"

拉宁举起手，但雷斯勒没理他，顺着自己的思路说下去（拉宁是组里最年轻的探员，经常被当作小弟弟）。

"听我说，"雷斯勒继续说，"你们问的问题都很好，却没人关心那辆自行车。我觉得这是最突出的问题。照理说，那辆自行车应该被丢到地上，而不是好端端地靠在围栏上，对吧？这说明什么？他认识男孩，是针对他吗？这个人有枪吗？这是涉及控制的重要问题，从攻击的暴力程度和孩子被绑的方式，也可以看出这一点。但受害人没有被性侵。所以，在受害人被绑架到被杀害中间的24小时里，到底发生了什么？"

"要小心，鲍勃，"道格拉斯说，"你这有点引导性了，我们是在做侧写。我们不知道这是不是有针对性的犯罪。"

雷斯勒沉默了一会儿。荧光灯在我们的头顶嗞嗞作响。

"是的，你说得对，"雷斯勒承认说，"那我们来看第二件凶杀案，讨论一下上个星期五发生的事。"

雷斯勒给投影仪装上一轮新的幻灯片，关掉顶灯，按下投影仪的开关。

"你会发现受害者看起来非常相似、弃尸现场、伤口也很相似。两个案件有很多关联。只不过，第二起案件的暴力升级了。"

***

克里斯托弗·W. 是奥佛特空军基地的一位军官的儿子。12月2日，星期五，早上7点半左右，克里斯托弗遭人绑架。他身形瘦高，是个体质娇弱的孩子，刚来这里不久，还没交到朋友。他跟着军官父亲住在军属区，离基地不到1英里[①]，因此镇上的人都知道他。在奥佛特空军基地的外围，奥马哈市的南边，紧挨着内布拉斯加州的贝尔维尤，有目击者见到克里斯托弗曾跟一个白人男性交谈，但因为离得不够近，所以只知道嫌疑人的种族（白人）和年纪（"相当年轻"），谈话的两个人看上去都很冷，说话时两人中间拢着大团大团呼出的水蒸气，除此之外，看不清其他细节。克里斯托弗跳进不明嫌疑人车子的后座，没有任何挣扎、打斗或争执的迹象。男孩看起来好像有点犹豫，但似乎并没有受到胁迫。

"我当时以为他要搭顺风车去学校。"目击者说。

那是克里斯托弗最后一次活着被人看到。3天后，他的尸体在与上一个抛尸现场类似的地方被人发现。同样开阔的乡野——一片农田，周围是荒无人烟的树林。

调查人员能发现克里斯托弗的尸体实属幸运。那个周末，暴风雨席卷了整个内布拉斯加州，一群打猎者刚好赶在暴雪来临前发现了受害者的尸体。这些人驾车去镇子郊外打松鸡。把车停在路边后，他们注意到有两排脚印离开小路，而却只有一排脚印回来。他们沿着脚印走了大约150码[②]后看到了尸体，便马上给当地警局打

[①] 1英里约为1.6千米。——编者注
[②] 1码约为0.9米。——编者注

了电话。

办案组立刻将前后两件案子联系在一起。与第一位受害者一样，这个孩子也是除了内裤什么都没穿。胸部和腹部也有一道道很深的刀痕，颈部的刀伤从脊柱顶部划到了下颌，凶手可能想把他的头切下来。这次也没有性活动的证据。受害者13岁，体重近125磅[①]，所有人都认为他是个循规蹈矩的孩子。

两个案件中的受害者和抛尸地点有很多相似处，但也有三个值得注意的不同点。第一，第二个受害者被发现时，衣服被整齐地堆放在离尸体几英尺[②]远的地方，而第一位受害者的衣服没有被找到；第二，第二起的案件中没有出现绳子；第三，初步化验报告显示，第二个受害者的尸体比之前的遭受过更多死后的切割。

* * *

"差不多就是这样，"雷斯勒再次打开灯，"细节还在收集中，还有一位目击者要采访。这是专案组目前知道的全部情况。当地警方正在跟报社和电视台合作，寻求公众的帮助。公众可以拨打热线电话提供线索，包括车牌号码或对可疑人员的描述。还有一个公告，希望公众举报附近鬼鬼祟祟跟孩子搭讪的人。大家有问题吗？"

"你说衣服是叠好的，"道格拉斯说，"能再给我们看看那张幻灯片吗？"

[①] 1磅约为0.45千克。——编者注
[②] 1英尺约为0.3米。——编者注

雷斯勒把投影仪里的照片倒回了几张："在这里。不大容易看出来。衣服像是有意放好的，而不是随便堆在一起；不是特别整齐，但看得出是刻意为之。有点像是把外套对折了一下，而不是随手一丢。衣服堆放的顺序值得注意。"

　　雷斯勒没说话，留给我们一点时间写笔记。然后拉宁说话了。

　　"我想知道，有没有器官被摘除的迹象？"

　　"没有，"雷斯勒摇摇头，"伤口都是割开的。看起来像某种图案，但显然只是割痕，没有其他含义。"

　　"我可不敢这么说，"拉宁反对道，"这跟上个受害者的太像了。我觉得这一部分很有仪式感，像是出于愤怒。"

　　"好吧，等一下。让我倒回去看看，"雷斯勒说，"我们的人看过第一位受害者的法医鉴定报告，没发现伤口有什么特别的。不过对于孩子肩膀上不见了的那块肉，他们做出了不同的解释。他们在伤口附近发现了一个牙印。牙印并不完整，但可以推测，割掉肉是为了掩盖凶手咬人的癖好。"

　　"受害者的特征呢？"我问，"我认为我们需要了解受害者的特征，以及他们与罪犯是什么关系，不过这些照片中受害者的面部都不是很清晰。受害者的年龄是关键因素吗？还是两个人相似的长相？"

　　"他们俩确实看起来很像，"雷斯勒说，"说到受害者的特征，有很多。凶手选择的都是容易下手的受害者。有一点很关键，受害者都是年轻男性，而不是女性。我觉得这是他的一个重要特征。这个家伙很懦弱。是的，是的，我知道。这是我的偏见。"他耸耸肩，瞄了一眼道格拉斯，没给大家指责自己的机会就先认了错。"好，开始干活吧。我们来做点侧写。"

最后这个环节才是开会的真正目的。那天上午,房间里的每个人都已对案情熟稔于心。我们都细读过文件。雷斯勒的讲解也很全面,富有见解,他还用照片和幻灯片补充了新的背景资料,但主要还是在回顾案件。讲解其实只是起个头,以便让一群优秀的侧写师合力缩小搜查范围,锁定少数几个嫌疑人。这就是我们的工作流程。探员们各抒己见,明确嫌疑人的特征。侧写既是科学,又是艺术。联邦调查局里总有人因此贬低侧写,但我却视此为优势。不过,这也意味着侧写时要尽量缜密。每一项证据,每一个经过精心考量的细节,都会依据情况而受到检验和修改,从而得出嫌疑人的全貌。最终确立的印象会更有整体性,而不仅仅是零散信息的简单拼凑。我们虽然无法通过侧写直接指认犯罪者是谁,却可以利用所有证据,对嫌疑人进行深刻而细致的画像——包括他们的年龄、种族、体形、工作、教育程度、爱好,乃至可以想到的几乎所有细节。

在内布拉斯加州的案件中,我们依据每一项证据,做出了最为详尽的描述。雷斯勒做了初步的侧写:凶手很可能因工作之便而能够近距离接触到年轻男性,因此很可能是足球教练或者童子军团长;凶手用刀割掉受害者身上咬痕的手法很粗陋,因此不明嫌疑人可能平时会阅读法医学相关的侦探杂志;凶手痴迷于控制,会留心关于自己罪行的新闻报道,想知道自己在媒体眼中的形象如何——这一点我们也都认同。以此作为起点,我们结合了对连环杀手的研究以及基本的人口学特征,进一步推断:连环杀手杀害的往往都是自己同种族的人,所以凶手应该是白人;受害者年纪小,表明凶手也很年轻,说不定性发育不成熟;而案件中的极度暴力行为也表明,凶手对世界怀有深深的愤怒和不公平感。

不过，不易察觉的小细节往往决定了侧写的成败，需要特别留意。我们对不明嫌疑人的描述如下。

凶手是一名白人男性，20岁左右。他的车保养得不错，看上去很漂亮，所以受害者才会放心上车。他散发着自信，跟受害者年纪相差不大，因此交谈起来并不费劲。但这种自信只流于表面，因为明显可以看出，他事先有策划——准备好了绳具捆绑受害者——而弃尸时却非常匆忙，这说明犯罪者缺乏经验而且当时情况紧急。

绳具暗示了犯罪行为与性的关联，绳具中的束缚元素与性控制是一致的。但没有证据证明受害者生前和死后遭受过性侵，这说明犯罪者尚未性成熟，犯罪经验有限，偏执多疑。凶残的刀痕表明凶手对于没能实现性侵感到挫败和愤怒。这表明凶手只能有性幻想，很可能是由于他童年时受到过性创伤。

凶手习惯在早上行动，说明他可能是轮班制的蓝领，譬如上晚班的半熟练机械师。这一点再次暗示着凶手智商平平，很可能上过高中，但没有更高的学历。他没有结婚，不善于跟女性相处，没有性经验。他可能有情感障碍，易冲动。他是本地人。他痴迷于小男孩，很可能参与了某种活动，让他有机会与孩子接触，比如少年联盟之类。他独居，住在公寓楼里。他将侦探杂志当作色情读物。他很可能以前就对小男孩有过性侵行为，所以应该会有青少年犯罪记录。他独来独往，一直想走出小镇，但因为能力有限而未能实现。他在犯罪道路上越来越有自信，很可能会通过高风险行为暴露自己。

最近的凶案已经让当地警方不堪重负，但我们有必要告诉他们很有可能发生的情况——凶手可能很快会再次作案。此外，从第一起犯罪到第二起，其作案过程表明不明嫌疑人的手法已经有了进步。随着节日的来临，学校即将放寒假，孩子们离开了安全的教室，更容易受到攻击。犯罪者会很难抗拒这样的诱惑。

随后几星期，调查人员审问了很多嫌疑人。其中一个嫌疑人有恋童癖，曾强迫小男孩上自己的车。虽然这个嫌疑人最后被逮捕并被定罪了，但他同丹尼·E. 和克里斯托弗·W. 案没有关联。12月过去了，没有出现新案情。1月初同样如此。

1月11日早晨，终于出现了新情况。学校重新开学，教会日托中心的一位女教师注意到一辆可疑的车在停车场活动。女教师写下了车牌号码，但男驾驶员倒车停好后，威胁说如果她不交出纸条，就杀了她。这位女教师设法摆脱了他，跑到室内，拨打了她从新闻里看到的热线电话。那个男人跑了。

当地警方和奥马哈市联邦调查局分局的探员快速做出反应。他们发现那辆车来自附近的一家修理厂，在那里调查人员得知这辆汽车被奥佛特空军基地的一个空军人员租用，而他自己的车目前留在修车厂修理。透过车窗，探员看见了一条与第一位受害者身上相似的绳子。车主名叫约翰·约瑟夫·朱伯特四世，是一位雷达技术员。探员们立即联系了空军特别调查办公室，得到了进入朱伯特住所的许可。这次授权搜捕发现了更多的绳子、一把大猎刀和几十本翻烂了的侦探杂志，其中有一页已经卷边了，上面讲的是谋杀报童的故事。这次的发现，包括朱伯特的体貌特征——21岁，白人男性、体格柔弱，都完全符合之前的侧写。

通过调查，探员们进一步发现，朱伯特是一名低级工人，上的是晚班，主要的工作是给空军设备做基础的日常维护；他还在美国童子军组织工作过多年，是空军基地的童子军团长助理。

在审讯过程中，朱伯特起初否认自己杀了人，但面对证据时他

第2章 防空洞

渐渐开始动摇。调查人员告诉他，在他的车里发现的绳子与第一位受害者身上的绳子是一样的。对此，朱伯特解释说，他是童子军团长助理，绳子是团长送给他的，并说想跟团长谈谈。这是一个有利的机会——我们可以请嫌疑人信任的人参与审讯，以减轻他的恐惧。安排好会面，与童子军团长交谈良久后，朱伯特接受了团长的建议，承认自己杀害了丹尼和克里斯托弗。根据他的供述，他把孩子接上车后，很快就杀害了他们。他从来没有发生过自愿性行为，并且会对小男孩产生性欲。此外，阅读侦探杂志上关于支配、力量和控制的故事会使他达到性高潮。

朱伯特的招供进一步印证了联邦调查局的侧写。如预测的一样，他有情感发育障碍，性向不明，易冲动。这些特征在他复述杀害丹尼的步骤中非常明显：

> 我会早上[五点半]设闹钟起床出门行动。我上了车，走进一家快客便利店，看到那里有一个孩子。他在送报纸。我在停车场经过他身边。开车经过时，我突然想把孩子弄上车，放到后备厢里，带到什么地方去。我走到他后面，用手捂住他的嘴，说"不要发出声音"。然后，我用胶带粘住他的嘴，把他的双手绑在身后。我想，我不能在这里干……我把车开到一条土路上停好。然后我把他从后备厢拖出来，叫他脱掉衬衫和裤子。我记得我把双手放在他的喉咙上。他的手挣脱了，想要阻止我。我告诉他，"别担心"，然后抽出一把片鱼刀。刀不贵。胶带是从医院搞到的——我以前做模型时手指被美工刀割破了，医生给过我一些胶带。

之后朱伯特说，他在丹尼的胸部捅了一刀，听着他的尖叫，又一遍遍地捅他，随着每一刀的捅入，朱伯特越发感到性兴奋。

供认过程中，朱伯特没有流露一丝情绪。但说起丹尼左大腿上的大割痕时，他兴奋起来。"那是为了掩盖一个咬痕，"他解释说，"杀他们要有章法。一定要操作正确。"他强调自己在真正杀死丹尼时没有任何感觉，只是在表演彩排过多次的幻想。"我知道这听起来冷酷得有点荒谬。"朱伯特补充说，自己后来去了"麦当劳，去男厕所洗了沾满血的双手。然后点了早餐。吃完，我回了家，倒在床上，昏昏沉沉睡了一两个小时"。

朱伯特与我当时研究的其他连环杀手有很多相同的特点。而在我查阅了更多的案卷之后，这种相同形成一种明确的模式。换言之，研究朱伯特的背景确实帮助我奠定了最初的想法：连环杀手的发展具有某种逻辑性。这些人成为连环杀手并非完全出于偶然或随机，而是更多出于一种扭曲的意图，是养育、个性和心理的综合，所有这些因素共同作用，导致了他们以凶残的方式对触发因素做出回应。朱伯特就是一个教科书式的例子。

朱伯特的父母在他小时候离了婚，母亲带着他搬到缅因州，独自辛苦养家。受挫与愤怒令朱伯特蠢蠢欲动。13岁时，他在4个月内犯下了一系列暴力罪行。第一次是在一个6岁的小女孩骑自行车经过自己身边时，朱伯特用铅笔或螺丝起子捅了她。几星期后，他用刀捅了街上经过他身边的一个27岁女性。两个月后，他用美工刀割开了一个9岁男孩的喉咙——男孩活了下来，不过伤口有2英寸，缝了十几针。这些伤人行为都是朱伯特酝酿着的杀人幻想的预演。

朱伯特说，自打有记忆以来，他一直怀有暴力幻想。他能回忆起最早的幻想出现在他6岁的时候。在幻想中,他偷偷走到自己的保姆身后,掐住她的脖子,大口把她全部吃下去。朱伯特说他在脑中不断回放这样的画面,整个童年都在重复和改进方案,直到他第一次杀人。他不记得自己的幻想对象什么时候从女性变成了小男孩。但他知道,幻想似乎比现实更真实。现实总是一系列的失望和束缚,而幻想可以让他在想象的国度里自由驰骋。

朱伯特被捕后,精神病学家对他的观察是:"他似乎非常缺乏情感体验,表现出某种慢性解离过程。我怀疑他隐约知道自己这方面有缺陷,在某种程度上,他是在通过杀人尝试体验强烈的情感。"

朱伯特似乎也同意这样的评估。他认为,幻想有助于他忘记童年时目睹的家暴场面,包括发生在他父母之间的多起家庭暴力事件。从那时起,只要感到紧张,朱伯特就会开始幻想。

"想起这些念头时,我的紧张情绪会得到缓解,"他说,"我发现,幻想会让我感觉舒服一些,随着我长大,它变成了一种习惯。"

他还主动说起自己对受害者年龄的理解:"11岁到13岁,我过得特别不开心,我觉得,我选择那个年龄段的男孩就像是在针对我自己。"

报告中的其他细节在我看来也非常重要,我决定在联邦调查局的连环杀手研究中使用它们。首先,在精神病学测验中,朱伯特表现出高智商和极强的记忆力。其次,在重述事件时,朱伯特冷静客观,毫无同情心,仿佛他回忆的是电影内容而不是自己的暴行。最后,他的想法和行动都结构严谨。

我的结论是,朱伯特是一个聪明、细致、有条理的人,但几乎没有同理心。同时,他能够意识到自己与他人的不同,并因此深感隔绝于世。这导致朱伯特习惯性地构建起复杂的幻想,试图在自己与现实世界之间的情感裂隙上搭建桥梁。但这还不够。为了感受到某种真实的情感，他需要给别人造成痛苦。他以一种寄生虫般的方式，在寻找受害者的过程中，在引发他人痛苦的行动中，找到了自己长久以来缺失的情感。

* * *

对于我、道格拉斯及雷斯勒来说，朱伯特案是个重要节点。此前，我们着重访谈已被定罪的连环杀手，并在犯罪人格研究中使用分析数据。而关键的下一步，是将研究结果应用到犯罪侧写的调查技术上。为正在进行中的犯罪案件提供侧写，展现出这一工作的无限潜力，它甚至可以在最紧急的调查中提供协助。我们确信，侧写虽然还处在蹒跚学步的阶段，但最终它会发展为强大而有效的工具。此外，很重要的是，我们证明了即使在跨部门合作的复杂机制中——各州、当地和联邦部门共享资源的情况下，侧写仍会成功。侧写是有效的。

雷斯勒很快在学院课程中补充了朱伯特案，用以强调跨部门合作的重要性。在早期的一场讲座中，一名来自缅因州波特兰市的警官注意到，内布拉斯加州案与他所在辖区的一件悬案有诸多相似之处。这名警官提出课后与雷斯勒交流。他之后解释说，缅因州案发生时，朱伯特仍住在缅因州，三个月后才加入空军。雷斯勒也认为这些相似之处过于巧合，不容忽视。他要来缅因州案的调查记录：1982年8月22日，11岁的"理奇"理查德·斯特森的尸体被人发现。身上有一处刺伤，脖子上有勒痕。而法医照片中最醒目的，则是受害者腿部一处人为的咬痕，罪犯在上面划了很多刀，似乎想掩盖它。最终，雷斯勒根据对咬痕的分析证明，除了朱伯特承认的两起内布拉斯加州谋杀案，缅因州的斯特森案也是他所为。

此外，朱伯特案有着更广泛的重大意义。全国的媒体在报道中称其为"伍德福德杀人案"，因为案件发生地是内布拉斯加州的伍德福德县。这是行为科学调查组第一次受到关注。我们的成功赢得了联邦调查局局长威廉·韦伯斯特的赞许，他写了一封表扬信，盛赞侧写工作在破案中起的重要作用。媒体热度也使得《国会议事录》(Congressional Record)公布了该案，并批注说："所有相关方都值得最高表彰。"

这些公开支持使行为科学调查组朝着被联邦调查局完全接受的方向迈进了一大步。联邦调查局内的传统人士仍认为侧写过于学院派，对现实中的犯罪侦破工作不会产生长久的影响。但即使是最坚定的反对者也无法否认我们近期所取得的成就，我们证明了侧写在理解犯罪者心理的过程中存在价值。我们的方向没有错。

尽管侧写几乎不可能取得这个国家里所有人的认可，但能够在未结案件中利用侧写追踪到凶手，这本身就已经是最令人满意的奖赏了。只要抓到凶手，曾经的困惑和考验、无穷无尽的批评之声，这一切都不值一提。我们要运用犯罪侧写去拯救无数可能的未成年受害者。朱伯特案仅仅是开端，它只是20世纪80年代暴增的连环杀手案中的冰山一角。我们的工作才刚刚拉开序幕。

第 3 章

给侧写师做侧写

早先,为了兼顾学术任务和小组的新工作,我频繁往返于波士顿和华盛顿特区,像是在两个世界来回切换。那是一段令人振奋的时光。我会从性格温和的伯吉斯教授变成打击犯罪的英勇探员。其实,没有多少人知道我的双重身份。我很看重这一点。因为当时我的孩子都还小,我想与组里的那些可怕案件保持点距离。但划分界线并非易事。探员任何时间都可能打电话来,有时候他们只是问个简单的问题,有时候则会突然要求我"尽快赶到"。我必须随时待命,因为无论我在平凡生活中是喜是忧,都比不上来电中那些生死攸关的事件。这是不争的事实。我从一开始就知道这份工作责任重大。

因为常常需要使用旅行袋,我逐渐习惯了在里面放些基本物品,用探员们的话来说,这叫"应急包"。一接到电话,我抓起旅行袋就去赶最近的一班飞机。在那样的日子,我乘坐双引擎螺旋桨飞机从波士顿赶去华盛顿,无须订票,也没有安检;只需要凭票登机,找位置坐下。如果飞机满员了,他们会负责"让其他人下去"。

工作人员甚至还会为我准备一份三明治和饮料。飞机降落后，会有司机接送我，是那种不起眼的黑色轿车。在去学院的漫长车程中，我会审读案件材料和笔记，而这时车窗外的风景从联邦政府大楼变成独栋的房屋，变成森林，直到最后看不出是哪里。

那是 20 世纪 70 年代末，学院刚从华盛顿搬到弗吉尼亚州匡蒂科的海军陆战队基地。这里位于首都南边 40 英里处。新地址由 547 英亩[①]的旧农田、丘陵和沼泽组成。这里有天然屏障，东边是波托马克河，西边是一片原始森林。环境很清幽。随着联邦调查局的规模、职能和办案水平的增长，匡蒂科作为调查局日益重要的资产的原因已经不只是占地面积了。1969 年，他们开始建造一大片楼房，为新招募的探员提供最先进的训练设备。我加入时，联邦调查局已经划在了两个不同的地点：总部即"美国联邦调查局"仍位于华盛顿；而匡蒂科成了美国联邦调查局学院也就是调查局的训练分部的所在地，这里用于课程教学、射击练习、实验以及其他专项的研究工作。

奥卡姆剃刀是一柄双刃剑。随着国家执法能力的进步，犯罪的复杂性和独创性也在不断进化。联邦调查局知道这一点，并意识到要先罪犯一步。匡蒂科提供的就是这个。这里通过法医训练、实验操作和还原犯罪现场，拓展了探员的学习方式。这里强调枪法和实训场地的实用射击技巧。或许最重要的是，为了理解犯罪行为背后的心理，联邦调查局有史以来第一次提供了专门的资源。过去十年来，如绑架、强奸和连环杀人案等特别案件数量的增长令人震惊。联邦调查局想知道原因。于是，行为科学调查组应运而生，任务是

---

① 1 英亩约为 4 046 平方米。——编者注

查明案件背后的原因。

在最初作为客座教员进组时，我亲历了联邦调查局的现代化转变。看到这些，很难不受震撼。新的分支机构有一座剧院式的礼堂、24间教室、2栋宿舍楼、一间餐厅、一座体育馆、一座最先进的图书馆和一大片射击场。整个楼群如同蜂巢，忙碌而有序，其中不仅有在职探员，还有从全国各地来访的军官和执法部门的公务人员。这里在很多方面都很像大学校园。然而，整个联邦调查局内部仍严格奉行着纪律和忠诚的传统。

虽然我在学院的情况很特殊，但我并没有受到特别对待。毕竟，匡蒂科是一片圣地。进入匡蒂科需要核实背景，获得相关文件，随时佩戴一块大而醒目的访客牌以证明自己的身份。我也需要接受联邦调查局的严格审查以及层级管理。刚来做讲座时，我就领会了这一点。那次我深夜才到，登记进来后，被领入一栋小宿舍楼中的特别客房。之后我很快睡着了。还没睡多久，我突然被不到几百码外起床号般的枪声震醒。当时是早上6点。原来是有人在射击场开始练习了。尽管如此，我知道自己绝对不能向其他探员提起这个问题。我需要证明自己心态平稳，能适应新环境。这也是在考验我能否应付在工作的过程中不时出现的困难。

我在联邦调查局学院的第一阶段持续了大约3年，从1978年接到黑兹尔伍德的第一通电话起，到20世纪80年代初，成功破获朱伯特案为止。于是，我从学院的教员过渡到行为科学调查组的组员——组内的其他人都是专业探员，或者说，这是我正式入组的节点。在此以前，自从开始协助探员研究他们的小项目，我私下已经做了不少相关工作。不过，加入团队仍令我非常兴奋。在调查组，我正式的职务是雷斯勒探员的联合主办探员，负责犯罪人格研究。

我们将犯罪人格研究分成"连环杀手研究"和"犯罪侧写"两个部分。在得到国家司法研究所的拨款后,我开始负责监管犯罪人格研究的预算,设计并指导8人的项目工作团队在波士顿城市医院开展实地研究,在那里,我们收集到了研究所需的数据、分析结果,以及访谈和侧写的文本。

得知我入组后,第一个跟我打招呼的是黑兹尔伍德。他迫不及待地想要去防空洞附近的地下办公室,跟其他组员分享激动的心情。他带我走捷径上了电梯,领着我走过楼内堆满库存的枪支陈列室,途中遇到一位教员正在给探员们上培训课,全班立刻停下来,看着我们。

"没事,"黑兹尔伍德说,"她是我们的人。"

我笑了笑,隔了一会儿才明白过来。我第一次对自己在联邦调查局的身份像对自己的工作价值那样有了信心。

不过这种感觉只是一闪而过。"嘿,安,你杵在那里干什么呢?"黑兹尔伍德问。

我赶紧跟着他进了电梯。他按下一个没有标志的按钮。电梯带着我们下降,下降,下降到熟悉的地下。电梯门打开时,道格拉斯开着玩笑过来迎接我们。

"祝贺你,安。你现在正式成为这个分析全国暴力犯罪案件的地下室团队的一员了,"他说,"我们在地下60英尺的地方,比埋在这里的死人还要深10倍。"

在场的探员都笑了。我也跟着笑起来,但心里觉得奇怪,联邦调查局为什么要把我们放在这样偏僻的角落,任我们自己发挥。这里是地下好几层,没有窗户,最初是官员们的紧急避难所。没人来检查我们的工作,甚至没多少人知道我们在这里。这一点可以说明问题。虽然联邦调查局有兴趣搞清楚犯罪行为背后的意义，并且初期有几个进行侧写的案件成功了，但我们尚未得到确定的资源和支持。我们要证明自己工作的一贯性和广泛的应用性。我们得靠自己。

我很快发现，隔绝的环境有助于小组发展自己的特色。每位探员既有分内的教学任务①，又要负责自己专长的研究领域。他们工作很努力，因为不用共担责任而形成了各自鲜明的风格，这同时也意味着，他们很少作为一个部门集体行动，除非接到史无前例的案件，需要来自多个专业背景的不同见解，例如纵火案、爆炸案或者宗教仪式方面的犯罪等等。不过，在犯罪侧写取得几次成功后，我们越来越多地接到这类大案。别人解决不了的奇怪案件都会交到我们手里，小组很快成了联邦调查局的"跳转站点"。这影响了组内的生态。刚开始的变化不易被察觉，幸好我们拥有共同的目标，团结一心，没有受到探员个人兴趣的影响。

我注意到本组探员还有一个共同特点：不迷信权威。倒不是说他们会公然藐视规定之类的，而是在某些情况下，为了工作上的便利，他们更习惯隐藏自己的态度，甚至是误导别人。这一点在探员们对待组长罗杰·迪皮尤时尤其明显。迪皮尤是行为科学调查组的先驱人物，在20世纪70年代晋升为组长，既是教员，又是行政人员。他一路走来的宗旨是听从命令，并且不惹麻烦。虽然深受其他探员喜爱和尊敬，但他还是很难让其他人循规蹈矩。他觉得，组里的探员都很顽固，有一次他说，自己的工作像是在训练橄榄球队，

---

① 除了学院的全职教学工作，行为科学调查组的探员还要负责偶尔长达两周的"外出教学"。外出教学每次都在周日，由两位探员到指派的城市教一周课，然后去下个城市再上一周课。

但每一个球员都是四分卫①。在迪皮尤看来,这些探员"各不一样,对于自己想做的事和做事的方法都坚持己见"。

迪皮尤的评价一针见血。随着对大家的了解,我发现他们是一群罕见的人。对于联邦调查局来说,他们的不同不仅在于他们的性格和兴趣,还在于他们的背景、他们加入联邦调查局的经历。不过,他们都对犯罪心理学有天生的理解力,这让所有人都联结在了一起。尽管组员中没有人接受过研究人类思想或行为的训练,不过他们仿佛天生就有这方面的本领。我看得出他们在分析调查材料、探究行为模式、协助现场办案组快速分析犯罪动机时极有天分。这些探员擅长破案,对工作的热情也不仅限于日复一日的任务。他们都想进一步发挥自己的独特才能。

然而工作不能一蹴而就。总体上说,行为科学调查组拥有巨大的潜力,可以将心理学应用于犯罪领域。但在此之前,大家需要先将他们视为一个团队,需要认识到他们中的每一个人对于整个团队的作用。我认为,互相了解个性和分享专长有助于加速凝聚力的形成。没过多久,我与团队中四位"第一代侧写师"都有了合作。他们分别是:罗伊·黑兹尔伍德、肯尼思·拉宁、约翰·道格拉斯和罗伯特·雷斯勒。

黑兹尔伍德是组内资历最老的探员之一。他来自爱达荷州,有军事背景,1971年加入了联邦调查局。他行事很像中西部人,与其他探员的不苟言笑很不一样。他喜欢开玩笑,爱讲自己沦落到组里的经历。那是1978年的冬天。黑兹尔伍德刚刚结束联邦调查局

---

① 四分卫是橄榄球比赛中的一个战术位置,是进攻组的一员,排在中锋的后面、进攻阵型的中央。——编者注

的管理能力测试，他的行政专业知识得了高分，很有可能被调去单独成立自己的驻外部门。但黑兹尔伍德想留在弗吉尼亚，因为他在这里有房子，有家庭。他决定申请当时匡蒂科唯一的空缺职位：行为科学调查组的性犯罪教员。他得到了这份工作，1月份开始上班时，他被带到地下楼层最偏僻黑暗的角落，来到一间由拖把间改造而来的办公室。他打开灯，映入眼帘的是一份见面礼：办公桌边的墙上钉着的一条黑色蕾丝内裤。

黑兹尔伍德坚持了下来，很快因为在性犯罪和性犯罪者方面的深厚专业知识而有了名气。他好钻研，愿意多提问，正是调查组所需要的组员。他的这些品质也非常适合做研究。几个月后，为了手头的案件，黑兹尔伍德审阅了恶名昭彰的哈维·格拉特曼（Harvey Glatman）案[①]的卷宗，提出了一些似乎无人能答的问题：为什么格拉特曼要把受害者绑成不同的姿势拍裸照？他从哪儿学来这些东西的？为什么会因此而兴奋？为什么他要把受害者的双腿整个绑起来，而不是只绑脚踝？黑兹尔伍德翻遍了联邦调查局里的案卷，觉得还能从格拉特曼身上挖掘出更多有关上述问题的答案。他总觉得性暴力犯罪的背后存在某种动因，而理解真正的动因至关重要。他断定，了解凶手的过去有助于认清他们的身份，以及为什么他们会变成这样。他终于在格拉特曼的童年中找到了线索。

有份文档中记载了一件事：格拉特曼的母亲发现年幼的儿子将绳子的一端绑在自己的生殖器上，另一端卡在梳妆台抽屉里；几年后，已经是青少年的格拉特曼，被他父母再次发现在玩自淫性窒息

---

① 格拉特曼是活跃于20世纪50年代末的连环杀手，他性侵、杀死受害者并在作案过程中给她们拍照。

游戏，这次是在浴缸里，他把生殖器和脖子都拴在了水龙头上。在最初的调查中，没有人将格拉特曼的早期行为与他后来犯下的性谋杀联系在一起。但在黑兹尔伍德看来，这中间的关联已经非常明显。

1979年，在一次小组会议上，黑兹尔伍德向当时的组长拉里·门罗（Larry Monroe）请求获许研究自淫性死亡案件，看看它们与其他非典型行为有何关联。门罗沉默了。黑兹尔伍德刚想解释这种调查的重要性，却立即被一个尖锐的问题打断："研究这种罕见现象（一年大约有1 500起死亡案件）对联邦调查局的时间和资源有什么好处？"黑兹尔伍德说出了支持研究的两点理由：一方面，研究会为受害者家庭的悲痛画上一个句号，因为亲属往往会因为这种类型的死亡而备受打击；另一方面，执法机关需要区分他杀、自杀和意外死亡的概念，他们本可以避免将自淫性死亡误判为自杀，如此省下的时间和资源会大于其研究成本。门罗点了点头，黑兹尔伍德的请求得到了批准，条件是他要向更多的执法机构公开自己的研究结果。

黑兹尔伍德很快投身到研究中。他请学院里有执法部门背景的学生寻找并提交1970年以来的自淫性死亡案件。他要求他们在调查报告中加上文字描述或者死亡现场的照片。3年内，他收到了157起自淫性死亡案件的报告。他向我和尼克·格罗斯（他当时在联邦调查局学院教授有关强奸犯的课程）寻求帮助。我们很有兴趣，但都不知道自淫性死亡是什么。其实，当时根本没人了解这种问题。黑兹尔伍德是唯一一个考虑这个问题的人。他要从零开始探索，将案件归类为可能因气道阻塞、胸外按压、化学物质、气体或电刺激——所有这些都可以作为性刺激——导致的意外性窒息。

我俩答应协助黑兹尔伍德后，三个人便经常晚上留在匡蒂科，设计适用于每个案件的数据评估调查。工作一开始就碰到了问题，尼克发现自己看不了死尸照。幸好我的好奇心战胜了忧惧。访谈强奸受害者的经历，让我习惯了把注意力放在数据，而不是自己的恐惧上；我学会了承受照片带来的冲击，因为我明白这是工作需要。于是我们分配了任务，我查看、分析和分类照片，尼克做输入数据的工作。

　　评估了总共 157 份案件后，我们按照门罗的要求，将调查结果交给执法部门。不过，扩散这种冷门信息并不容易。当时，黑兹尔伍德对自我刺激与暴力或死亡之间的关联的独特见解已得到承认，如果地方警局有课程需求，他就会逐一列出主题，并着重强调自淫性死亡问题。让人印象深刻的是，曾经有一位警察局局长，思考了一会儿说："我们这儿没有太多交通事故[①]死亡案件。"

　　黑兹尔伍德的办公室虽然是个改造的清洁间，但还有比这更差的。这一点，肯尼思·拉宁可以做证。作为团队中资历最浅的成员，拉宁只能在以前的储藏室里办公。储藏室连扇像样的门都没有，却幸运地位于道格拉斯和雷斯勒的办公室对面。拉宁因此学到了不少。他日复一日地听着这两位年长的探员分析手上案件的细节。拉宁像海绵一样，把这些都吸收进去。日积月累，旁听到的案件分析将他培养成了一名侧写师。拉宁告诉我，这是他所接受过的最好的训练。

　　拉宁在纽约的布朗克斯长大，他童年的大部分时光在政府资助

---

① 自淫性死亡（autoerotic fatality）一词中的"auto"又有"汽车、机动车"的意思。——编者注

的联邦调查局青年俱乐部里度过。10岁时，他已经当上了俱乐部主席。拉宁成绩优异，是明星游泳健将，大学去了曼哈顿学院，毕业那年，越南战争正愈演愈烈。他知道自己必须做出决定，于是应征了海军，之后被海军军官学校录取。当时，拉宁主动接受了一份职责外的专业工作，在水下对军用炸药及简易爆炸装置进行排爆。这一经历让拉宁与联邦调查局有了交集。联邦调查局爆炸物调查组的两位探员去马里兰州印第安角察看海军爆炸品处理工作时，亲眼见识到了拉宁的技术，从此他们对拉宁格外关注。三年兵役期满后，拉宁收到一封招募信，信中邀请他接受联邦调查局探员的见习职位——暂无入职测试，起薪是每年 10 252 美元。这是他一直梦寐以求的工作。

接下来的 10 年间，拉宁去了全国各地的分局担任现场调查员，积累了大量经验。他精通业务，也因为工作兢兢业业而受到赏识。他的辛苦终于在 1980 年 12 月有了回报。拉宁被委任为联邦调查局学院行为科学调查组的督导探员。他立刻看到好的一面。现在，他可以开展自己的研究工作，提供案件咨询，或者将自己十多年的现场调查经验传授给新探员。尽管有很多计划，但他日益开启的事业却走向了一条不同的道路。他的储备让他成为一名技术精湛的犯罪侧写师。

拉宁的个性与他的工作息息相关。他做事四平八稳，专业过硬，开口说话前总会深思熟虑。冷静的气质令他非常适合处理专门交给行为科学调查组的恐怖案件。于是，在 1981 年年初，当黑兹尔伍德找他合作研究性暴力犯罪动机时，拉宁毫不迟疑地答应了。他想利用这次机会让自己扬名。当时，也有其他探员在做类似的研究，但拉宁认为他能够证明自己绝不是刚入行的新手。不过，我有时会想，拉宁到底清不清楚他给自己招来了多大的麻烦。他负责关注儿童案件，而黑兹尔伍德专门研究成人案件。这两类犯罪都如噩梦一般可怕，不过根据我的个人经验，儿童案件绝对令人更难承受。

拉宁的工作侧重于分析儿童施害者的行为。他研究了罪犯的人口统计学数据和个人历史，分析了他们的动机和行为模式，发展出一套类型学理论——他决心区分两个名词：猥亵儿童者和恋童癖者。这项研究使人们对儿童施害者的高度可预测的行为有了新认识，拉宁将其分为两类：视情境而为的猥亵儿童者和因天生取向而为的猥亵儿童者。随着时间的推移，拉宁的研究成了调查儿童案件时极为宝贵的工具。过去这类犯罪很少被报道，因为相比成人，儿童的证词中有"他说，她说"等含糊的表述，让起诉罪犯成了难题。拉宁则构建了一套新的参考体系。

我总认为，拉宁对这个领域最大的贡献是，他认识到公开出庭会伤害儿童。因此，他强调执法部门单独立案时应避免让儿童受害者参与，只需收集足够的证据，让犯罪者直接认罪，无须庭审。

拉宁的职业道德和钢铁般的外表终于在联邦调查局为他赢得了打击侵害儿童犯罪的专家名号。他在教学中解释了分析此类犯罪行为的方法，后者成了该领域备受现场调查人员推崇的资料。他的工作受到了美国国家失踪和受剥削儿童中心（National Center for Missing and Exploited Children）的特别关注。他们想让拉宁研发一套教材，总结他的经验，给执法部门、检察官、社会工作者、专业医护人员等用作教育和培训材料。拉宁虽有兴趣，但他对编写教材的程序和要求一无所知。他请我帮忙，于是我们一起为《联邦调查局执法公报》写了一篇关于儿童淫秽作品和儿童性犯罪团伙的文章。之后，拉宁为国家失踪和受剥削儿童中心写了一篇专题文章，深刻而全面地剖析了猥亵儿童者的表征和行为。文章使用了一些新的概念，例如"勾引"和"诱奸"。这份资料很快成了全国执法部门的重要调查工具。

拉宁总是主动将自己的成功归因于"全组探员的辛劳、智慧、自勉、进取和任性，就算上级常常不理解、不关心或者不同意他们的做法，他们还是能完成工作"。拉宁在跟联邦调查局高层交涉时常遭挫败——因为这份工作的新颖性，我们所有人都会不时遇到这种问题。不过，他对团队的描述却是大实话，尤其是他说的"任性"，我确信这是拉宁对组员们的温柔调侃。

约翰·道格拉斯也是纽约人。在他 10 岁时，为了逃离犯罪率上升的市区，他们家从布鲁克林搬到了郊区。他高中时是个颇有天赋的运动员，后来去了蒙大拿州立大学学习。大学时，道格拉斯成绩堪忧，（用他自己的话说）"走投无路"，只能辍学回到纽约的家中。他很快被招入空军。兵役结束后，他取得了本科学位，之后被东新墨西哥大学产业心理学的研究生项目录取。为了调剂缺乏社交的生活，道格拉斯常去学校旁边的健身房，在那里遇到了联邦调查局探员弗兰克·海恩斯（Frank Haines）。弗兰克立刻喜欢上了这个小伙子，对他讲了自己当探员的故事，并鼓励他申请调查局的职位。道格拉斯照做了，他的申请信写得很有说服力，体能也非常好，但是他的体重超过了联邦调查局规定的 195 磅的极限，被认为不符合要求。他说，有两个星期，除了果冻和水煮蛋，他什么也没吃，甚至还调整了 3 次发型。到最后，等他觉得自己形象过得去了，才去拍了张身份证照。那是在 1970 年，道格拉斯只有 25 岁，而在那时 25 岁做探员还是嫩了点。

道格拉斯身上的真诚和勇猛很有魅力。他招人喜欢，但个性刚强，不知退让，往往会引得意见相左的人跟他起争执。不过，他的工作却做得无可指摘。他会投入大量时间，研究每个案件，不断发问，改进调查过程和程序。干实事的名声让道格拉斯在 1977 年 6 月得到了在行为科学调查组的工作。入职后有一段岗前培训期，道格拉斯要作为资深探员雷斯勒的学徒先熟悉一下组内的业务。这样安排绝不是在欺负新手，而是小组的行事规则——老组员要照顾新人，并以身作则。另外，"老带新"不仅可以快速有效地训练新探员，还有助于培养新老组员间的相互信任感。我注意到，这种凝聚力是行为科学调查组的鲜明特色，令每一个亲眼见证的人都印象深刻。我相信这种模式在未来遇到难题时必能显现其优势。

还在培训期间，道格拉斯和雷斯勒接到两周的外出教学任务，向全国优秀的执法小组提供训练课程。课程的需求量很大，积压的课程档期已经排到几个月之后。但因为工作单调，大部分探员并不热衷于外出教学。一路上教的课程跟在匡蒂科教的一样。因此，在各地长时间奔波，指导当地机构如何应用犯罪心理学时，探员们都喜欢出去消遣一下，比如在课后跟当地的警察喝啤酒、聊天。在这种聚会上，道格拉斯和雷斯勒听说了一些小镇警方无法侦破的罕见凶杀案。很多案件极为离奇，让人无法理解。大部分案子被当作随机暴力行为处理。但道格拉斯的看法不同，他认为案件背后一定有某种原因，如果细查，一定能发现其中合理的逻辑。

道格拉斯认定，查清案件的最佳方法是直奔源头，去监狱跟犯下类似罪行的犯人谈一谈。雷斯勒早有采访狱中囚犯以了解他们的犯罪行为的习惯，于是他让道格拉斯不妨跟着一起去。那是在 1979 年，他们当时知道已被定罪的犯罪者脑中尘封着答案，但不知如何提问，也不知该如何理解罪犯以欢快口吻讲出的暴力往事。于是在接下来几年，他们一直努力寻找着答案。

罗伯特·雷斯勒在芝加哥出生并长大。在密歇根州立大学的预备役军官训练营时，雷斯勒很活跃，毕业后回了家，准备加入芝加哥警察局。但他被告知，警局"对上了太多学的新警员不感兴趣，因为他们可能会找麻烦"。受到打击的雷斯勒决定参军，在德国成了宪兵排的指挥官。他的工作表现很好，得到了第二项任务——秘密渗透反越战组织。他蓄起了长发，装扮成心存不满的老兵混入抗议集会。他原本计划一直待在军队里，但被朋友说服后，便于1970年加入了联邦调查局。

雷斯勒给联邦调查局带来了高水平的军队经验。大家都觉得他聪明、训练有素，是天生的领导者。雷斯勒的这些品质吸引了霍华德·特顿（Howard Teten）和帕特里克·穆雷尼（Patrick Mullany）的注意。他们两位都是资深探员，因使用非常规的侧写手段缩小嫌疑人范围而颇有名气。特顿和穆雷尼是早期犯罪侧写的先锋，认为犯罪现场提供的不仅仅是罪犯的体貌线索。两人创建了一门训练课程，叫作"犯罪心理课"。1972年，他们成立了行为科学调查组。但相较方法论，特顿和穆雷尼更倾向于相信直觉。他们认为，侧写从根本上取决于探员的经验。对他们来说，侧写是一种非常重要的调查报告，而非研究。他们习惯依赖于站不住脚的猜测，比如根据不明嫌疑人可能有的精神疾病而下定义，但这样做往往弊大于利。

不管早期的侧写技术有多少瑕疵，特顿和穆雷尼还是对它的价值深信不疑。他们看到了侧写的潜力，想要进一步研究，用未结案件加以测试。20世纪70年代中期，他们邀请雷斯勒加入研究。曾是美国陆军军事调查人员的雷斯勒，加入了行为科学调查组，成了一名督导探员。他是干这个的理想人选。

雷斯勒从特顿和穆雷尼那里吸取了大量经验。但侧写只是雷斯勒要完成的众多任务之一，排在前面的还有一长串更为迫切的主题：应用犯罪心理学、当代警察问题、变态心理学、性犯罪、人质谈判、犯罪学以及访谈技巧。刚成立的小组忙得不可开交。这意味着，目前侧写只停留在学术层面——下班后的深夜，新探员和学生们会同特顿、穆雷尼、雷斯勒开案件讨论会，探讨那些最罕见的、尚未解决的犯罪案件。

1977年，当道格拉斯和雷斯勒终于相遇时，情况变了。雷斯勒描述了自己对犯罪侧写的新愿景，希望利用心理学去理解"将个人推向绝境的操纵力量"，道格拉斯听得入了迷。很快，两人开始一起在晚上和周末采访已被定罪的凶手，了解他们的想法。但他们的进展很慢，于是雷斯勒对我产生了兴趣。他觉得我对强奸问题的分析经验，以及我和黑兹尔伍德对自淫性死亡的研究，都很有价值。如果要充分发挥侧写的潜力，需要与这些研究一样的系统性方法。雷斯勒明白这一点，他觉得我能帮上忙。

其他几位探员属于第一代侧写师。他们很少与其他侧写师合作，我没怎么与他们共事过，我们的研究兴趣也没有交集。其中一位是组长罗杰·迪皮尤，他把精力全都用在了管理小组上，没空做自己的研究。另外，在穆雷尼和特顿退休前，我跟他们也有过短暂的接触。还有迪克·奥尔特和吉姆·里斯的组合。奥尔特和里斯是一对好搭档，他们都对自己的工作有着坚定的信念。我们相互敬重对方，但从未正式合作过。他们侧重于向警察群体普及侧写概念，以及如何考量犯罪的心理层面，因此有时会征求我的意见。他们做事讲求实际和证据。他们也挺爱开玩笑。有一次，他们在一篇文章末尾的免责声明中写道:"侧写非魔咒写就,并不总是准确的。"

我在团队中的角色与大家不同,原因有好几个。最重要的原因是,我是个外人。我既不是探员,也不是侧写师。我只是来"救场"的,是来帮学院弄清日益增长的性犯罪问题的。但人的机缘确实是一件有趣的事情。多年来别人一直对我说,我对受害者和罪犯心理学的兴趣是"禁忌","很危险","不适合女性"。而在基本由男性主导的联邦调查局,我本以为大家也会把我的课程看作异类。但其实,从很多方面来看,行为科学调查组在这里也是一群"外人"。他们是一帮不合群的探员,是心怀抱负的理想主义者,他们不会让惯例或官僚作风限制自己的行动。在这一点上,我们产生了共鸣。

而我因为是外人,反而能看清小组未能被理解的潜力。我知道,如果大家齐心协力,我们会迎来非常难得的机遇。所以,我总会想方设法推动大家培养凝聚力。但这并不容易。联邦调查局的基本规定就是不鼓励讨论个人事务并严禁传播闲言碎语,即使是工作信息也止于"须知"范围,人与人之间有着重重隔阂。

探员们骨子里很看重自己的工作,他们知道大家都在一条船上。联邦调查局为我们提供了资源,希望我们能成功,而我们也决心通过时间和不懈的信念证明自己工作的价值。

20世纪80年代初,我在宾夕法尼亚大学担任精神与心理健康护理专业的"范·阿莫宁根"(van Ameringen)讲席教授。这里离匡蒂科不远,我往返得越来越频繁,与探员们的合作也越来越密切。我们每天早晨会在学院食堂一起吃早饭,商量一天的任务,吃午饭时会评估已完成的工作和下午要做的部分,下午5点后还经常处理一些收尾工作。一天的工作结束时,我们往往会在学院的酒吧聚会。"不准讨论工作",是这里的规矩。想喝多少啤酒都可以,气氛也很轻松。话题围绕着体育比赛和一些惊悚的旧案子。探员们听我讲研究强奸案的往事,我听他们聊差点儿让罪犯逃掉的故事。然后,慢慢地,大家陆续钻进自己的车里。探员们不会把工作带回家,他们的妻子对他们每天需要处理的那些恐怖事件毫不知情。他们也从不透露工作中的秘密。这些秘密,无论是我们之间的,还是每个人自己的,将大家联结在一起。那些不能说起的事情,让我们成为一个团队。

第 4 章

解读犯罪现场

一切调查都始于犯罪现场。犯罪现场记录了事件的发生过程和其中涉及的人物。但犯罪现场所"告诉"你的，有时很难理解，它们会因犯罪行为中的暴力、混乱受到影响，也会随着时间的流逝，变得更加模糊不清。它只是案件的回声。尽管过去 100 年来，科技的进步给调查人员带来了极大的帮助，出现了高科技摄像机、指纹识别和 DNA（脱氧核糖核酸）分析等新的侦查技术，但罪犯的技术也相应地提高，留下的痕迹越来越少。这像是一场军备竞赛，一场猫鼠游戏，被警方追逐的兴奋感往往像犯罪本身那样刺激着罪犯。20 世纪 60 年代末，犯罪者与调查人员之间的动态关系发生了意想不到的转变。一些调查人员开始将犯罪侧写的基本技术运用到了工作中。他们逐渐意识到，即便留下的传统类别的证据不多，犯罪现场仍可以显示出犯罪者的重要特征。

本质上，侧写的基础是对心理、行为和思想的常规理解。侧写是通过行动预测性格，而不是通过性格预测行动。侧写奉行的是，一个人的思考方式，或者说思考模式，会以可预测和可量化的方式指导其行为。因此，维护犯罪现场的原貌，并对其进行周密而有层次的分析，可以发现重要因素，揭露犯罪者的动机，反过来，也有助于描述犯罪者的特定类型。换句话说：解读犯罪现场，有助于理解留下这些线索的罪犯。

自20世纪50年代末起，调查人员为找到关于犯罪者的线索，一直在对犯罪现场做非正式的分析。比如众所周知的"炸弹狂人案"，联邦调查局就找到前反间谍王牌詹姆斯·布鲁塞尔（James Brussel）提供帮助，后来布鲁塞尔成了弗洛伊德学派的精神科医生。当时，纽约各个受人瞩目的场所都遭到了炸弹袭击，中央火车站、公共图书馆、无线电音乐城无一幸免。每当发生炸弹袭击，纽约的公共活动都会因此出现长时间的停滞。当地警方对这起案件束手无策，于是他们找到了布鲁塞尔，后者至少可以为案件带来新的视角。1956年12月，为了查出有价值的线索，纽约市拆弹小组指挥官霍华德·芬尼上尉做出了史无前例的举措，将总共16年的材料全部交给了布鲁塞尔，包括犯罪现场照片、案件报告以及投弹者写的信件。

布鲁塞尔对此很有把握。他的看法是，连环作案的凶手总会在行动中暴露自己的身份。他管自己的方法叫"反向心理学"，通过这种方法，人们可以"进入"凶手的头脑中寻找其行动的逻辑。布鲁塞尔结合了演绎推理、直觉、证据研读和弗洛伊德理论，拼凑出了对嫌疑人的描述。在炸弹狂人案中，布鲁塞尔发现犯罪者在信中手写的大写字母"W"都很扭曲，认为"W"的乳房形状代表了犯罪者的性挫折感。他推测，犯罪者笨拙的笔迹意味着他可能出生于国外，并进一步补充，选择使用炸弹，在文化背景上则可能与凶手的东欧血统有关。他将犯罪者描述为一个中年男性，出生于国外，未婚，很可能与自己的母亲一起生活。之后，在未来被行为科学调查组成员视为颇有先见之明的标志性时刻，布鲁塞尔说出了最后一条线索："还有一点。你们抓住他后——我相信你们一定会抓到他的——他会穿着一件双排扣西装，扣着扣子。"一个月后，警方抓到了这个纽约一系列爆炸案的凶手——乔治·梅特斯基（George Metesky）。他几乎完全符合布鲁塞尔的描述，包括扣得整整齐齐的双排扣西装。实在是太不可思议了。

这是第一次的犯罪侧写，侧写师单凭案件材料和自己的理论就对犯罪者做出了细致的描述，这样绝无仅有的案例在之后十多年内再未出现。但在新学院建成的1972年，联邦调查局对这门技术重燃了兴趣，建立了行为科学调查组，并开启了"侧写研究"。这个小小的举措非同凡响，这是联邦调查局第一次承认侧写的可行性。尽管侧写只是小组众多职责中的一部分，但新上任的组长——曾经的加利福尼亚州探长霍华德·特顿和联邦调查局教员帕特里克·穆雷尼——看到了这项技术的潜力。于是他们忙活起来。

特顿尤其欣赏布鲁塞尔的反向心理学以及它在炸弹狂人案中取得的成功。他阅读了能找到的所有文章，希望能深入学习侧写的方法。其中很多篇文章都将布鲁塞尔称为"沙发上的福尔摩斯"[①]，却对具体的侧写技术不甚了了。于是，1973年，特顿从匡蒂科驱车去纽约，拜访了已经退休的布鲁塞尔，并提出让他按精神分析师的时薪收费，教授反向心理学。布鲁塞尔乐了，说联邦调查局是付不起学费的，不过他愿意帮忙。在特顿和穆雷尼任期内，布鲁塞尔的

[①] 作者这里显然是在打趣布鲁塞尔作为弗洛伊德学派精神科医生的身份，以及让病人躺在沙发上进行治疗的医疗手段。——编者注

指导为行为科学调查组的工作设定了方向。两人都认为布鲁塞尔很有远见，希望将他的技术发展为调查工具，造福整个联邦调查局。

虽然新上任的组长满腔热血，但联邦调查局将侧写纳入正规制度的决定仍不乏批评。当时的大众认为，侧写更像奇技淫巧，不像科学方法。有报纸引用布鲁塞尔本人的话说："我闭上眼睛……看见了投弹者：他衣着整洁得体……我知道自己在受想象力支配，但我就是控制不住自己。"联邦调查局内的很多保守派人士，半开玩笑地批评说，想知道谁有精神病根本用不着侧写。不过他人的看法无法左右对侧写技术的实际需求。全国的一线调查人员都注意到，暴力案件出现了令人不安的增长趋势，并期待有新的技术可以帮助他们更好地理解案情。这类针对陌生人的暴力犯罪，比以往更为离奇、复杂，更难以预测，也更加频繁，令本就难以侦破的案件雪上加霜。显然，犯罪者在改变作案手法。调查人员也需要改变调查方法。

特顿和穆雷尼认为犯罪侧写可以破解这波新出现的非理性犯罪案件。布鲁塞尔的技术可以摸清连环杀手的行为模式和特点，而他们所要做的，则是建立一套运用该技术的程序。最终，他们的方法是将犯罪现场的证据，与可能的犯罪者类型建立联系。这种方法有点粗糙，也过度依赖于将潜在嫌疑人认作精神障碍者，但这套方法的确能帮助调查人员大致拼凑出嫌疑人的外貌、情感关系和社会特征，例如年纪、职业和犯罪前科等。这项技术很快就在一起棘手的刺伤案件中初露锋芒，特顿研究了证据，帮助当地警方找到了这个住在附近的青少年。这次小试牛刀引起了联邦调查局的注意，特顿和穆雷尼有机会进一步在联邦案件中证明这项技术的效果。

小组的第一个正式侧写任务涉及蒙大拿州博兹曼市的一起儿

童绑架案。1973年夏天，7岁的苏珊·耶格（Susan Jaeger）在露营时被人绑架。营地位于一座游客络绎不绝的州立公园内。犯罪者趁她父母在附近的帐篷里睡觉时，直接划破女孩的帐篷，将她带走。当地调查人员一连数月进行了广泛的搜查，仍未找到失踪的孩子。1974年，案件被搁置，之后被转到行为科学调查组，不过这样的转接更多的是出于绝望而非信任。特顿、穆雷尼和当时还是新人的罗伯特·雷斯勒，接手了调查工作。

小组根据侧写的主要原则（"行为反映人格"），将绑架者描述为住在博兹曼地区的本地年轻白人男性。他们描述他是一个有杀人倾向的偷窥狂，是个有性动机的凶手，会在受害者死后实施肢解，有时会留下一些人体部位做纪念。因为对这类案件越来越有经验，穆雷尼在日后回忆这起案件时，指出"我们觉得凶手是精神分裂症患者和精神变态者的微妙结合，他纯粹是为了探索人体部位而杀人"。这份描述非常符合重点怀疑对象，大卫·梅尔霍夫（David Meirhofer）。梅尔霍夫是一名越战退伍士兵，22岁，因为痴迷地盯着街上嬉戏的儿童而引起了当地警方的注意[①]。然而，没有明显的证据证明他与该绑架案有关。没有证据，调查人员就对他无能为力。

几个月后，案情有了转机。在同一片地区，18岁的桑德拉·黛珂曼·斯莫尔根（Sandra Dykman Smallegan）失踪了。斯莫尔根曾跟梅尔霍夫约会过几次，但不知为何，她突然拒绝了他的追求。经过两天的密集搜查，斯莫尔根的尸体碎块在郊区的一座谷仓里被找

---

① 警局日志中记录附近有许多家长投诉，说梅尔霍夫对自己的孩子"怀有不同寻常的兴趣"。

到。她的尸体被切成了几段并被烧焦，遗骸被藏在一个水桶里。当梅尔霍夫接受讯问时，他否认自己与此案有关，甚至主动接受测谎仪测试，同时注射硫喷妥钠，一种当时常用的"吐真剂"。梅尔霍夫成功地通过了测试，当地警方只能将他无罪释放。

另一方面，行为科学调查组却不太相信梅尔霍夫是清白的。他们认为他是一个精明的精神变态者，他能控制自己的感情从而骗过简单的测谎仪。他们相信梅尔霍夫与案件有关。他的行为符合一种常见的模式。从行为科学调查组过往的经验来看，凶手往往会想方设法参与到调查中，梅尔霍夫显然也符合这一模式，譬如他主动地接受了测谎仪测试。凶手通过参与调查，监视着案件的进展，想要在与调查人员周旋中取得先手。然而这种"兴趣"也会暴露他们的身份。

梅尔霍夫痴迷于儿童，且与第二位受害者有过交往，还主动参与了调查。基于这三点，探员们进一步完善了对不明嫌疑人的侧写——这个新步骤会在之后成为整个侧写过程的重要阶段。在第二次侧写中，他们补充了一个关键的新细节：有强迫心理的犯罪者很可能喜欢在脑中不断重复自己的犯罪行为。这一点可以解释梅尔霍夫为什么对调查进展感兴趣，以及为什么这些攻击行为具有连续性。于是，探员们凭直觉推测，凶手会在绑架案发生的一周年打电话给受害者的家人，因为这一天对他来说具有某种情感意义。特顿给出的理由是："因为绑架者渴望得到这个女孩，所以会打电话给她的家人。"如此明确的预测，却只有这样含糊的解释，显然这样的推测更多是基于直觉，而非理论方法。这也说明，当时的侧写技术还远未成熟。但无论如何，特顿让耶格家做好准备。他建议他们在电话旁边放一个录音机，以防万一。

果真，凶手在绑架案发生的一周年打来了电话。电话是耶格太太接的。电话中，凶手的语气充满鄙视，盛气凌人地戏弄着这位失去女儿的母亲，说自己要给已经8岁的苏珊买生日礼物，并暗示她还活着，此时远在欧洲。凶手甚至透露说女孩有天生的缺陷，"手指甲隆起"，以证明他确实是绑架者。侧写团队立刻请来联邦调查局的声音分析师，对录音进行审查。分析师判断，电话里的声音很可能是梅尔霍夫的，但这个结论还不够。当时，蒙大拿州的法律并不承认此类证据，也不会因此发放搜查令或逮捕令。受到阻挠后，小组调整策略，尝试了一条不太熟悉的破案路径。穆雷尼后来说："那时候真是孤注一掷。但听完录音后，我觉得梅尔霍夫可能是一个容易受女性控制的人。我建议耶格太太去蒙大拿，跟他当面对质。"他们希望，这招先发制人能让梅尔霍夫情绪崩溃，主动坦白。

耶格太太同意了，这场会面也顺利地被安排下来。不过，虽然耶格太太百般请求梅尔霍夫对她女儿的失踪做出解释，但后者却不为所动，几乎一言不发。可就在耶格太太回到家的几小时后，她接到一通被叫方付费的电话，来电者自称"特拉维斯先生"，并表示自己对绑架案知情。但没等来电者继续说下去，耶格太太打断了他的话，直截了当地说："噢，你好，大卫。听到你的消息太让我惊讶了。"最后，梅尔霍夫啜泣起来，挂掉了电话。

接下来的日子里，耶格太太签了宣誓书，描述了她接到的匿名来电与她和梅尔霍夫的会面之间的相似处。有了她的证词，调查人员终于集齐足够证据，拿到了搜查令。在梅尔霍夫的家里，他们发现了多位女性受害者的遗体，包括梅尔霍夫前女友的一截断指。真相终于大白于天下。梅尔霍夫遭到逮捕。供述时，他没有流露出任何情绪。除了以上两桩案子之外，他还承认自己几年前谋杀了两个小男孩。监禁期间,梅尔霍夫用牢房里的毛巾上吊自杀了。从认罪时的毫无感情,到突然自杀——这是一种绝对的情感表达,说明他早就计划好,被抓后就自杀。最终他只对自己有感情。

梅尔霍夫案是联邦调查局第一次利用新技术捕获连环杀手。尽管这种仓促莽撞的做法很难称为侧写技术应用的典范,分析和预测之间的关联也并不完全清晰,但这件案子确实证明,行为分析有朝一日会成为可行的调查方法。

"要不是因为侧写,"雷斯勒说,"我们绝对无法指认案件最可能的嫌疑人。他可能会继续杀人。现场调查人员找到了很多理由,让我们放弃调查梅尔霍夫,但侧写给了我们正确答案。"

虽然梅尔霍夫大体上符合对不明嫌疑人的描述,但侧写的整体方法和操作方式仍需打磨。仔细研究过这个案件的人会发现,很难看出分析与预测之间存在明显的联系。实际上,这桩案件中得出的诸多判断似乎都是侧写人员的即兴发挥。比如穆雷尼说的"我觉得梅尔霍夫可能是一个容易受女性控制的人",此类判断表明探员们侧写时仍然非常依赖自己的信念,而非系统性方法的指引。在某种程度上,他们仍活在执法铁汉的形象中,认为办案人员的直觉和经验可以弥补理解或信息方面的不足。这是20世纪70年代联邦调查局的内部文化,很少有人对此质疑。

不过雷斯勒是个例外。很早之前他就看穿了这种表面文章,知道要做出成功的调查,侧写师需要的不仅仅是直觉,而是一个可以长期依赖的参照系。从自己的亲身体会出发,雷斯勒相信,如果行为科学调查组积累的关于暴力罪犯的信息越多,探员的工作相应地也会越顺利。既往的案件可以为理解当前案件提供基础。这是雷斯勒在70年代末将道格拉斯招为门生的部分原因,通过这个机会,他得以与一个毫无成见的新手侧写师交流经验和信息。也是出于同样的理由，他对后来入组的我产生了兴趣。雷斯勒意识到，我对强奸的研究，可能可以揭露犯罪背后的动机。我这种将一种极为复杂的人类创伤量化为数据和研究的能力令他很惊讶，而且他认为可以用相同的方法解读连环杀手看似毫无理性的心理。更重要的是，他对我有信心。

* * *

我和雷斯勒一拍即合，很快成为相互欣赏的拍档。我看重他对犯罪侧写的远见，他欣赏我一丝不苟的幕后研究对侧写在方方面面的助益。我们相互切磋，试图消除分析与调查之间的鸿沟。在最艰难的时候，他像知己一般给了我超出常人的信任。那是 20 世纪 80 年代初的一个 5 月的早晨。雷斯勒和组长迪皮尤那天下午要同副局长约瑟夫斯以及其他几位上级一起，举行一场工作进度会议。开会的目的没有明说，但雷斯勒却担心我们的研究会被叫停。他需要证明在犯罪人格研究中，对 36 名连环杀手的采访已经初显成效。

"嗨，安，"那天上午他一见我就说，"再跟我说说数据工具的问题。我需要你快速总结一下评估凶手的具体方法。"

雷斯勒穿了一件新西装和一件浆洗过的有领衬衫。他虽然穿得很精神，但我看得出他一宿没睡。

"我们针对侧写对象的行为、情绪状态、谈话方式收集了可量化的描述性数据……"

"哎哟，"他打断我的话，"我又不是跟一帮搞学术的人做汇报，这些家伙对学术不感兴趣，你只需要跟我说点我能用的。"

"好，好，让我想想，"我说，"这样说吧，我们主要研发了一种评估表格，以同样的标准化方式收集每个凶手的数据。我们需要一种将每个凶手与其他犯罪者进行比较的方法，这种数据工具能做到这一点。它能够为凶手绘制详细的画像。可以说，它能让每个犯罪者具有可测量性。"

"这样说可以，"雷斯勒说，"还有吗？"

"还可以解释一下，我们设计的这种评估工具，可以用来了解几项主要内容：凶手的人格、背景、犯罪时的行为，受害者情况，以及对犯罪现场的详细报告，"我补充道，"另外，我们一次只做少数几个案件，这样方便改进，好为将来的犯罪者评估做参考。我认为这一点很重要，因为这说明我们的方法非常完善。这是制作和划分暴力犯罪新类型的方法，也是之后侧写工作的参考要点。"

"嗯，最后这部分我还不太确定，"雷斯勒说，"或许最好还是说点侧写技术的最新进展。我不太确定有没有必要说这么多。"

雷斯勒是我所认识的最聪明的人之一。正是他的远见和付出，让犯罪人格研究的概念有了雏形。他积极参与每一步研究，通晓各种方法。但他也是个完美主义者，每次开会他都会准备好计划，而反复问答正是他保证每条思路成熟通畅的方式。

"你可以提一下国家司法研究所的拨款，"我提醒他，"他们能看出我们的研究有潜力。"

"得了吧，安。联邦调查局对研究和理论没兴趣。你比别人都清楚这个吧，"雷斯勒提出了反对意见，"上头想要的是证据。我们需要15~20个案件的分析结果，才能让他们觉得侧写是成功的。"

"那你有什么想法吗？"

"我会告诉他们研究的第一部分，以及不同连环杀手的类别，"

雷斯勒说,"我想,如果我先多说点凶手的离奇细节,他们会更感兴趣,侧写的最新进展我留到最后简略带过。"

* * *

之前,在我指出犯罪人格研究的复杂性之后,我们都同意将研究分成三个阶段,每个阶段都要建立在前一阶段的基础上。实际上,在此之前,从来没人想去了解连环杀手的心理,因此我们必须保证每个阶段都经得起验证,然后再进展到下一阶段。

第一阶段是延续雷斯勒和道格拉斯对无明显动机犯罪的研究[1],这一阶段的目标是要将不同类型的犯罪者分类,这样便于我们比较他们的异同。第二阶段则针对连环杀手,着重分析警方记录及庭审案件的数据,其中最重要的部分,是分析涉及强奸或性暴力犯罪的 36 名罪犯的访谈,目标是系统性地深度挖掘杀手的心理,通过他们的行为及行为模式窥探其本质,即他们身份的构成要素。我们认为,在未来实际用侧写技术抓捕连环杀手时,这 36 名罪犯可以作为参照系。他们构成了数据库的"对照组",我们可以不断利用这份资料,从以往杀手的身上发现抓获当前犯罪者的线索。

第三阶段则是开发犯罪侧写。我们在第一和第二阶段所得到的知识都会在这一阶段汇总。一旦理解了杀手的心理机制,并且将杀手的想法拆分成心理、行为、幻想和动机等最基本的要素,我们便可以将这些发现运用在侧写中。抽丝剥茧,最终发现他们的本质,

---

[1] 我们很快发现,这些犯罪其实并非完全无动机——它们往往存在性动机,而初步调查常会忽略这一点。

这是我们的目标。原因在于，连环杀手本质上都符合某种规律，他们的行动都具有目的性。如果仔细琢磨，便会发现哪怕是最不合理的心理也自有其道理。

在犯罪人格研究的第一阶段，我们初步的发现是，犯罪现场本身往往会遵循一定的规律，符合三种类型中的一种，即有序型（有计划的、缜密的犯罪）、无序型（一时兴起的随机犯罪）和混合型（兼具有序型和无序型犯罪现场的特征）。不同的犯罪现场与杀手的谋杀幻想有关。有序型杀手心中总有一套清晰的计划，会等待下手时机；无序型杀手则会陷入触发冲动型犯罪的情境中；而混合型杀手则往往会在预先安排好的作案过程中遇到意外，变得无序，杀人时比预想的更突然。这种分类成了我们定义人格类型和行为模式时的基本要素。

确立分类后，我们就能对36名罪犯做有序型或无序型的分类，并在每种类型中寻找更多的规律和特点。这一过程揭露的一致性令人震惊。例如，有序型犯罪者往往有平均水平或更高的智商，但只从事钱少而低微的工作。他们往往成长于相当稳定的家庭，社交能力强，性能力合格。在犯罪方面，有序型犯罪者表现出对作案手法的高度自知，会刻意反侦查。他们的犯罪通常会源于压力或某个触发事件，但在杀害陌生人——几乎都是单身女性——时，他们会保持足够的警惕。大多数有序型犯罪者都有从受害者身上带走"纪念物"的习惯，他们常会收集剪报和其他纪念物。此外，有序型犯罪者逍遥法外的时间越长，他们的犯罪行为就会变得越具攻击性、越频繁。

相反，无序型犯罪者的智商往往低于平均水平。他们来自不稳定的家庭，经常失业，通常是独居，或只跟单亲家长生活。他们觉得自己缺乏社交，有强迫心理，性无能或者性厌恶。他们会冲动性地犯罪，几乎不去考虑反侦查的问题。他们通常认识受害者。他们的杀人手法和对尸体的毁损极其残忍。但由于缺乏计划，因而常常会留下证据，这类犯罪者更容易被抓捕。

　　两类鲜明的犯罪者类型以及 36 名罪犯的独特案例，兼备数据、背景信息和实际的犯罪调查，是犯罪人格研究在第一和第二阶段要处理的内容。这部分也给我们提供了侧写的模板，无须从零开始。困难的是将这部分信息转换到第三阶段。我们仍需要一种侧写方法，将所知的有关犯罪的一切与未结案件的调查资料结合起来，汇集所有信息，准确说出犯罪者的动机和特征。所有的碎片已经被找到，将它们拼凑在一起只是时间的问题。

第 5 章

女性杀人犯

即使到了 20 世纪 80 年代中期,联邦调查局中依然有人误认为侧写基于直觉多于技术。我很难理解为什么有人就是看不到调查方法上的创新。这也给我的工作增加了难度。虽然成功的侧写越来越多——交给行为科学调查组的案件个个都是难题,但我们工作的前景仍不明朗。犯罪人格研究没有拿到后续拨款,局里的上级对侧写的研究部分和侧写本身都未置可否。不过,自从我们在朱伯特案中取得初步成功后,3 年间,外界发来求助的案件数量激增。仅 1981 年就有 50 份需求,此后每年都会翻倍。显然大家对侧写都有需求,但为什么我们得不到支持呢?雷斯勒的回答很简单:"因为联邦调查局摆脱不掉自身的官僚习气。"

我通常会无视犯罪人格研究引发的质疑,一心只管手头的工作。毕竟,无论是在学术界还是在医院,大部分研究总是不确定的,在联邦调查局显然也是如此。研究向来是没有保证的,而侧写本身完全是另一回事。侧写方法成功了的消息传出去后,我们的小团队受到了越来越多的期待,也面临着越来越多的压力,要帮助执法部门为最紧迫的案件做犯罪侧写。我们需要全力以赴才能满足所有的求助。小组的常规教学和外出培训工作本就不轻松，又缺乏资源，如今再加上这些额外的工作，我们必然会不堪重负。

1984年1月，大家终于松了一口气。在组长迪皮尤的积极争取下，联邦调查局同意拨给我们4名新探员。不仅如此，领导还发来一长串的问题：侧写可以一致性更强吗？侧写过程可以更快吗？可以在其他类型的案件中运用侧写吗？虽然我希望能用一个"可以"回答所有问题，但事实上，我也不知道。虽然我对我们的工作和组员有信心，但侧写工作同犯罪调查不一样。侧写仍处于初级阶段。我认为，侧写之所以可信，是因为它与我诊断精神病患者的方法有诸多相似之处。在治疗时，有关疾病的所有线索都摆在那里，你只需找到它们并将之与疾病建立联系。新探员来自完全不同的背景。他们需要自己摸索侧写的原理，毕竟侧写虽然基于证据，但需建立在对犯罪人格研究的理解之上。我意识到其中蕴藏着机遇。如果一切顺利，我、雷斯勒和道格拉斯就可以为新探员创建一门训练课程，并一举证明侧写的研究价值。因此，1984年的夏初，我暂别学术圈，全身心扑在匡蒂科和侧写研究上。

匡蒂科的地下深处没有我的办公室，而大厅里则充斥着无休止的噪声，人声、电话铃声、传真机的嗡嗡声响个不停。探员们不想让我受干扰，所以在大会议室里为我安了张办公桌，摆上了6个标准尺寸的文件柜，每个柜子里按时间顺序排列着活页夹，里面存放的都是调查组案件的记录和相关报道的索引。这样的安排再好不过了。在偌大的空间里，我仿佛置身于蜂巢的中心，周围堆积着关于连环杀手及其罪行的调查知识。我可以使用任何资料找出线索，解开犯罪心理的谜团。我有机会为犯罪人格研究添砖加瓦，运用所学让侧写过程更快、更可靠。

数据是我的着手点。当时已经有 50 多名臭名昭著的凶手接受了监狱访谈，除了初期的 36 名，之后还记录到了其他人，他们都不介意敞开心扉，自然而然地回答起自己如何选择犯罪对象，在犯罪时发生了什么，带走了什么"纪念物"，犯罪前是否受到色情作品的影响，犯罪后的行动和心理，以及其他有助于我们理解他们犯罪倾向的各种问题。他们的回答呈现出有趣的一致性。这些答案展现出犯罪现场与罪犯有着不随时间和地点改变的一些共性，这说明它们根本不是罪犯的个人特质。例如，在接受采访的罪犯中，有 51% 的人智商高于平均水准，72% 的人与自己的父亲感情疏远，86% 的人有精神病史。这些背景数据第一次展现出，与大多数人类行为相比，连环杀手的行为存在明确的模式。这些显著的结果进一步证实了我们的推测，为侧写技术提供了数据基础。

我第一次把调查结果交给雷斯勒时，他如释重负地叹了口气。

"我跟你说，我很担心这份数据会跟我最近几年得出的结论截然相反。"

我很能体会他的心情。我们从犯罪者的角度去理解犯罪本质，其实冒着很大的风险。我们是在与恐怖正面交锋。体重锐减和胸口疼痛都是组员们常见的小毛病，而道格拉斯是组里最极端的例子。1983 年，道格拉斯在西雅图处理一个案件时，突然患上脑膜炎住进医院，昏迷不醒，几乎送命。他回到弗吉尼亚州后，在家中休养了好几个月，才终于可以下地行走。"我觉得，这病是我 6 年来连续追捕世界极恶之人的代价。"他告诉我说。自那之后，我习惯在跟团队成员碰面时，询问案件对大家心情的影响。我们必须尽力支持和安抚彼此的情绪。

这件事让我在 1984 年的夏天关注到另一个问题。我所感兴趣的不仅仅是理解犯罪心理学，我也想知道探员们是如何思考的。如果说探员的目的是探究不明嫌疑人的心理，那么为了更好地完善侧写的方法论，我则需要理解探员所用的渐进式方法具体是怎么回事。于是我开始留意，我关注探员的个人模式和行为，并做了笔记。他们中的有些人是视觉型思考者，会在头脑中构建犯罪画面；有些人则会在脑中组建一系列的清单；也有人在小组讨论时兼收并蓄，一边质疑他人的分析，一边有条不紊地形成自己的观点。神奇的是，虽然成员们性格迥异，但在超过 80% 的情况下，大家总能得出同样的结论。

比方说，在确定朱伯特案中不明嫌疑人的体形和体重时，雷斯勒认为嫌疑人应该很纤瘦，因为他弃尸的位置离土路很近，这表明嫌疑人无法将受害者扛到更远的地方。黑兹尔伍德也认为不明嫌疑人很瘦，但他的理由是，嫌疑人两只脚的脚印离得很近。两位探员都认为，不明嫌疑人"体格瘦小"，最后事实也确实如此，但他俩的理解模式不同，这很可能是因为他们先前在各自的职业中积累了不同的调查经验。

方法不同而结论趋同的现象引发了几个问题：侧写技术的哪些部分是可以被教授的？哪些部分又是可以通过经验完善的？如何评估探员的侧写能力？我心里没有确定的答案，不过这时候提出这些问题时机刚好。第二代侧写师罗恩·沃克（Ron Walker）、比尔·海格米尔（Bill Haigmier）、贾德森·雷（Judson Ray）、吉姆·赖特（Jim Wright）和新来的侧写师学徒格雷格·库珀（Greg Cooper），正开始参与案件侦破工作，我们会很快得出答案。他们的研究和贡献将会对侧写的未来产生广泛的影响。如果组里这批最新鲜的血液可以学会利用手头的犯罪信息，成功地对不明嫌疑人的行为特征加以分析、重构和分类，那我们就可以确定侧写是一门可以习得的技术，并且由此为我们未来训练新探员和其他执法部门的警员提供了范例。这将是我们行动的蓝图。

目前虽然仅仅增加了4位探员和1名学徒，但已经让我们轻松了不少。他们进组后，我们能处理的案件不但数量增加了，类型也得到了扩展。在此之前，我们所有对侧写技术的研究和实践应用，涉及多起谋杀案，犯罪者都是18~35岁的男性，其中大部分是白人。这些杀手的手法和动机各不相同，但他们的人口统计特征大致一样。从某种程度上说，这就是当时已知连环杀手的情况，但这也说明整个警界文化中存在着普遍的缺陷。在20世纪70年代后期和80年代初期，受害者为白人的案件比涉及少数群体的案件得到了更彻底的调查。这是个可耻的事实，也限制了我们全面地去理解罪犯及其罪行。

作为学院里为数不多的几位女性之一，我或许比别人更能敏锐地意识到，当时普遍存在的社会问题。我体会过不合群的滋味，也因此懂得不合群的好处。我经常向团队强调，不同背景的探员可以帮助我们更好地理解和反思犯罪的多样性。这样的说法通常会换来几个赞许的点头，但也仅此而已。然而，自从贾德[①]·雷作为第二代侧写师入组后，情况终于有了转机。雷是小组的第一位黑人探员，我们很快成了立场一致的盟友。他明白，让行为科学调查组走出舒适区非常重要。他也同样认为，侧写并不仅限于对单一的人口有效，而是有更广泛的应用范围。我们只需要去证明这一点。我们

---

① 贾德是贾德森的昵称。——译者注

需要一个案子，来证明侧写技术是一种新颖的重塑调查程序的手段，无论最终凶手的身份多么出乎意料。这个案子要能证明侧写具有扭转乾坤的潜力，让人无话可说。这样的一桩案件终于在1984年的一天下午落在了探员罗恩·沃克的办公桌上。

第二天一早，我们6个人在防空洞里和这桩案件的主办探员沃克碰头。我之前打过招呼，让雷一定要参加。我们抵达时，房间已经被布置好了。沃克给我们一点时间回顾案件的关键信息，这时我决定，我要开个不同于以往的会议。我想要像之前关注方法本身一样，关注案件的细节。我知道每位探员都是从自己独特的出发点来处理侧写，但我从不认为方法不同会影响最终的结果。这个思路至关重要。通过观察各个探员发问、处理信息、因势利导的方法，我更加懂得了侧写是一个有方法的过程。换句话说，每位探员的观察记录都是侧写会议顺利进展的必要元素，而通过观察每位探员的工作，可以将他们处理、分析每次会议主题的方法串联起来。探员们本身是需要被放在更大范围内考量的数据点。

"这个案子可能是我们组从来没遇到过的，"沃克边说着，边按下磁带机的录音键，录下我们的谈话，供未来参考，"有一个证人看到了袭击过程。显然，不明嫌疑人是名女性。"他熄掉灯，把投影仪对向远处的墙壁。

* * *

1984年6月23日，星期六。15岁的科斯顿·C.独自待在家中，等人来接她去参加一个秘密的入会晚宴。她家位于加利福尼亚州奥林达市郊区的一处中上阶层社区。她要加入的是一个不轻易接受新成员的民间组织，鲍勃-欧-林克斯（Bob-O-Links）会，当地人都叫它"波比会"。波比会非同小可，能加入波比会，标志着个人的社会地位超越了高中生。因此，当科斯顿的妈妈接到电话，听到一个未说明自己身份的女性解释说，晚宴是个秘密，她会在晚上8点30分来接科斯顿时，全家人都激动不已。

那天晚上，科斯顿的父母和她12岁的弟弟出去参加棒球餐会，科斯顿则在家中等人来接自己。晚上8点20分，科斯顿的妈妈打电话回来祝女儿好运。不久，一辆轿车司机在车道上按响喇叭，科斯顿冲出家门，上了一辆破旧的双色调橙色福特平托，坐在了副驾驶座上。平托驶过附近的长老会教堂，在教堂前停了大约30分钟。车内的两人都没出来。之后，科斯顿下了车，走了500码左右，来到路尽头的阿诺德家。阿诺德一家是科斯顿一家的友人，阿诺德太太打开门，认真地听科斯顿讲述自己的困境："我的朋友洁尔举止怪怪的，她不肯送我回家。"科斯顿问自己是否可以到阿诺德家给父母打个电话。这时，阿诺德太太注意到人行道上站着一个浅褐色头发的少女。阿诺德太太觉得有点怪异，于是请科斯顿进了屋。科斯顿给家里打了电话，但没有联系上自己的父母。阿诺德先生提出驾车送她回家，科斯顿答应了。他们出发的时间大约是晚上9点40分。

在3英里的路程中，阿诺德注意到，有一辆橙色平托跟在他们的车后。他转过身直接问科斯顿："那个就是刚刚和你一起的女孩吗？"科斯顿承认是她，但保证说没什么事，转而平静地聊起学校和朋友的话题。一到家门口，科斯顿就注意到了她父母还没回来。她对阿诺德说，自己会到隔壁邻居家等父母。但是没过一会儿，透过副驾驶座的窗户，阿诺德看到一个女性的身影穿过科斯顿邻居家门前的草坪，朝站在门廊入口处的科斯顿冲过去。阿诺德听到她俩

第5章 女性杀人犯　　75

发生了口角，然后就看见科斯顿倒在了地上，尖叫声也随之传来。过了一会儿，阿诺德先生看到袭击者跑过车道，跳进了那辆平托，急转弯时撞到了路牙，然后疾驰而去。

好几位目击者都看到了事情发生后的混乱景象。各家门廊上的灯都打开了，很多邻居从家里冲出来，朝着骚动的方向跑去。科斯顿爬了起来，踉跄着经过阿诺德的车前，尖叫着求救。她满手是血，撑在车子后备厢上时留下了鲜血淋漓的手印。阿诺德立即去追那辆疾驰的福特平托，但转念一想，又把车开回来，看看科斯顿是否需要帮助。他看到急救人员正匆忙地把科斯顿抬到救护车里，于是径直找到了一位警官，向他描述了自己刚刚追逐的那辆平托，以及科斯顿对那位奇怪朋友的评论。

在此过程中，科斯顿的家人回到了家。之前的混乱转为寂静，但当他们看到科斯顿浑身是血，躺在救护车后面的担架上时，场面再度混乱起来。急救人员关上救护车车门，按响警笛，穿过密集的人群，将科斯顿送往附近的医院。一小时后，科斯顿被宣布死亡。当时是晚上11点零2分。

警方马上展开调查，调查人员关注的是一条主要线索：凶手驾驶的福特平托。警方调查了750多辆黄色和橙色的平托，却都没有找到与科斯顿案有关的决定性证据。

之后，警方又找到了三位目击者。第一位是阿诺德家的邻居，他傍晚出来散步，看到路尽头停着一辆平托，驾车的是一位女性。她看上去心烦意乱，于是他走到车窗边，问她是否有事。女司机摆摆手打发他离开，说："我没事，别管我。"他们的交流仅限于此。

第二位和第三位目击者是一对年轻的情侣。他们的车也停在教堂的停车场。这块地方是当地高中生聚会、约会的"圣地"。他俩看到那辆平托在这里停了大概 35 分钟。不巧的是，他们都不认识科斯顿或者司机，也没仔细留意当时车内的情况。

* * *

"这就是案子的情况。"沃克翻过文件夹里的最后一页，看向桌子对面的我们。"这个案子已经好几个月没有进一步的线索了，也不再有人过问。不过我要补充一点，法医证据表明，有五处捅伤，右胳膊的前臂还有一处防卫伤。五处捅伤中，有两处深入受害者的背部，刺破了她的右肺和横膈膜，"沃克快速在投影仪上切出后面几张照片，"这是尸检报告。照片显示，还有一刀割裂了她的肝脏。胸口的两处伤口大约 15 厘米长，穿透了左肺。她似乎是被自己的血呛死的。没有身体受骚扰或性侵的迹象。"

"好。有什么问题都提出来吧。"

"证人都是怎么描述的？"雷问。

"看，这就是麻烦的地方。"沃克摇了摇头，"阿诺德都算不上目击者。他完全被吓到了，想不起平托的车牌号，也无法描述从他车边跑过去的那个人。他只说，那个人是个女的，脏脏的金色头发，穿的像是跑步服。他甚至也说不出那人的年纪，只说'她年纪不大，也不年轻'。调查人员甚至给他做了催眠，但他还是想不出更多的东西。另外两个目击者，那对在车里亲热的情侣，一直把车停在停车场的角落，只看到受害者从平托里出来走掉了。"

"你确定他们看到的是那辆平托吗？"雷问，"跟来科斯顿家接她和阿诺德追赶的是同一辆？"

沃克的脸上闪过一丝愠怒的神色。"来接她的车是一辆橙色平托。在教堂停车场被看到的是一辆橙色平托。这儿，还有这儿，看到的都是一辆橙色平托。是同一辆车。你要是需要更多证据，我们有很多目击者都说这辆车有撞痕，有凹坑。这车状况不大好。"

我用余光看去，发现道格拉斯在笑。我很清楚他要干什么。他想讲个笑话或者说点其他什么，来缓和一下房间里的紧张气氛。

"哎哟，沃克。你搞得我都不敢问那个明摆着的问题了，"道格拉斯举起双手，像是要投降的样子，"不过到底那天晚上有没有入会晚宴啊？"

"没有，那天晚上没有什么入会仪式。这就又要说回波比会了。当时，那个俱乐部的主要组织者都去了夏威夷，进行一年一度的野外考察。要记住，波比会是个民间组织，跟大学里的女生联谊会性质差不多。它是个社交俱乐部，一个为当地医院提供帮助的社会组织，提供的服务有点像志愿护士。这个俱乐部并不对外开放，成员一般都很有钱。所以那些人才能去夏威夷做野外考察，没去的都是普通成员和新会员，毕竟不是所有会员都是社团组织者。俱乐部的规模不是很大，可能有20~30个女生，其中约一半人都有个一官半职。所以案发时，大部分人都不在。"

"再给我们说说凶器，"雷斯勒的注意力又回到刚刚的讨论上，"他们找到凶器了吗？"

"没找到，没呢。我们最多能够确定，凶器是一把很大的单刃刀，很可能是一把常见的猎刀。不过还没证实。目击者没见到刀。我们只有尸检报告，上面说伤口是由一把相当大的单刃凶器造成的，凶器至少有1.5英寸长。调查人员在现场发现了一把黄油刀，不过这个跟凶案没关系。"

"除了黄油刀，法医有没有找到其他东西？"

"没有有用的东西,"沃克说,"他们确实发现,在袭击地点,门廊的一侧栏杆上有一枚血指纹,指纹不是受害者的。不幸的是,这枚指纹并不完整,不足以进行比对。"

"我们能再说说受害者吗?"我扭转了话题,"整个过程中受害者的表现如何?目击者怎么描述?"

"她并未表现出惊恐。阿诺德和他妻子说她很担心,还有点不高兴。就这些。"

"那受害人的特征有哪些,如果我们给受害人做侧写呢?"我进一步追问。

"我们来看看,"沃克翻查着笔记,"这儿记着,她是个15岁的高中生,在学校很受欢迎,属于最受欢迎的那群人,在家里有点像'小公主',父母会满足她的一切想法。受害人家里还有其他兄弟姐妹,不过她是最大的女儿。她是个很讨人喜欢的年轻女孩。从受害者的角度看,她的背景里没什么会让她有高受害风险。她跟自己的女性朋友关系很好,跟学校里的男生关系很好,跟大人的关系也很好。据我们所知,她没有滥交的问题。她的同龄人说她挺会撩拨人的,会让男生误会,却总是在男生当真的时候抽身而退。她的背景资料中唯一有点不寻常的是,呃,对于加利福尼亚州来说,其实也不算不寻常,但一般对于15岁的女孩来说挺不寻常的,那就是她偶尔会吸毒。她也抽大麻,喜欢喝啤酒喝到不省人事。虽然不是天天这样,但她经常参加派对,喝酒,有机会吸一口的时候也不会拒绝。反正,这种事在这个加州高中生身上不算不寻常。不过她就喜欢这个。"

"那个送她回家的男的,阿诺德……我们能确定他与此案没关系吗?他离袭击现场这么近,却不能清楚地描述不明嫌疑人,这有点不常见。"雷斯勒说。

"他只是被吓坏了。整件事对他来说太难接受了。"

"看,我感觉这里不太对劲,"雷斯勒继续说,"这让我怀疑他是不是认识不明嫌疑人。或许他是在保护另一个高中生。"

"等等,"我插嘴说,"在把这个纳入侧写之前,你能先解释一下这个问题吗?你说受害者是个受欢迎的女生,对不对?那她有没有跟俱乐部的朋友聊到过入会仪式的事?难道他们不会告诉她,那天晚上根本没有入会仪式?"

"嗯,这是个有意思的问题,"沃克同意道,"受害者确实给一个朋友打过电话,聊了入会仪式。那个朋友正好也是波比会的成员,但对入会仪式一无所知。不过,受害者和那个朋友都认为,可能会有活动,可能有个入会仪式,只是她们不知道而已。要记得,这个组织有点像秘密俱乐部。所以她同意去了。"

"这可以说明我们的不明嫌疑人是波比会的成员,"黑兹尔伍德说,"不然,受害者为什么会上车跟她一起走呢?更别提后来一直跟她坐在停车场里那么久了。"

"所以我们现在开始侧写了吗?"沃克说,"这没问题。不过,你们说的,不明嫌疑人一定是波比会成员,这一点其实有些疑问,因为最初那通电话是妈妈接的,不是受害者自己接的。这让我觉得有点刻意,像某种掩饰手段。同时,我们知道,打电话的人熟知波比会的入会程序。所以,没错,你们说的可能是对的。因为在明知司机不是俱乐部成员的情况下,受害人是不大可能上车的,毕竟波比会不会在入会程序中任用非会员。"

"我是这么看的,"道格拉斯摊出自己的理论,"侧写师的观点是,受害者和袭击她的人是相识的,很可能她们之间存在某种关系，受害者的家人和朋友都不知道。沃克刚刚说的没错，这里的情况表明，这个来接她的人是会员，或者至少熟悉波比会，因此肯定是个女性。她对当地很熟悉，这点也很明显，因为那辆平托的司机把受害者带到了当地青少年常去的地方。这一系列事件显然是有预谋的，年龄太小的女孩做不到这一点，所以她很可能是高二，或者高三的学生，或者是最近刚毕业还没离开小镇的人。她对于困在当地、没有前途感到有点愤怒。不过矛盾之处在于，凶案的策划井然有序，而凶案发展的方式完全是无序的。从坐在车里的目击者面前跑过去，刺伤受害者后再次从目击者面前经过，一次是跑向受害者，一次是逃离案发现场。这太轻率了。"

"计划和无序这两点很重要，"黑兹尔伍德表示同意，顺着道格拉斯的思路说下去，"但你要想想不明嫌疑人真正的计划是什么。我觉得这不是蓄意杀人，我这么说的原因是，这个过程中有很多次机会，至少她们在停车场的那35分钟里，以及之前的整段车程中，都不缺乏机会。"

"有道理，"沃克赞同地点点头，"可能是在停车场发生的事导致情况恶化，可能是某种冲突。受害者离开那辆平托时，也许说了'去它的。我要走了。你真怪'之类的话。无论到底发生了什么，最终的结果都是这让平托的司机非常伤心、焦虑、生气、狂怒，以至于跟着受害者回了家，走下车，袭击了她。"

"这是一种非常无序、冲动的行为，"道格拉斯说，"这些行为都不是为了谋杀而预先策划的，仅仅是出于某种原因想跟受害者待在一起。可能存在恋爱动机。"

"听起来大家好像意见一致，如果我们的侧写对象是一个高中生年纪的女性，"我环视了一圈，数了数有几个人在点头表示赞同，

"那么如何解释那把猎刀呢？如果它不过是顺手取自车里的凶器，那么问题就来了，一个女高中生的车里怎么会有这样的东西呢？"

"嗯，我们不知道车是不是司机本人的，也不知道司机是不是习惯从朋友或家人那里借猎刀，"沃克说，"如果是第二种情况，那么刀很可能不属于不明嫌疑人，或者不是她原本计划中会用的。"

"如果要从被害人心理学的角度来考虑这个问题，我认为车子的车龄与车况是另一个重要因素，"我说，"它指向的是缺乏经济能力。这与凶案发生地区的普遍富裕状况有很大差距。不明嫌疑人车子的情况表明，车主处于较低的经济地位，很可能会增加其无法融入周围环境的焦虑感。"

"说点我觉得极为重要的事，"雷斯勒插话说，"先别管那辆车。这个案子里有一个把受害者从家里弄出来的复杂计划，然后她被人用刀杀死了——这样的凶器通常意味着，这是一桩有预谋的犯罪。我们对受害者和不明嫌疑人都分别研究了很长时间，发现受害者的脸部没有外伤，衣服也没被撕破。但是现在你们有人说这不是预谋杀人，于是犯人使用的凶器成了临时起意而不是预先选择的。这种推测，跟实际凶手做了完备的计划，以及最终导致一个女孩被杀害的事实，差别可大了去了。"

"或许有其他尚未查明的事情，"道格拉斯反对道，"也许这些事情最终可以解释她俩在车里发生了什么，以及为什么最后会发生激情犯罪。"

"让我们回到侧写上，"沃克切换了话题，"我们都认为这属于无序型犯罪。我们似乎也都认为，犯罪者至少受过部分高中教育，很可能是个学生，或者最近刚刚毕业，行凶期间仍住在当地。如果她是波比会成员，那她的智商应该是平均水平或者更高，但相比学业成功,她更看重社会地位,因此学习成绩平平。案发期间,袭击者要么是住在当地,要么是在当地工作。她有一定的社交能力,这里要重申一下前提,假设她是波比会成员。她的经济水平很可能处在社会底层,这可以说明为什么她很难交到真正的朋友。我觉得,就此可以进一步推断,她很可能有吸毒和酗酒史,用毒品和酒精缓解焦虑和压抑。我认为凭袭击者的年龄,可以排除她有犯罪前科,但是不能排除与毒品有关的轻罪记录。"

"听起来蛮合理的,"雷斯勒说,"只是我希望我们再多了解一点她们在车里时发生了什么。她们两人之间一定是发生了巨大的冲突,才引发了这么强烈的反应。"

"吸毒。"道格拉斯重复着沃克的话。

"我们能快点说说犯罪后行为吗?"黑兹尔伍德问道,"安,这部分真的要你来帮忙解释相关的心理。你有这方面的优势,虽然我已经结婚20年了,但我还是不知道女人在想什么。"

探员们笑起来,我也跟着大家一起笑了。随后,我觉得自己不应该笑。"私生活的事情还是私下聊,罗伊。我更关心的是处理这件案子。"

气氛顿时安静下来,黑兹尔伍德有点不好意思,温和地道了歉。

"不过,黑兹尔伍德说得也没错,"沃克说,"这件案子中的犯罪后行为很重要。第一个要处理的问题是凶器。谁先说说?"

雷斯勒起了个头:"基于这次袭击属于无序型,不明嫌疑人很可能在驾车回家的路上处理掉了凶器。她很可能没想太多,从车窗把刀扔掉了。我很有把握司机回到车里后直接回了家。我之所以这么说,是因为我认为袭击者之前从来没有做过这样的事情。"

"在这一点上我跟鲍勃想的一样，"我同意道，"这是有伤害性的行为，没有杀人倾向的人——我觉得不明嫌疑人没有杀人倾向——做了这样的事情后，首先会去个安全的地方。他们会找个温暖、支持自己的环境，让自己远离发生的事实。在这个案件中，如果我们找的不明嫌疑人是个女高中生，那么我认为作案后她可能会马上回到自己的家里。"

"很好，"道格拉斯说，"刀是在驾车回家的路上被扔出窗外的。那么如果警方能列出一些嫌疑人，就能搜查最合理的行车路线，找到那把刀。"

"司机可能把车内的证据也清理干净了，"黑兹尔伍德补充说，"如果车子是借的，那更有可能被清理了。她甚至可能第二天大清早就把车送去当地洗车行了。"

"那是一段关键期，"我说，"不明嫌疑人的个人行为在犯罪后很快会有明显的变化。回来后的那天晚上，她很可能没见过其他人。但作为跟家人住在一起的女高中生，她很可能第二天早上跟人有接触，他们很可能注意到她变得有点沉默寡言，至少在犯罪后的几天不想跟人来往。她可能会表现出焦虑、易怒、紧张、心事重重。她可能会改变平时的行为模式，包括饮食和睡眠习惯。她可能对着装不那么在意了，不太关心自己的仪容仪表了。"

"沃克，你知道不知道，当地警方有没有注意到葬礼上有什么不同寻常的事情？"道格拉斯问，"我们以前见过类似的案例，凶手参加葬礼时表现得格外冷淡。通常他们也会在葬礼结束前就离开。"

"警方一定知道她是谁，"雷斯勒坚持说，"他们不会有很多嫌疑人的。他们很可能已经在调查过程中审讯过她，并注意到了，她比其他孩子更焦虑不安。她甚至可能会主动提出帮助调查。你有什么没告诉我们的吗,沃克?"

"好啦,各位,"沃克匆匆收拾了东西,"这么多就够了。我会完成侧写,发给奥林达警方。如果有新进展,我们再进行汇报。"

* * *

侧写过程就是这样。会议结束后,这些转场经验丰富的探员,只要轻轻一拨,就能把脑子调回到各自的世界里去。他们刚刚还在分析暴力刺伤的画面细节,转身就聊起了家里的周末计划,或是办公室政治,或是乔·吉布斯跟华盛顿红人队的近况。这种品质在某种程度上有点吓人,却也是联邦调查局探员被录用的原因。尽管个性各异,但行为科学调查组的每位成员都能做到既有同情心,又不受情绪影响,不受困扰。为了保护自己,他们各有方法去保持超然的心态。

而我的经历与他们的不同。采访性侵受害者并没有令我对恐怖行为无动于衷,而是让我更加理解犯罪的特点乃至犯罪的模式和意图。通过与受害者沟通,感受他们的故事,分析背后的心理,我对侧写的受害者部分有了独特的见解。侧重于犯罪者研究的探员能够欣赏这一点,尤其是它能帮助厘清为何惯犯在一系列的犯罪中会改变对待受害者的方式。我经常被请来解释这类犯罪中的人际动力学,例如在受害者在自卫时会如何回击,或何时屈服,以及在不同情况下刺激或惹怒犯罪者的方式等方面提供看法。但我的方法也让我的情绪更容易受到案件影响,这些情绪会纠缠我。我经常会因为想要更好地理解犯罪者的动机和身份,而反复琢磨案件中的信息和细微差异。每当犯罪者因为调查组的成功侧写而最终落网时,我会为我们的工作感到由衷的骄傲，但更多的是如释重负。

这种感觉在波比会案中尤为真切。自从20世纪80年代初以来，在小组开过的十来次侧写会议中，这是第一起女性对女性的犯罪。如果这次侧写成功了，那么联邦调查局那个尚无答案的问题会得到一个响亮而肯定的回答——侧写可以被运用于其他类型的案件。几个月后，同年12月，终于有了答案。沃克告诉我，他们抓到人了。他补充说，他在安排所有参与当时侧写的探员开一个报告会，他建议我也参加。

* * *

"那么，我要说说上次开会时没有告诉你们的事。就在我们开始给这个案子做侧写之前，调查名单上的嫌疑人是非常少的，甚至其中的一个嫌疑人就有一辆橙色平托，这个人是受害者的朋友，与受害者上的是同一所高中，也是波比会的成员。案件发生时，她因为无法解释的理由曾离家两小时。"在大家回应之前，沃克快速打断我们："我知道，我知道。但是他们给她做了测谎仪测试，将她排除了，因为测试结果没有记录到任何撒谎迹象。"

"她那两小时的不在场证明是什么？测谎时问了这个吗？"道格拉斯问。

"她说她在帮人看孩子，所以才能用到车。顺便说一句，那辆平托是她姐姐的。她用看孩子的故事来哄骗她姐姐和父母。"

"聪明。"雷喃喃道。

"不过有个事。我听说测谎结果后，便叫他们把结果传真过来，让我们自己的人审查。我们的人说这个测试挺差劲的。如果用不同的方式提问，或者问了角度恰好的问题，结果如何还很难说。他们原本就无法用这个测谎测试排除她的嫌疑。"

"显然,那些当地警察调查谋杀案的经验不足。"道格拉斯说。

"那么,下一步是要汇集我们的侧写,由我交给调查人员,指出其中所有符合那个被排除的嫌疑人的地方。问题是嫌疑人本身。到那时,她已经有足够的时间将自己的行为合理化,会觉得自己杀人有理。我们都见过这种事。不明嫌疑人会经历一种自我辩护的心理过程,她会想:'受害者是活该的,她是个娇宝宝、势利眼。我才不在乎她呢。她死掉活该。'"

"真狡诈。"雷评论道。

"所以我才想要安在上次侧写会议上讲讲犯罪后行为的问题。我可以让调查人员再找不明嫌疑人问话,但我们需要能够让她松口的证据。我们要她重新体验那天晚上经历的一切,包括她自己的想法和行为,甚至是那些她从来没有对别人说过的事。不然的话,调查就算是白搭。我们需要这个女孩把真相和盘托出。"

"这么看来,别人的想法你有时候还是会听进去的嘛。"我笑道。

"我把侧写交给调查人员了,他们又把嫌疑人叫了回来。她同意那个周五晚上再做一次测谎测试。不过有点奇怪的是:测谎前先进行了4小时的问话,测谎测试全部做完之后,那个女孩却还是不愿意离开。她一直在附近转悠,想跟测谎人员攀谈。最后她找了个机会,对他说:'我觉得你认为这件事是我做的。'测谎人员说:'是的。'然后她问他叫什么名字,他说:'荣恩·希里(Ron Hilly)。'

"不管怎样,测试结果显示,她在两个重要方面说了谎,还有很多其他地方无法确定。然而我们仍然没有足够的证据展开进一步的行动。"

第 5 章 女性杀人犯

"你说得没错,"我说,"她有足够的时间建立心理防御机制,解释自己的行为。"

"周五晚上测谎结果出来后,那个女孩最后回家了,当时我就是这么想的。不过后来又发生了一些事——我是事后才了解到的——周六和周日,那个女孩一直想跟她妈妈聊聊,但她妈妈太忙了,没时间。然后在周一早上,女孩准备上学时,她指着碗橱上的纸条说,'妈,我上学时你最好看看这个'。那是对科斯顿·C.的谋杀认罪书,上面还签了字。"

"有意思,"我说,"她认罪的方式好像还是给了她一点控制感。她之前没法获得她妈妈的关注,于是她制造了一个情景,让她妈妈不得不面对。我们能看看那张纸条吗?我打赌纸条能清楚地解释她认罪的动机。"

沃克点点头,然后拿起一张纸,读起来。

"亲爱的爸妈。我一整天都在想着告诉你们,但我爱你们,当面告诉你们这些太难了,所以我现在用了一种轻松的方式说出这一切。联邦调查局的人……觉得是我干的。他是对的。我可以接受这个事实,但我无法无视它。如果你们不爱我了,我想我无法活下去。我毁掉了自己的人生,也毁掉了你们的人生,我不知道怎么办,我很羞愧,也很害怕。备注:请不要说你怎么会做这种事,或者问我为什么,因为我自己也不懂,我不知道为什么。"

* * *

1984年12月12日的早晨,读完女儿的留言后,伯纳黛特·普罗蒂(Bernadette Protti)的妈妈冲到学校接走女儿,驾车把她送去了米拉蒙特警局。16岁的伯纳黛特拒绝跟任何人交谈，除了上周五跟她打交道时比较友好的测谎人员荣恩·希里。在供词中，伯纳黛特解释说自己并没有策划谋杀，那是误解，她只是想要融入圈子。

根据伯纳黛特的供词，一切都围绕着6月23日晚的一场派对展开。伯纳黛特没有受到邀请，但她知道科斯顿·C. 接到了邀请，这让她想出了一个波比会入会之夜的点子，让科斯顿离开家。伯纳黛特解释说，她认为如果她跟学校最受欢迎的女生一起参加了这个真正的内部派对，她最终也会得到大家的认可。

于是，她俩来到教堂的停车场，但显然并没有什么入会仪式，伯纳黛特说："呃，我想没有什么入会仪式。我知道有一个很好的派对。我们去那里吧。"虽然科斯顿最初答应了，但那段时间发生了某件事——某件永远无法解释清楚或公开的事——让她改变了主意，她叫伯纳黛特"蠢货"，然后走下了车。

这时候伯纳黛特决定要对科斯顿做点什么。她害怕科斯顿会因为她不吸毒，而对学校里的所有人说她很怪，她无法接受朋友冷落自己。

至于那把刀，伯纳黛特说那是她姐姐留在车里的。她姐姐之前跟朋友去快餐店时带了这把刀用来切三明治，之后忘了把刀从车里拿出来。总之这就是伯纳黛特的解释，信不信由你。

* * *

报告会结束时，我问沃克是否有时间谈一谈。他在行为科学调查组还是新人，对侧写也不熟悉，但我希望能听听他的看法，从中学点东西。

"这次结果不错,"我说,"可以给那家人一点安慰。"

"如果她不自首,他们很可能抓不到她。"

"或许是的。但很难说这不是因为你的第二次盘问策略,"我继续说,"不过我想聊的不是这个。我想知道你对这个案子的整体印象。为什么一开始你会关注到她?"

"她的测谎结果里有一些明显的问题,"沃克说,"尤其看到她问'你是不是觉得媒体的报道比谋杀案本身更重要'后,我觉得很不对劲。她好像觉得自己的行为很合理,并且利用这种感觉帮助自己通过谎言测试。顺便说,我发现荣恩·希里用的是一种'测试注意力'的测谎方式,只问凶手知道的特定问题,然后观察其反应。这种测试不容易通过。"

"有道理。你还有其他想法吗?"我鼓励他继续说下去,"她只是因为嫉妒和害怕受人冷落吗?"

沃克微微扬起头,半晌没说话:"我觉得有几个地方说不通。不过那都是法庭要搞清楚的地方了。我的想法又不重要。"

"如果我们还希望从中学到点什么的话,你的想法是很重要的。可能对我们之后的案子有帮助。"

"好吧,"沃克说着,措辞谨慎起来,"我认为——这是我后来的反思——我们还有很多地方没搞懂。比方说,认罪这部分。嫌疑人说受害者从自己的钱包里拿出了大麻,但受害者的父母说那天晚上她没有带钱包。还有,看看那个18岁的姐姐的不在场证明。姐姐撒谎了。她想为嫌疑人掩盖她那晚不在家的真相。我认为嫌疑人关于刀也撒了谎。我有种感觉,她父母也撒了谎。但不是因为他们知道女儿杀了人,他们撒谎是因为他们知道她无照驾驶。我猜测,她父母一开始接到警方的电话时,以为女儿可能惹上了交通事故。

他们不知道她做了什么,就为她做了掩饰。"

"那么,你觉得真正发生了什么?"我问。

"说实话吗?我觉得那天晚上是那个女孩从厨房里拿了刀放在车里的,不然她怎么可能在前座下面找到刀呢?那都是狗屁——不好意思,我说脏话了。不过我也不认为她是蓄意谋杀。我认为,她作案是因为她对受害人既羡慕又嫉妒,一开始她可能的确是想用刀吓唬吓唬受害者。但根据嫌疑人的行为模式,很容易猜到后来发生的事。害怕遭人拒绝的心理控制了她。对她来说,唯一重要的事就是被群体接受。"

"你刚刚开会时怎么没提这些?"我问。

"因为那些家伙都是资深探员了。这件案子里的嫌疑人又不是什么重大连环杀手。她只杀了一个人。他们要抓的都是'大鱼'。"

当时,我很想告诉沃克,他觉得这件案子不重要的原因,恰恰也是它很重要的原因。在行为科学调查组成功追踪到一个连环杀手时,还有成百上千的独立杀人案件无法被侦破。单从数量上看,就知道我们可以在这些案子上好好突破。如果要给这么多案件做侧写,就不能局限于一种思考方式或者一种简单的方法。我们要动用背景、经历、视角,这一切的一切来处理这些案件,因为这才是基于方法论做侧写的真正关键之处。我们在团队合作时会发挥最大作用。处理案件时,先把它们分解成极小的细节,然后根据大家对相关行为的独特理解,将细节拼凑起来。集体分析会消除各自分析时可能带有的偏见。合作是行为科学调查组最大的优势,随着新案件的增加,我们也会越来越需要依赖合作,因为这样我们才能充分发挥自己的能力。侧写不仅仅是一加一等于二。

"每个案子都很重要,"我对沃克说,"它们都很重要。"

＊＊＊

1985年4月1日，伯纳黛特·普罗蒂因杀害科斯顿·C.而被判以二级谋杀罪。她受到9年的最高刑罚，在此期间她两次申请假释失败，之后，1992年6月10日，加州青少年罪犯假释委员会以2∶1的投票结果，决定将她释放。

从很多方面看，波比会案都是行为科学调查组正好需要的那种案子：被媒体大肆报道，凶手被成功抓获，还证明了无论调查对象是谁，或者他们的罪行是什么，侧写技术都是调查领域的一项重大突破。甚至媒体在对案件审理的报道中，也罕见地称赞了联邦调查局的"新调查技术"，要知道他们对调查局的批评之声向来不绝。媒体的正向关注是行为科学调查组的另一个转折点。公众开始听到不同的报道，侧写被描述为联邦调查局打击连环犯罪的重要环节。而在运用侧写功能的联邦调查局内部，其意义要深远得多。这件案子所引起的舆论，引起了联邦调查局高层的注意，在一群做决策、监管预算和管理部门的人那里证明了我们工作的价值。

这个案子也在主办侧写师、探员和地方调查人员中强调了合作的重要性。人员之间的关系对于做出坚实的侧写至关重要。信息要清楚、全面、撇除偏见，所有参与者之间需要不断交流。这样的公开度和合作几乎是当时前所未有的，令人倍感振奋。与此同时，我们收到了比以往更多的来电，它们都是需要帮助的调查人员打来的。亚特兰大的弑童案，芝加哥的公路杀人案，以及加州沿海出现的一系列肢解案。案件层出不穷。

波比会案在操作层面也很有影响力。即使增加了4名新探员，行为科学调查组里仍只有10位在职的侧写师。而侧写也并非他们的全职工作，他们还要完成教学、训练任务，或者被叫去做任何探员都要做的事。但侧写对于波比会案以及类似案件的成功影响是不容忽视的，如果上层想让侧写更快更高效，他们就必须给我们时间、空间和资源，让我们实实在在地扑在上面。雷斯勒感到沮丧并濒临崩溃，他给当时联邦调查局学院的院长詹姆斯·麦肯兹施压，请他建一个国家中心，让我们继续工作。麦肯兹把想法反映给了上级，后来那年夏天，联邦调查局正式宣布要建立国家暴力犯罪分析中心。

1985年6月，国家暴力犯罪分析中心正式运行。从某种程度上说，这个中心的成立证明了行为科学调查组的成功。原因在于，与所有官僚机构中的情况一样，一个部门取得越多成就，其规模也会变得越庞大，也会增加更多子部门。国家暴力犯罪分析中心虽然只是一个挂牌，但却可以让行为科学调查组进行细分，将人员划分成调查支持组和研究组两部分。中心的正式职责是理解暴力犯罪，找出解决办法：开展研究和发展计划，确立训练课程，发展犯罪人格侧写，以及完善暴力犯罪抓捕计划的暴力犯罪编目。但本质上，我们还是以前的行为科学调查组。真正有改变的是，被孤立多年之后，我们终于有了更多资源，并融入联邦调查局的整体工作中。我们的效率变高了。在一些依赖时效性的案件中，效率会造成生死之别。

第 6 章

我最好的朋友米西

我注意到，在行为科学调查组成功破解波比会案后，出现了一些有意思的变化。并不仅仅是地方执法机构向我们寻求帮助的调查范围变宽了，在破解了这桩女性杀人犯的高调案件后，这早在我们预料之中。出乎意料的是，那些询问会直接指定某位侧写师参与。面对这样的情况，我只觉得好笑。我们曾经资金不足，被人小看、待在学院暗无天日的防空洞里，但这些困难都没能阻止我们。侧写自己证明了自己。现在，侧写师有机会从幕后站出来，接受他们早应获得的认可。探员们要处理的案件越来越多，在各地出差时也会享受到更高规格的待遇。尽管这看上去很有趣，但我挺开心自己能够置身事外，我的工作已经够忙的了。另外，自从加入行为科学调查组以来，我认定在匡蒂科——而不是通过现场调查工作——我能够创造更大的价值。但这种想法很快发生了变化。

1985 年夏天，伊利诺伊州有一起儿童案件亟待解决。案件涉及一名失踪的 7 岁女孩和一名幸存的儿童目击者。事件是在 1985 年 6 月 2 日，一个星期日的白天发生的，但调查人员几乎没有可供搜查的线索。幸存的目击者受到了惊吓，无法提供描述。调查人员需要一位专家来安抚这个孩子，让她说出事情的经过。

我在6月11日接到电话，那时距离绑架案已经一个多星期了，连我也感到棘手。根据我的亲身经验，此类案件中，能找回失踪且尚未受伤害的孩子的窗口期很短；在儿童受到伤害后，他们存活的概率更小。错过窗口期，结果只会越来越糟。这种追查是在与时间竞赛。

"你们怎么会等这么久？"我问电话那头的芝加哥探员，有些心灰意冷，但还是竭力不流露情绪。

"要找到有经验的人向遭到创伤的儿童受害者问话并不容易。我们之前不知道行为科学调查组就有一个这样的人。说实话，警察第一次询问她后，甚至没人想到要再跟那个女孩（目击者）谈一谈。"

"好吧，"我叹气道，"案件是怎么回事？都涉及了哪些人？"

"受害者是一个7岁的女孩，叫梅丽莎·A.（Melissa A.），"那位探员解释说，"大家都叫她'米西'（Missy）①。案发时，她跟她的朋友奥珀尔·霍顿在学校附近的公路上骑自行车。奥珀尔也是7岁，目击了整个过程。她自己也差点儿被绑架了。"

"嫌疑人呢？"

"这就没那么清楚了。我们知道的情况是，有个人停了车，向两个女孩问路。他走下车，说自己听不清楚，直接走到她们跟前，抓住了奥珀尔的脖子，把她扔到了前座。然后他去抓米西，但趁他不注意，奥珀尔从驾驶座侧的车窗爬了出去。她跑到附近的一家迪

---

① 米西是梅丽莎的昵称，在英语中又有"小姑娘"的意思。——编者注

尔车行，躲在一个拖拉机轮胎中间。那辆车沿着公路开走时，米西的脸被压在后座车窗上。但这些就是目击者给我们的全部描述。那个女孩——我指的是奥珀尔——不是很想说话。"

"让我跟组长谈谈，"我说，"同时，不要再找那个女孩，免得令她不安。保证她的安全就好。"

我被获准第二天出发。第二天，也就是6月12日，米西的8岁生日当天，我乘坐商务舱，抵达芝加哥中途机场后，立刻就上了当地警局的探员用的小型四座塞斯纳飞机。飞机接近伊利诺伊州索莫诺克镇外的小机场时，我明白了米西为何仍然未被找到。目之所及都是郁郁葱葱的树林和原生的地貌。米西可能在任何地方。幸好她还有一个有利因素：奥珀尔。奥珀尔是绑架过程的直接目击者。她的回忆能提供宝贵的资料，帮我们理解犯罪者的心理、感情和外貌特征，从而帮我们搞清这个人的身份和他的藏身之所。奥珀尔是米西生还的最佳机会。

联邦调查局芝加哥驻地办事处探员坎迪丝·迪隆和丹·坎泰拉在索莫诺克的圣约翰浸信会天主教堂内接待了我。这里是他们的临时指挥中心。1980年，坎迪丝在接受新探员训练时，我在一次碰头会上认识了她。她是七名女性新成员中的一个。她的背景同我相似：进入联邦调查局前，她曾是一名精神科护士。见到她，我很放心。她是负责这件案子的合适人选。

迪隆和坎泰拉很快谈起正事，把他们知道的关于米西、奥珀尔和其他目击者的一切都告诉了我。他们还告诉了我米西家的事，并且补充说，现在不适合见他们，因为就在这天，一个好心却不明真相的朋友刚送了一个"生日快乐"的气球给他们。

那时，整个索莫诺克镇只有1 300位居民。这里地处伊利诺伊州门多塔市以东 270 英里，桑威奇市以西 4 英里，离 34 号公路不远，是个以农业为主的城镇，到处都是成片的玉米地和黄豆田。镇子被均匀分布的农场住宅划分成整齐的网格。家家户户院子里的树都不多，只有屈指可数的教堂尖塔打破无边天际的单调。邻里相互认识，整个社区一向很安全。

调查人员确定，6月2日星期天快中午的时候，米西和奥珀尔在县界公路附近骑自行车，她们在小学校长詹姆斯·伍德家的门前停留了一会儿，问他现在几点钟了。伍德校长告诉她们说，现在是上午 11 点 30 分，这时她们回到自行车那里，朝东骑去。之后不久，伍德校长离开家，驾车去了学校。路上，他看到两个女孩的自行车被丢在公路中央。女孩们不见了踪影，但他以为她们是在附近玩耍。

上午 11 点 42 分，桑威奇市警局接到电话，说米西·A. 被人绑架了，索莫诺克镇的报警电话通常会被转接到那里。电话是从查尔斯·西基家打来的。查尔斯的儿子杰夫认识两个女孩，对着电话发疯似的嚷着，背景声中有奥珀尔的抽泣和喘息声，她跑了半英里路才赶到这里。索莫诺克镇警局和迪卡尔布县警局马上展开调查。他们在那天下午的 6 点 45 分通知了联邦调查局。

6月3日，奥珀尔·霍顿与联邦调查局调查人员谈了话，提供了以下案件信息：奥珀尔和米西刚刚离开县界公路上的校长家，就有一辆车越过她们，向东驶去。那辆车突然掉头，慢慢地朝骑着自行车的两个女孩靠近。车上的男司机问两个女孩怎么回到镇上去。奥珀尔回答了他，但司机说他听不清。他走下车，接近她们，问了同样的问题，问怎么回到镇子上。奥珀尔刚要再次回答，那个人突然抓住她的脖子，把她从地面上拎起来，从驾驶座侧的车门扔到前座上。然后他开始绕着车子一圈圈追赶米西。奥珀尔试图打开副驾驶侧的车门，但车锁按钮在此之前就被拧掉不见了。奥珀尔试着跳出来，结果从驾驶座侧的车窗摔了出来。这时绑匪正好追着米西跑到车子前面，被奥珀尔绊倒了。绑匪跌倒后，胳膊肘撞到了石子路，然后用右手抓住了米西的脚踝，把她拽倒在地上。奥珀尔跳起来，用脚踩了绑匪的右手，让他一时放开了米西。他又用左手去抓奥珀尔，她又踩了他一脚，然后朝附近停着机器的空地跑去。

奥珀尔从藏身处看到绑匪抓住米西的脖子，把她从驾驶座侧的车门扔进了车里。然后，绑匪冷静地上了车，疾驰而去。刚开始，奥珀尔还能听到米西哭喊着叫救命，但没多久，她的尖叫声就再也听不到了。在确定车子走远，不会再回来后，惊恐的奥珀尔才从藏身处爬出来。跑着穿过校园，一口气跑了好几个街区，最后来到了查尔斯·西基的家。

第二位目击者是麦克·马奎特。他当时站在附近的特纳殡仪馆外，看到了绑架的部分过程。马奎特是个17岁的男孩，绑架发生时，他在给特纳家看孩子，跟他们在院子里玩。他记得自己当时看见一辆蓝色的车从迪尔车行前飞驰而过。马奎特的证词缩小了车子的范围，那辆车要么是1976年的AMC格雷姆林，要么是1971年的福特小牛，要么就是1968年的普利茅斯·勇士。

遭绑架时，米西戴着一条亮粉色的珠串项链，五个连在一起的心形珠子上刻着她的小名"M""I""S""S""Y"。她穿着一件紫色短袖马球衫，领子和袖子边缘是淡绿色，上面有两个心形的绿色纽扣，其中一个掉了。马球衫外，她还套了一件淡紫色无袖背心，胸前有一个彩虹图案。她还穿着吉塔诺牌蓝色牛仔裤，条纹白色短袜，粉色网球鞋，鞋面侧边有装饰性的拉链和褪色的粉色蕾丝。她还在换牙，上颌缺了两颗牙。

我大脑中负责专业思考的区域，开始把所有信息当作数据收集起来；其余让我拥有独特人格的部分却充满悲伤，这也是我努力想要保留的。米西只是个小女孩。无论接下来情况如何，米西、她的家人或是她最好的朋友奥珀尔都不会是原来的样子了。

* * *

我休息了一小会儿，独自消化了一下得到的信息。我知道时间紧迫，也知道处理这个案件要有逻辑，要头脑冷静。我先思考了一阵米西的情况，然后转换方式，把注意力集中到侧写上。在指挥中心的大厅里来回踱步时，我注意到一张迪卡尔布县的详细地图。这片地区很大，搜救队已经搜索了其中的 600 平方英里[①]，这些地方在地图上用彩色格子标记了出来，此外还标记了谷仓、筒仓、溪流和池塘等区域，上面的图案显示这里经过了飞机或警犬队的协助搜查。但米西被绑架到何处依旧没有任何线索。

"你在这儿啊，"迪隆拦住我说，"你准备好见奥珀尔了吗？"

我虽然有点迫不及待，但也不想忙中出错。"我想先跟她的父母谈谈。"我说。

"没必要，"坎泰拉向我保证，"我们已经得到他们的许可了。"

"没错，"迪隆不耐烦地看了她的搭档一眼，"我们跟他们说了你的履历，也告诉他们，你不会造成不必要的紧张或伤害。他们知

[①] 1 平方英里约等于 2.6 平方千米。——编者注

道你只会问些她记得的事。"

"非常感谢,"我说,"不过我还是想先跟她的家人聊一聊。他们也有自己的创伤需要应对,所以听听他们的顾虑很重要。"

会面安排在那天下午的晚些时候,地点选在了指挥中心,前后不超过 15 分钟。我介绍了自己,也问了奥珀尔父母的感受,然后介绍了我打算使用的方法。我解释说,跟奥珀尔面谈时,我会使用一种绘画的方法,不需要她说话,只要画画就好,除非她自己有想说的话。在儿童心理学中,专家常常会使用绘画作品帮助孩子描述创伤经历。绘画对于很多孩子而言,是一种不具威胁感的媒介,可以帮助他们表达难以用语言说出的想法。我问他们,是否允许我这样做,他们同意了。这个步骤很重要,因为这会帮助相关家庭在调查中获得控制感。

第二天早上,我和迪隆驾车去指挥中心,在会议室,我见到了奥珀尔。会议室里只有我和奥珀尔两个人。当然,坎泰拉也想坐在一旁听听,但我向他解释说,儿童回答问题时,往往更能接受女性调查人员,尤其是在目击了一位男性犯下暴力罪行后。他明白我的意思,同意在外面等候,而我要把谈话全程记录下来作为证据。

我们来时,奥珀尔早已坐好。她穿着粉色短袖衬衫和深蓝色短裤,浅褐色齐肩发被粉色发夹随意地夹在两侧耳后。她看看迪隆,又看看我,嘴里小声地冒出一个"嗨"。她是一个忧伤的小个子女孩。我希望能够走进她的内心,尽一切可能让她感到安全,能够畅所欲言。

迪隆还在调试录音机,奥珀尔就开始说了起来。她说她觉得"那天米西有个计划,不过不是被绑架"。接着她说起那天发生的事情,说开始一切都很顺利,"直到出现了那件事",然后她补充说,她一想到那件事还是会感到害怕。

"没关系,"我对她说,"这样好不好?与其一个劲儿地谈话,不如我们来画画,然后随便说一点,好不好?画可以留给我们,也可以带回家,这样好吗?"

她点点头,在座位上坐直了一点。

"你在学校画画吗?"我问,并在桌上放了一盒蜡笔,"你喜欢画什么样的画?"

奥珀尔想了一会儿,点头表示肯定。"我们画狗,"她接着说,"我不知道我们做了什么。已经过了很久了,因为过去在学校的两天我都不记得了。我一直在担心米西。"这就是所谓的"干扰思绪",即突然不由自主地表达出自己关于暴力、焦虑或性的明确思绪。

奥珀尔盯着桌子对面,眼神恍惚。我很能理解,她一直在想米西,我也很高兴她能开口聊这件事。于是,我顺着她的想法说:"或许我们可以画一幅那样的画,画画担心米西是什么样的。或者画一幅你最喜欢的天气?"

奥珀尔看着蜡笔,挑了一支蓝色的。"下雨天。"她说。

"好的,"我鼓励她,"我们先画第一幅。你可以说话,告诉我们你画了什么。或者我们也问你一些问题,好吗?你心里想什么,就可以说什么。"

"晚上做梦时,我想的是米西。"她小声说。然后,她专心地画画,完成了第一张画。

画里是蓝色的泪珠状雨滴拼成的梅丽莎的名字。字母被画成了三行,说明奥珀尔的心思一半在想雨点,一半在想米西。米西的名字被挤在纸的一边,表明她内心焦虑和缺乏条理。

"好,"我说,"这是我们的第一幅画,你最喜欢的天气。那天呢?那天的天气怎么样?"

"又热又晴朗。"她回答。

我又问了其他的一些问题,但奥珀尔发了一会儿呆,才开始回想那天发生了什么。她看了看蜡笔和纸,在座位上不自在地来回挪动。

"我那天想跟米西玩,但妈妈说我必须吃掉早餐,还要我收拾房间,"她说了起来,"我推着我的蓝色自行车,骑到米西家。然后我们骑到学校,看到了一个老师。"她补充说,她们玩了旋转木马,去了她的保姆家上厕所,然后骑到校长家,问校长几点钟了。

"你有没有看到什么不同寻常的事?"我问。

奥珀尔描述了经过校长家门外的那辆生锈的蓝色轿车,说这辆车后来回来找她们。"它的形状很像平托,但不是平托。"她说之后她们离开了校长家,又骑上了自行车。

第二幅画的是骑自行车去米西家。"这个很难画。"她道歉说。画面很乱,自行车飘浮起来,大小也不明确,但奥珀尔用箭头和单词把画面圈起来。这张图反映出的记忆是不完整的,也不如第一幅画中的图形有序。这些过大的自行车表明她感到不知所措,自行车没画脚蹬,代表无力逃脱或缺乏控制感。

我放慢速度,让奥珀尔继续画。我看得出来,她很配合,因为我需要知道她对于绑架者的记忆,她希望我能陪着她一起回忆。我不想她退回到自己的世界中去。她挑了一支绿色的蜡笔。"这个颜色很好看。"我说。

在画第二幅和第三幅的过程中,奥珀尔没说很多话。她专注在面前的图画上。上面有校长家和殡仪馆旁边的几个孩子。这幅画的重点是时间，房子的门上方有一个巨大的棕色时钟。然后她拿起一支蓝色蜡笔，开始画一辆汽车。但还没画完，她突然停了下来。

"我不会画那辆车，那太难了。"她对我说。她往椅子后面靠了靠，腿在桌子下轻轻摇晃。一分钟过去了。她停止了摇晃，轻声地说："他偷偷地走到我身后，抓住我，先把我头朝前扔进车里。"

"他长得什么样？"

"黑头发，嘴唇上方和下巴上都长了胡子，就跟没刮过胡子一样。"她又拿起蓝色蜡笔，继续画着。

第四幅画的是司机把奥珀尔扔进车里的情景。虽然当时面对暴力的是她和朋友两个人，但画里并没有两个女孩。那主要是一段听觉的记忆，不是视觉的。画上有着混乱的字写着：从车里出来，抓住了我。画面中最显眼的是一个男人，没有脚，像鬼魂在缠着她一样。[1]

"那时候你有什么感受？"我问她。

"车里只有一个方向盘，没有广播，车地板和座位是裂开的。后座跟前排座椅一样。"

第五幅画的是车子内部。画画时，奥珀尔显得很痛苦，不停地动来动去，急着一会儿画这里，一会儿画那里，没有逻辑。她还是没有画自己和米西。但她用标签和图示说出了自己的想法，试图解释画面中的混乱。她加了"令人震惊"、"一点泥土"和"跳出来"这些话。这幅跟前面几幅不一样，奥珀尔画满了整张纸，写了字，还有一些乱七八糟的图形。这表现了当时她感受到的所

---

[1] 这幅画以及奥珀尔对于司机的描述，后来成为法医画像师对犯罪者画综合肖像时的关键参考因素。

有情绪。从画中能看出恐惧。虽然字歪七扭八，图案抽象，画技拙稚，却让人很震撼。当奥珀尔递给我画纸时，我不禁感到一阵深深的难过。

奥珀尔把蓝色蜡笔放回盒子里，拿出了一支黑色蜡笔。我问她后来发生了什么，她描述说自己一直等到车子开走，然后跑到查尔斯·西基老师的家里。她记得自己哭着告诉西基，她的朋友被绑架了。西基报了警。第一个赶来的是县治安官，接着是奥珀尔的爸爸（吉姆），然后是米西的父母，"麦克和雪莉，他们俩吓坏了，因为他们刚允许我们骑自行车出门，米西就出事了"。

奥珀尔在第六幅画中画了躲避的过程。她没有画米西，但她在纸的右下角画了一个小小的自己，躲在一个卡车车轮的后面。巨大的卡车表明她第一次有了一点点安全感。但纸的中央画的是绑架者的车，画面仍传达出她内心的焦急和脆弱。

"那个男人走后你是什么感觉？"

"我不再哭了，我觉得安全一点了。太让人震惊了，因为我从来没见过那么多警察。好吓人，"奥珀尔小声说，"联邦调查局也来了，带了照片给我看。有个人看起来很像我们的一个朋友查克。"

画第七幅时，奥珀尔写了"感觉好多了"几个字，画了自己采取行动，到西基家寻求帮助的情景，还画了一辆非常大的警车。

第八幅画的是奥珀尔看着警方提供的犯罪嫌疑人照片。上边的角落里画了个小小的脸说着"看着门"。底部用文字写着一段回忆：我和爸爸回家。

"那件事发生时你在想什么？"我问，"你的脑子里都在想着哪些事？"

"我想着米西，想着那个人可能对她做的事情，他可能埋了她或者杀了她，满脑子都是这些事。我吓坏了，要跟妈妈一起睡。真正吓到我的是，我觉得他好像就在我后面，看着我，这是真正让我害怕的事情。我转身看看后面，没看到人，但每次我一想到他，还是会这样做。我觉得他真的在找我。他好像就在我身后看着我，这真的让我感到害怕。我总是跟妈妈一起走路。"

"如果你真的看到他了会怎么样？你会怎么做？"

"我会叫我妈妈，我会跑去找联邦调查局，因为我住的地方离联邦调查局很近，"然后，奥珀尔压低声音，轻柔地说，"如果他在我后面，我会告诉妈妈可能是这个人。我睡觉的时候，总觉得他正透过窗户往里看。我总是跟妈妈一起睡。但我还是很害怕，好像他挖了一个洞，从那个车行走进来，来了我们家，盯着我。我经常想这个。"

我突然注意到奥珀尔看起来非常瘦。瘦得弱不禁风，眼睛下面有黑眼圈。我担心在这一片混乱中，她会被忽视。尽管她是非常重要的目击者，但也只是个小女孩，需要安慰和支持。

"你吃得下饭吗？"我问。

"我一点儿也吃不下。我没吃早饭和中饭，什么都没吃。"

"你为什么吃不下呢？"

"因为我就是不想吃。我不饿。"

"有什么可以让你觉得有胃口的？有吗？"

"米西，"奥珀尔说，"米西，她从星期天早上以后就没吃过东西了。我觉得她没吃早饭。"

我继续说回一些轻松的话题，让谈话逐渐结束。这样做，是为了让奥珀尔从那天紧张的负面情绪中过渡出来，同时也是要观察一下那种情绪持续的时间。我鼓励她继续用纸笔画画，问起她最喜的电视节目。

"我看《本森》《抱抱一族》，还有其他各种动画片。我喜欢看《星球大战》系列电影，尤其是《星球大战：绝地归来》。这些放完了，我就会再看一些恐怖电影，"她突然想到一个念头，然后继续说，"我觉得今天可能是她的幸运日，或者是昨天，因为昨天是米西的生日。"

第九幅画，也是奥珀尔画的最后一幅画，画的是米西的生日，有一道彩虹，彩虹尽头是一罐金子。这罐金子很小，彩虹有9种颜色。画完后，奥珀尔写上自己的名字和日期，离开了房间，回到家人身边。

谈话结束时，我不由地觉得自己和这个小女孩已经有了情感上的联结。奥珀尔将会永远受到这件事的影响。它的影响是巨大的，并且会改变她的一生。毕竟没有人能完全处理好，或者理性地理解这种经历，更何况她还是个小孩子。我很感激迪隆跟我一起看到了奥珀尔的故事，并帮我在后续发生的事件中引导她。奥珀尔永远无法摆脱这次经历，我和迪隆也是如此。我希望这次谈话至少会给奥珀尔带来些许安慰。

4天后，6月17日，在门多塔市附近的郊外，一具小尸体被人发现浮在排水沟里，尸体上压着几块石头。联邦调查局探员确认尸体是梅丽莎·A.。她当时还戴着粉色的珠串项链，上面有"米西"字样。

迪隆去见了奥珀尔，告诉她，米西不在了。她们驾车兜了一圈，聊了一会儿，然后回到了指挥中心。奥珀尔问自己能不能再画一张画。迪隆给她拿来纸和蜡笔，没有说任何引导性的话。大约一小时后，奥珀尔画了5幅画，并用蓝色蜡笔写了一封信：

1985年，6月18日

亲爱的米西：

我希望你还在这个世界上。我希望一切都没有发生过。

我们都非常爱你。

你的朋友

奥珀尔·霍顿和大伙儿

* * *

米西的尸体被找到后，案件从失踪人口追踪变成了凶杀案调查。当地警方和联邦调查局一起对尸体和发现尸体的排水沟展开细致的法医检查，严格查找衣物纤维、发丝、烟头、烟灰或者任何其他可以提供犯罪嫌疑人线索的物理痕迹。他们也收集了一些当地已知的犯罪者名单，这些人过去因为涉及儿童案件或性骚扰而被定罪。根据奥珀尔对绑架者及其车子的外表描述，搜查很快锁定在一个嫌疑人身上。

绑架发生那天，在米西被带走约一小时后，门多塔市的警官詹姆斯·麦克杜格尔在无线电中通报了一辆没贴车牌标志的车。司机停了车，走进当地的一个加油站。麦克杜格尔警官等司机出来后，走上前去要求看他的身份证件。司机交给他一张钓鱼许可证，上面的名字是布莱恩·杜根（Brian Dugan）。麦克杜格尔检查了车子，没发现可疑之处，于是他记下了钓鱼许可证号，在没有看司机驾驶证的情况下，让杜根走了。那天晚上，县治安官所在的警局联系了各个地方警局，通报了米西·A. 遭绑架的信息，并描述了嫌疑人的车子。门多塔警方根据车辆线索，与杜根建立关联。他们写了一份报告，很快发现5天前杜根的车也出现在另一份警察报告中，在那份报告中，司机试图强奸一个19岁的女孩。他们把这个信息转达给中央指挥部，第二天早上6点45分，在得知杜根也是其他几起暴力袭击案的嫌疑人后，一组联邦调查局探员和其他几个州警埋伏在凯恩县杜根上班的中西部液压公司的停车场内，等他从那辆蓝色AMC格雷姆林里走出来时，持枪将其抓捕。

我在与奥珀尔谈话时，已经知道调查人员手上有几个嫌疑人，杜根是其中之一。但要证明杜根涉案并不容易，他逃脱过多起犯罪，经验丰富，不太会露马脚或者暴露自己。调查人员需要的是铁证。我与奥珀尔的谈话，她的绘画，以及她对那天所见的描述都是调查人员所缺失的关键要素。

杜根在中西部液压公司的停车场被逮捕后，很快被起诉犯有两起不相关的凯恩县强奸案，并升级为绑架米西的主要嫌疑人。起初，一位当地警探试图审讯他，但他拒绝配合。于是联邦调查局介入进来。他们检查了杜根的车，寻找与米西谋杀案相关的法医证据；在等待检查结果的过程中，他们又审查了杜根的犯罪记录，收集了数百页背景信息，包括精神健康评估，与他的母亲、兄弟姐妹、女朋友和同事的访谈等，并在此基础上，拼凑出一份关于他的犯罪历史的报告。他们发现，杜根的犯罪史与我和道格拉斯、雷斯勒在联邦调查局做的犯罪人格分析和连环杀手研究之间有很多相似处。杜根青少年时期开始偷窃，20多岁时升级为强奸和谋杀，其犯罪模式符合研究中反复出现的一些特定变量。他的养育过程与犯罪表现之间的关联进一步支持了我们的理论，这些理论以后将会成为成形的侧写方法的核心。杜根与我们研究的其他杀手一样，可以被解构、评估和明确地归类。他的行为毫无理性，也不聪明，这表明他是一名无序型犯罪者，其犯罪行为有心血来潮和见机行事的成分。

布莱恩·詹姆斯·杜根，1956年9月23日出生于新罕布什尔州纳舒厄市。他的母亲是"珍妮"吉纳维芙，父亲是詹姆斯·杜根。杜根在家里的五个孩子中排行老二，根据他的姐姐和一个弟弟的说法，杜根在出生的那一刻就遭遇了暴力。由于医生还没到，医院的护工将杜根的头推回产道，将母亲的腿绑在一起，试图推迟杜根的出生。家里人一直担心这一行为给杜根的大脑造成损伤。

在童年的早期，杜根已经表现出了与暴力犯罪者共有的特征。他长期尿床，作为惩罚，他被迫睡在被尿液浸湿的床单上。他折磨动物，有一次，他将汽油淋在家里的猫身上，点了火，笑着看它燃烧起来。才8岁，他就烧毁了家里的车库。他也在很小的时候就表现出性活跃，13岁失去了童贞，之后不久还跟朋友的妈妈有了性关系。

大约在这段时间，杜根一家搬到了伊利诺伊州，想要重新开始。他母亲珍妮说，那些年很快乐。儿子被捕后，她接受了联邦调查局的问讯。在她看来，布莱恩是个喜欢阅读和运动的孩子，尤其喜欢棒球。杜根第一次被捕是在15岁，当时他还在上高中，被指控与一起入室盗窃案有关。定罪后，杜根曾在一个青年之家短暂住过，并且很可能遭受了性侵。他母亲说，这次经历改变了杜根，在此之前他什么问题也没有。回家后不久，杜根就试图猥亵自己的弟弟。此后，杜根的犯罪行为迅速升级，从小偷小摸、吸毒，变成强迫性的性暴力。杜根的第一次暴力犯罪发生在1974年4月21日，当时他想要从当地的火车站绑架一个10岁的小女孩。但因为法律程序问题，杜根并未被成功起诉。

在同一份笔录中，珍妮告诉联邦调查局，她认为自己的儿子只会小打小闹。不过杜根的姐姐和弟弟们并不这么看。接受询问时，希拉里和史蒂芬·杜根都认为，布莱恩的确做得出杀害米西这种事。希拉里觉得，她的这个弟弟只关心自己。如果是他干的，她说，"那么他应该被判死刑"。从布莱恩威胁说要杀死她，并把她的儿子剁碎开始，她从没有原谅过他。

官方记录还提到了其他几个风险因素。杜根的父母都嗜酒。父亲是销售员，经常在外奔波，1975年死于肝硬化。母亲则非常看重规矩。有一次她抓到布莱恩在玩火柴，便让他拿着一根燃烧着的火柴直到烧完，火柴烧焦了他的手指。作为惩罚，她有时会打他，或者逼他一勺勺地吃辣椒酱。不过，在后来的审讯中，杜根否认曾遭受过母亲的虐待。

联邦调查局手上还有一份杜根早期的精神测试报告，是之前因为两起教堂入室盗窃案入狱时做的。一位专家建议对杜根进行保护性拘留，说他不成熟、极不稳定，是一名低自我概念者。另一位专家将他归为神经症患者，说他沉迷于强烈的感官刺激，喝酒和吸毒，失去自我约束力后便会犯罪。这些报告也提到了杜根曾投诉自己在狱中受到性侵，跟他10年前在青年之家受到性侵时一样。这次性侵很可能成了杜根之后犯罪的诱因。

从乔利埃特教管中心被释放6个月后，杜根在两年内实施了多起暴力犯罪。最初一起发生在1983年2月下旬，当时杜根正在一个安静的街道上寻找入室行窃的目标，正好透过一扇窗户看到了10岁的珍宁·N.（Jeanine N.）。珍宁因为得了流感，生病在家，没去上学。杜根踢开房门，吓得珍宁尖叫起来。她奋力抵抗，在墙上留下了指甲抓痕，但还是没能逃脱。杜根用床单将珍宁裹起来，在大白天将她绑走。两天后，珍宁的尸体在一条人来人往的自行车道上被发现。[①]杜根强奸了她，用撬棍残忍地殴打她。被发现时，她的头被裹在毛巾里，毛巾外缠着胶带，调查人员认为这是为了不让她看见凶手的面目。杜根与珍宁之间没有交集，他完全不认识她。珍宁与杜根的所有其他受害者一样，仅仅是因为偶然和杜根的阴暗冲动而遭遇了不幸。

同一年稍晚，7月15日，杜根看见奥罗拉市仁慈中心的护士唐娜·史诺尔（Donna Schnorr）坐在车里等红灯。天刚亮，周围没有一个人。杜根开着自己的车尾随其后，在一片更安静的路段，将她的车挤到了路边的草地上，然后强迫她上了自己的车，将她的双手绑起来。杜根载她来到附近的一座采石场，并在那里强奸了她。之后，杜根逼迫她自己走到水里，将她的头按在水里，直到她停止挣扎。他看着她的尸体在水面漂了一会儿，然后回到自己的车里，驾车回了家。这一回，杜根再一次躲过了调查。

1985年5月6日，杜根尾随21岁的莎伦·格雷耶克（Sharon Grajek）回到她居住的联排式别墅。杜根假意搭讪，说她车子的尾灯坏了，并问她是否想出去吃点什么、喝点什么。格雷耶克拒绝后，杜根就问她想不想跟他开心开心，他会给她80美元。格雷耶克再次拒绝。于是，杜根冲进她的车里，用一把猎刀威胁她，将她的嘴堵住并用眼罩蒙住她的眼睛。他对她说，如果她不上他的车，

---

① 警方非常震惊，第一时间悬赏寻找有助于调查的信息，并很快起诉了三名当地的流氓团伙成员，认为他们要为珍宁的强奸谋杀案负责。其实是因为团伙中的一位成员，20岁的罗兰多·克鲁兹为了获取奖金而向警方提供了虚假信息。杜根仍然逍遥法外，继续放纵自己的犯罪行为。

他就会杀了她。上车行驶了 15 分钟后，杜根停下车，在车后座多次侵犯她。之后，他扯掉了她的眼罩，叫她穿上衣服，然后再次将她的眼睛蒙起来，一边开车一边跟她闲聊——"你在哪儿上的高中""你在哪里开派对"，诸如此类的问题。最后，他把她丢在她家附近一所学校的停车场，没摘眼罩。他威胁道，他的名字叫布莱恩，如果他把车开走时她胆敢看他，他就会杀死她和她的姐妹。这名受害者过于害怕，最终没有向警方报案。

同一个月，杜根还试图进行了两次绑架。第一次的绑架对象是 19 岁的吉内瓦，杜根逼她上车时，她逃跑了。她看到了车牌号，向警方报了案。一天后，在奥罗拉市，杜根用一根撬棍胁迫一名 16 岁的女孩上了自己的车。他把她带到一个僻静之地，在她的脖子上缠了一根皮带，强奸了她，然后送她回了家。他告诉了她自己的名字，但她太害怕了，没有报警。等她终于鼓起勇气报警时，只记得他的名字和姓氏的第一个字母。

杜根最后的一次极恶行径是绑架、强奸和杀害米西·A.。

6 月 18 日，在搜查启动 15 天后，人们终于找到了米西的尸体。尸体被运往华盛顿特区的实验室，经过了一系列法医测试，包括寻找纤维、毛发和用于 DNA 分析的精液。警察从杜根的睡袋上收集到一缕米西的头发，在他寄宿处的地板上找到的泥土，与发现尸体的水沟里的泥土吻合。杜根最终被确认与这起犯罪案有关。当时是 20 世纪 80 年代，DNA 技术尚未得到完全的信任，无法独立作为证据使用，因此需要通过法医测试，确保在杜根寄宿处发现的头发与泥土都与现场搜集到的吻合。验尸官怀疑米西死于暴力，死亡时间可能就是在遭到绑架后的一小时内。杜根最后受到起诉并被定罪，但他因为承认了杀害米西·A.和唐娜·史诺尔而免遭死刑。在辩诉交易时，杜根没有为自己的犯罪做出解释，他承认说："可能是因为性，但我自己也不明白。我希望我知道自己为什么会去杀害那些女孩。我希望我知道自己为什么做了这么多事，但我不知道。"

杜根案使我第一次目睹凶手的暴行带来的创伤。我与米西的家人谈过，我与她的朋友们谈过，我也跟奥珀尔·霍顿和她父母谈过。但这不只是一次普通的个人经历，它也迫使我重新思考自己应如何处理犯罪人格研究，以及之后的个案调查。它使我明白了一点，杜根，以及类似他这样的人，往往无法解释自己杀人的原因。他们自己也没有答案。但这不代表他们的行为是随机的，他们杀人并非无缘无故，而我，将会查出这背后的原因。

第 7 章

"镜子"

在行为科学调查组工作期间,我决意尽可能经常在联邦调查局学院讲课,继续教授有关强奸被害人心理学的课程。对我而言,将这方面的信息传播出去很重要,而这些信息对于探员们也很重要。此外,受害者研究也为正处于发展关键期的侧写技术提供了不可替代的助力。当时是 20 世纪 80 年代中期,经历了多年的忽视与冷遇,侧写突然被当作犯罪调查的有效工具,人人都想看侧写大展拳脚。可问题是,除了调查组这个小团队之外,其他执法部门并没有相应的专业技能或知识,做出准确的侧写。我们就等于侧写。虽然我们的目标是要为侧写建立标准化程序,能将它轻松地传授给其他探员,但我们还没做到那一步。我们还在一边处理各个案件,一边修改自己对侧写工作的理解。

因此教学非常重要,尤其对于年轻探员而言,他们常常会觉得,处理案件只需凭借直觉和勤奋。这群人对心理学、犯罪行为或是连环杀手的特定思维毫无兴趣,他们只想行动。然而,正是这类调查人员从侧写中获益最多。他们在工作中会遇到新类型的暴力案件，比以往所知的案件更奇怪、更混乱、更没有逻辑。在他们所踏入的全新领域中，犯罪活动已悄然改变。现在已不再是简单的警匪游戏。新来的调查人员越快明白这一点，就会越快地把握形势。不过，他们必须先认识到其中的相关性。

因此，我要先从他们的认知水平着手。

我使用真实的案例和真实的结果，一步步展示侧写的过程。约翰·朱伯特对小男孩的啃咬和仪式性切割，大卫·梅尔霍夫习惯收集病态的"纪念物"，伯纳黛特·普罗蒂的强迫性的思维模式，布莱恩·杜根的暴力成长过程，我逐一向他们阐释其中的重要意义。但我主要谈论的是受害者研究，一种从受害者的角度分析犯罪的方法。至少在当时，这种深入理解杀手心理的方法并未得到充分的利用。在强奸行为研究中，我已经熟悉了受害者研究。而在侧写的研究中，受害者研究也是其中的重要组成部分，行为科学调查组的探员都认为，这是我的专长，也是我的独特优势。

* * *

"今天的课会有点不一样，"我望向匡蒂科礼堂里坐着的 30 来个探员说道，"课程的重点仍是受害者研究。但跟我们之前的课不同，今天的案件中受害者还活着。调查人员能够跟受害者谈话、提问，她是谁、她为什么会成为犯罪目标，这些问题都能得到答案，这是非常不一样的。情况会变得简单很多，是不是？"

年轻的探员一致同意地点点头。

"只是，历史经验告诉我们，事情并没有变简单，"我说，"我们会面对新一个层次的挑战。让我给你们举个例子。如果受害者对于袭击的各种细枝末节都记忆深刻,描述得也很清楚,却记不住当时有没有下雨,你们应该如何处理呢?或者,如果他们说得出袭击者鞋子的牌子和具体颜色,却想不起袭击发生的准确地点,该怎么办?如何是好?你们能相信他们吗,能相信他们的叙述吗?"

我并不期待有人回答,现场也确实没人响应,但让大家琢磨琢磨这些问题是很重要的。我想让探员们直面自己的偏见,无论那是什么样的偏见。于是我自顾自整理着手上的材料,佯装看着其中一份文件。过了一会儿,我再次看向听众。

"我们今天将要讨论的就是这个,"我打破了这令人不适的沉默,"针对存在幸存者的案件的受害者研究。我们会用到的案例涉及费城城郊车站地下通道中发生的多起暴力性侵事件。我们先从概述开始,再拆解细节。该案件中的受害者是位女性,名叫波琳(Pauline)。"

* * *

1976年6月一个星期四的下午,波琳遭到了袭击。中午交通繁忙之际,她正在城郊车站换乘列车。她之前刚刚买完东西,心里想着回家后要处理的一大堆杂事,最后一个走出了地铁车厢。突然,她感到自己被人从身后猛地拽住。她转过头,心想是不是手提包被车门卡住了,可就在这时,一只戴着手套的手捂住了她的嘴,另一只胳膊紧紧地箍住了她的腰。她试图喊叫,但叫不出来。她想要摆脱那个人,但他的力量大得甩不开。身边来来往往的乘客似乎都没有注意到这里发生了什么,这是标准的旁观者效应。波琳被拖着穿过拥挤的站台,下了扶梯,来到车站的地下通道。她的心里充满绝望。

这里很黑。空气明显更冷，她被推倒在粗糙的地面，茫然无措。袭击者一只手扯掉她的内衣，另一只手一直紧紧压住她的嘴，掩盖了她的求救声。袭击者不停地用手肘击打她，把她按回地面，强奸了她。这一过程中，列车在上方的车站进进出出，发出尖锐的呼啸声。波琳没有看到袭击者的脸。

我在袭击发生后立即参与了这个案子的调查。当时是20世纪70年代后期，之前对于强奸行为的研究已经让我成为该领域少数几位知名专家之一，我们关于性侵的证词在法庭上颇有分量。在这个案件中，波琳的律师安排我为波琳做了法医精神病学评估，判定这件事对于她人生的影响。我和波琳先大致聊了聊她的兴趣和背景，让我对她的性情和性格特点有一个基本了解。而后我转换了话题，问起了这起袭击。她犹豫了一会儿，才详细地叙述了事件经过。整个叙述过程中，她的膝盖一直紧紧贴在一起，身体缓慢地小幅度晃动着。她描述了地下通道的冰冷地面，破碎玻璃反射的寒光，还有一种类似醋的味道。她说她现在还能闻到这种味道。每当她想起那天发生的事情，这股难闻的味道就会直冲她的脑袋。

当回忆在她的脑中翻腾时，我看得出波琳越来越不安，于是我把话题重新引向她如何应对这起袭击后的余波。波琳觉得，自己变得喜欢独来独往，不太与家人朋友联络。她补充道，她其实吃不下也睡不着，夜里只要闭上眼睛，她就会梦到那只戴手套的手捂着自己的嘴。她很害怕独处，但即使有人在旁边，仍会觉得孤独。金属的碰撞声，如锅刮到炉灶的声音，门上松脱的合页发出的尖刺声，都会让她想起那天来来往往的列车，而她就在那车站下面几英尺的地方遭遇了强奸。她常常会在脑中重演这一幕。她说自己讨厌想起这些,但她需要记住那些细节,那些如万花筒般淹没她脑海的片段——形状、颜色和声音。她需要记住,需要直面这些发生过的事情,她需要夺回控制感。但同时,她又憎恶让自己回想起那段记忆,憎恶那些声音、画面,以及那阵难闻的、恶心的味道。

* * *

"重点是,"我向探员们解释道,"受害者往往对这类感觉方面的细节记忆深刻。这些细节清晰、完整。但在波琳的案子中,当我问起那天的其他细节,比如那天的天气,或是车站内的视觉标记时,她会感到困惑,有时候想起的细节是不准确的。不过,无法记住某些细节并不能否定这个人的可信度。实际上,在波琳的案子中,她坦然承认了自己不知道某些事。关键的是,这只是大脑处理创伤的一种方式,无论是战斗的士兵,事故的幸存者,还是暴力犯罪的受害者,都会使用这种普遍存在的应对机制。你们的工作是把握这一点,并且在跟受害者交谈时解释这些心理机制。我们要将混乱变得有序,从而理解犯罪行为。"

"我有个问题,"前排的一位探员举起手,"你怎么知道该相信谁,谁又在对你撒谎呢?比方说,假设整个故事都是受害者编的怎么办?"

"在所有你需要担心的事情中,这个问题几乎是最不需要考虑的,"我回答道,"我建议大家不要有太多假设。假设的坏处比好处更多,如果你按照事实来,会做得更好。在涉及创伤经验的案件中,事实往往都很可靠和清晰。创伤会对人的三个重要脑区造成损坏:负责集中注意力的前额叶皮质,引导注意力朝向或避开创伤来源的恐惧回路,以及负责将经历编码成短期和长期记忆的海马。创伤会让这些功能变得不稳定,令刚刚发生的事情在人的记忆中出现难以预测的混合,变得支离破碎,有关袭击,或者相关细节的记忆变得残缺不全。这种混杂的感觉和经历,会导致受害者所说的话偶尔听起来混乱难懂。所以组织问话的能力就变得非常重要。"

观众席后排举起一只手。

"所以,那些他们记住了的信息,是可以安全采信的吗?又或者,他们会不会把这部分信息也记错了呢?"这位探员问道,"以及这些错误信息会给侧写带来什么样的问题?"

"我知道这挺反直觉的,"我说,"不过这部分信息是你能获得的最可靠的信息了。你必须明白,最为基本的是,受害者往往能回忆起来的最有限的、生动的感觉细节,比如火车的声音、冰冷的地板、戴手套的手等等,之所以局限,是因为大脑在保护自己。它本质上属于自我保护。这是一种用少量具体信息掩盖痛苦经历的方式,但这些信息都是真实的。在某种意义上,它们只是被放大了,为的是抹去可怕的回忆。"

我继续上课,看得出有些探员一直在注意听我们的讨论,有些人却已经走神了。其实也不能怪他们,暴力心理学并不适合所有人。分析暴力心理的成就感比不上成功突击搜查或高速追击时的肾上腺素飙升。它不会给人带来即时的满足感。何况,探员们也不习惯对受害者多做思考。探员的思维模式更像警犬,而警犬的训练就是要锁定凶手的气味,只关注一个目标。但这都不能证明,案件中的心理因素不够重要。因为当探员们在室内集合,手里只有零散的信息,要将它们整合成实用的侧写并作为破案的重要工具时,这种感觉好极了。我们的方法奏效了,我们破解了别人无法破解的案件。而受害者研究正是我们用过的工具中最称手的一个。

我用剩下的几分钟尽可能清楚地表达了这一点。

"听我说，你们每一个人终将碰到那种案子，在那种案子里，只关注犯罪者是不够的。犯罪者太聪明、太仔细等等，反正就是抓不着他们。你们需要退后一步，采用不同的方法。这个时候受害者研究就能派上用场，它能解释为什么某个受害者会被盯上。你们需要研究的因素包括，受害者的生理及心理特征，他们与犯罪者之间可能的关联，他们在受袭击时的脆弱程度，等等。然后，你们就会开始理解凶手为什么会选择他们，而不选别人。

"波琳是在一个繁忙的时间段被盯上的，当时人们在换乘。车厢里的所有人关心的都是自己的下一趟车。犯罪者知道会发生什么，并根据人流的拥挤程度策划了这起犯罪，混乱为他制造了掩护。他的动机是性。他冒的风险很高，而受害者的风险很低。虽然他犯罪时有很多目击者，但这时出现了旁观者效应。

"以上这些对于受害者的研究，都会对犯罪者的动机提供线索。通过分析受害者，分析犯罪者的动机，以及关于这个案件的所有其他文件，你们会开始逐渐缩小犯罪者的决定性特征。你们会把嫌疑人的范围尽可能缩小。你们会抛除关于犯罪者的大批错误选项，只剩下一个准确无误的选择。因为最终，这才是受害者研究要做的事——它为犯罪者支起了一面'镜子'。"

* * *

那天，关于城郊车站案，我保留了一些信息，没有向探员们讲明。我得注意不要打击他们，不能让他们失去对真实的性犯罪案件的敏感性。但同时，我知道有必要让他们对今后目睹的具体恐怖情景做好准备。从这层意义上，教学是一门讲求平衡的艺术。在受害者研究这一块，我觉得波琳的故事可以很好地证明我的观点。另外，关于这起城郊车站案，我自己也很难理解后来发生的事情，更不确定探员们对此会如何反应。

在波琳遭到性侵的几个月后，她的律师亨利·菲茨帕特里克（Henry Fitzpatrick）在一名摄影师的陪同下，去了车站的地下通道，想要为之后的庭审拍摄犯罪现场的照片。地下通道是车站区交通线的地下系统，黑暗又僻静。通道里闷热，光线不足，空气中飘浮着粉尘，菲茨帕特里克过了一阵子才发现，在黑暗中，他盯着的那堆"东西"，是一个赤脚躺在他面前的女性。他僵住了。他的眼睛适应了一会儿，才看清那个女人的胸部还在微微地起伏。她看起来很年轻，可能35岁上下，穿着上下两件的海军服，身体右边有一个磨旧了的棕色皮质公文包。摄影师在相机上加了一组镜头，并按下一个按钮，照亮了眼前的一切。菲茨帕特里克看到了一只沃纳梅克百货公司的购物袋，也注意到了那个女人的扭曲姿势，以及在她的脸部和胳膊周围的一摊摊血迹。上方的站台传来脚步的回音。摄影师拍了一张照片，一瞬间，地下通道被一道赤裸裸的光线照得炽亮。

第二位受害者的生命体征已经非常微弱。菲茨帕特里克打了911，救护车很快将她送去杰斐逊医院的重症监护室。这次袭击具有连环犯罪的所有特征，而且比波琳所遭受的更残忍。受害者琼（Joan）是一位律师，住在上达比市，有一个10岁的女儿。在地下通道，她遭到了殴打和强奸，她的头被按在车站下的人行路面上多次撞击，最终她陷入昏迷状态。在医院，她需要做多次手术，护士们一直在看护她，几周后不见好转，她们录下琼的女儿说话和唱歌的声音，每天放给琼听，直到琼开始有了反应。45 天后，琼醒了过来，但这次袭击给她留下了永久的脑损伤和半身瘫痪。她一直问自己的妈妈什么时候能来看她。每次护士都会提醒琼说，她妈妈几年前已经去世了，琼总会崩溃大哭。

波琳脑中总忘不掉那些受到袭击的细节，与波琳不同，琼的脑损伤让她对犯罪过程毫无记忆。她努力想找到答案，但她的决心也遭到否决。因为她的记忆受到了不可逆的损伤，她无法出庭做证。但波琳可以，她可以索回被夺走的一小块自我。据我所知，她在饱受强奸创伤综合征的复杂影响的同时，与袭击者勇敢对质，这一点对于她的故事极为重要，甚至比新探员们从她的案件中学到的受害者研究经验还要重要。

虽然所有迹象都表明，波琳和琼的这两件案子有关联，但菲茨帕特里克还是决定将它们分为两个案件单独处理。调查人员没有找到波琳案的目击者。车站内没有摄像头，保安人员也说自己在那段时间没有看到任何可疑人士。于是菲茨帕特里克向城郊车站的产权方——联合铁路公司——提起侵害诉讼，波琳的案子进入司法系统。联合铁路公司想庭下和解，但被波琳拒绝了，案件正式开庭。

庭审那天，波琳出庭做证。她哽咽着，以平静的语气讲述了自己遭受袭击的经历，以及过程中自己的无助。整个过程中她表达得都很清楚。波琳向在场的企业律师、陌生人和媒体人员，描述了自己生活中最不堪的真实细节。轮到被告方的辩护律师发言时，他们先进行了交叉询问，以质疑波琳所述内容的可信度，这种方式在强奸案庭审时尤其常用。他们问了她犯罪者的着装、车站内的视觉细节、当天的天气以及其他相关信息。波琳在有些地方犯了糊涂，想起的细节并不准确。每次出错,辩护律师都会在陪审团面前纠正她,并利用这个机会指出波琳是不可信且不诚实的。但辩护律师没有说明的是,波琳的回答与她的可信度毫无关系,这些错误只反映了人类大脑处理创伤情境的方式。辩护律师知道这一点。他们知道,强奸是全世界最常被宣告无罪的犯罪之一,原因是人们不了解记忆所扮演的重要作用,但他们不会透露这个秘密。我猜你会说,他们只是在做自己的本职工作。但是很快,我也有机会来完成我的本职工作。

轮到我作为专家证人出庭做证时,我决心要阐明性侵受害者在记忆的存储和调用背后的心理机制。我解释说,经历过创伤情境的人,无论是士兵、事故幸存者还是性侵受害者,都经常会出现记忆断片儿或残缺,因为这是大脑工作的方式。无论受害者是否记得细节,她所经历的事情是不会消失的。对波琳以及很多其他类似的受害者来说,袭击彻底改变了她们的生活。她无法回去上班,无法乘坐交通工具,无法照顾自己的孩子或是独自走出家门。要求受害者将受害经历丝毫不差地回忆起来,是不合理的。受害经历带来的影响是其中最关键的部分。

陪审团判定联合铁路公司支付给波琳 250 000 美元的补偿性赔偿和 500 000 美元的惩罚性赔偿。初审法庭随后修改了判决,补充了误期损害赔偿金 115 208.29 美元,其中包括了从 1979 年 10 月 16 日到 1981 年 4 月 29 日中间总赔偿金 750 000 美元的年利息。联合铁路公司向高等法院申诉,高等法院判决减少误期损害赔偿金,但波琳之后的上诉令这个判决结果被撤销。

波琳案的成功使菲茨帕特里克将注意力转向第二位受害者琼。警方已经找到了案件中的嫌疑人,他是个惯犯,因为 1977 年在地铁站大厅强奸一名女性而有过犯罪记录，也因此短暂服刑。但最近的几个月内，他再次因强奸罪被捕，这次的受害者是一名19岁的天普大学的学生，犯罪地点是在城郊车站下面的站台。

控方律师之所以能将琼的案件提交审讯，得益于一位女性证人的帮助。她描述说，在琼失踪那天，自己看到嫌疑人拽着一名女性走下扶梯，进了城郊车站的地下通道。

"因为某种原因，或是出于本能，我开始四处张望，"证人说，"我看见一个男人和一个女人站在自动扶梯口旁边。他们离得非常近，我还在想，他们在那里干什么。"证人说自己刚走出一列到站的车厢就看到了这一幕："我看到他们走下了扶梯。我不知道该怎么办。我吓死了。"她想找人帮忙，但找不到人。"我开始走到扶梯边，俯下身，就看见那张脸正在盯着我。我吓坏了，一下子愣住了。不过他也没想到会看到我。于是，他朝右边走去，我看到了他的侧影。我看到那里有一双躺着的女生的脚，脚上没穿鞋。我就看到了这些。我只看到了她的脚和腿。"

证人被问说，她那天看到的那个男人是否此时在房间里。

"是那边的那个男人，就是被告。"她指着被告方的桌子说。

虽然有这样的证词，但嫌疑人还是被判无罪。关注这个案件的人都倍感震惊，几个在场的人明显地倒抽了一口气。控方律师匆匆离开了法庭，没有理会记者的呼喊，更没有对媒体发表评论。只有被告和他的辩护律师露出了笑容。

悲哀的是，这样的结果并不意外。它符合当时美国很多常见的强奸案审判的模式。形势往往不利于受害者。部分原因是，强奸取证检测试剂盒在当时仍不普遍，DNA检测还要过好几年才会出现。还有部分原因是性侵案件的隐蔽性，由于性侵多发生在幽闭场所，也就预先排除了可能的目击者。但这背后更大的真相是，强奸案经常是男性话语与女性话语的较量。直到20世纪70年代后期，女性仍被认为是不可靠的、感情用事的、不值得信赖的，这意味着在此类案件中，陪审团很少会站在受害者这一方。

1978年，安·伯吉斯在波士顿学院教学

1978年，安·伯吉斯与琳达·莱特尔·霍姆斯特龙合作完成强奸受害者咨询。照片由波士顿学院提供

心理学家尼克·格罗斯与安·伯吉斯

1978年，波士顿学院召开关于暴力受害者的跨学科会议。从左至右：研究助理安娜·拉斯洛，尼克·格罗斯，安·伯吉斯，探长保罗·卢佛

1980年，联邦调查局首批侧写师。照片由《今日心理学》提供

UNITED STATES DEPARTMENT OF JUSTICE

FEDERAL BUREAU OF INVESTIGATION

In Reply, Please Refer to
File No.

FBI Academy
Quantico, Virginia 22135
February 20, 1980

Dr. Ann Burgess
School of Nursing
Boston University
635 Commonwealth Avenue
Boston, Massachusetts 02215

Dear Dr. Burgess:

    I would like to take this opportunity to invite you to the FBI Academy on February 22, 1980, to consult with members of the Behavioral Science Unit regarding future research in the area of the criminal personality.

    We deeply appreciate your past assistance to the Training Division of the FBI and look forward to continued cooperation in the future.

    Special Agent Robert K. Ressler of the Behavioral Science Unit will coordinate your travel plans.

                  Sincerely yours,

                    James D. McKenzie
                    Acting Assistant Director

1980年，联邦调查局寄给安·伯吉斯的欢迎函。照片由安·伯吉斯提供

Subject: _____ -27-

PART 3
OFFENSE DATA

3.J. The following pages have columns on the right, in order to collect data on both the <u>current offense</u> and <u>previous sexual offenses</u> on which information is available. If a total of more than five offenses occurred, use supplement sheets to enter data. <u>Column A is for current offense</u>; column B for the next most recent offense, etc.

		A	B	C	D	E
1. Age of offender at time of offense: List type of sexual offense:_____	J.1	—	—	—	—	—
2. Plea to charges of this offense: 0=no data available 1=guilty 2=Alford plea:unadmitted but uncontested 3=changed from not-guilty to guilty 4=not guilty	J.2	—	—	—	—	—
3. Initial stance regarding offense: 0=no data available 1=admits fully 2=qualifies, minimizes guilt 3=states he has no memory of offense 4=denies committing offense	J.3.1	—	—	—	—	—
3.2 current stance regarding offense	J.3.2					
4. Sentence: Minimum (yrs.)	J.4.1	—	—	—	—	—
Maximum (yrs.)	J.4.2	—	—	—	—	—
00=no data available 99=none/does not apply						
5. Premeditation of assault: 0=no data available 1=intentional, premeditated 2=opportunistic, impulsive 3=unplanned, spontaneous	J.5	—	—	—	—	—

安·伯吉斯为行为科学调查组设计的数据评估工具的样本内页。照片由安·伯吉斯提供

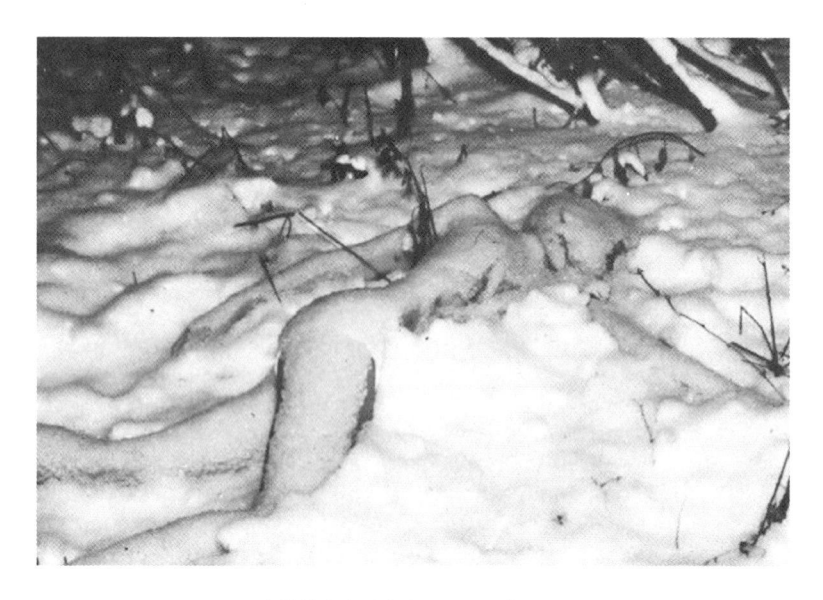

朱伯特案中受害者的犯罪现场照片

1984年，司法部长威廉·弗兰奇·史密斯组织的关于家庭暴力的办案组。从左至右：安·伯吉斯，司法部长史密斯，司法部长助理罗伊斯·海特·海灵顿。照片由美国司法部提供

1985年，奥珀尔·霍顿为遭到绑架的好友画的画。照片由安·伯吉斯提供

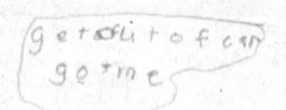

1985年，奥珀尔·霍顿画了自己躲避绑架者的画面。照片由安·伯吉斯提供

The Men Who Murdered

Statistics from the FBI's Uniform Crime Reports document the alarming number of victims of sexually violent crimes. One of the disturbing patterns inherent in these statistics is that of the serial or repetitive criminal. Law enforcement officials have questioned whether a small percentage of criminals may be responsible for a large number of crimes, that is, a core group of habitual serious and violent offenders. This has been documented in one study on juvenile delinquents,[1] and other studies have reported similar results,[2] with average estimates of from 6 to 8 percent of delinquents comprising the core of the delinquency problem.

To address this problem, law enforcement is studying techniques to aid in apprehending serial offenders. These techniques require an indepth knowledge of the criminal personality, an area that, until recently, was researched primarily by forensic clinicians who interviewed criminals from a psychological framework or by criminologists who studied crime trends and statistics. Missing from the data base were critical aspects relevant to law enforcement investigation. Researchers have now begun to study the criminal from law enforcement perspectives, with a shift in focus to the investigative process of crime scene inquiry and victimology.

Our research is the first study of sexual homicide and crime scene patterns from a law enforcement perspective. It includes an initial appraisal of a profiling process and interviews of incarcerated murderers conducted by FBI Special Agents. The interviews contain specific questions answered from compiled sources plus lengthy, open-ended interviews with the murderers themselves. A subsample of 36 sexual murderers was selected for analysis to develop further information for profiling these murders. Here, we present what we learned about these 36 men. It is important to recognize that we are making general statements about these offenders. Not all statements are true for *all* offenders, although they may be true for *most* of the 36 men or for most of the offenders from whom we obtained data. Responses were not available from all offenders for all questions.

1985 年《联邦调查局执法公报》上的一期专题文章

Crime Scene and Profile Characteristics of Organized and Disorganized Murderers

"... there were significant differences in the crime scenes of organized and disorganized offenders...."

When requested by a law enforcement agency to assist in a violent crime investigation, the Agents at the Behavioral Science Unit (BSU) of the FBI Academy provide a behaviorally based suspect profile. Using information received from law enforcement about the crime and crime scene, the Agents have developed a technique for classifying murderers into one of two categories—organized or disorganized, a classification method evolving from years of experience and knowledge. In the service of advancing the art of profiling, the Agents were anxious to know if this classification system could be scientifically tested. This article describes the research study and statistical tests performed by a health services research staff on data collected.

Objectives of the Study

Thirty-six convicted sexual murderers were interviewed by FBI Agents for a study on sexual homicide crime scenes and patterns of criminal behavior. These study subjects represented 25 serial murderers (the murder of separate victims, with time breaks between victims ranging from 2 days to weeks or months) and 11 sexual murderers who had committed either a single homicide, double homicide, or spree murder.

The major objectives of this study were to test, using statistical inferential procedures, whether there are significant behavioral differences at the crime scenes between crimes committed by organized and disorganized murderers and to identify variables that may be useful in profiling orga-

Crime scene of an organized offender investigated by Pierce Brooks in 1958 while a homicide detective sergeant with the Los Angeles Police Department.

1985 年《联邦调查局执法公报》上的一期专题文章

The Split Reality of Murder

"... to many serial killers, ... fantasies of murder are as real as their acts of murder."

"Murder is very real. It's not something you see in a movie. You have to do all the practical things of surviving." [1]

Murder is, indeed, very real. Yet to many serial killers, their fantasies of murder are as real as their acts of murder. To them, their existence is split into two realities: The social reality of the "normal" world where people do not murder, and the psychological vitality of the fantasy that is the impetus for the killer to commit his heinous crime. It is a split reality because the fantasy life is such a preoccupation. It becomes an additional reality, distinguishable from the "other" reality of the day-to-day social world.

Interviews with 36 convicted sexual murderers have provided insights into their attitudes, beliefs, and justifications for their crimes. In order to interpret the murderer's sense of what is important, this article presents thoughts and beliefs articulated by the murderers themselves. First, we discuss the structure of conscious motives for murder, the killer's longstanding fantasy of violence and murder. Second, we look at what happens when the fantasy of murder is played out through its various phases. By presenting our interpretation of the fantasy's importance to the serial killer, we hope to suggest perspectives for law enforcement on the investigation of sexual homicide.

Motive and Fantasy

How does the motive for a murder evolve, and what triggers the murderer to act? Many murders puzzle law enforcement because they appear to lack the "usual" motives, such as robbery or revenge. Motives, however, need to be determined, since understanding the motive is critical to the subsequent apprehension of a suspect.

The 36 murderers in our study, replying to this fundamental question of what triggered their first murders, revealed that as a group, they were aware of their longstanding involvement and preference for a very active fantasy life and they were devoted to violent sexual fantasies. Most of these fantasies, prior to the first murder, focused on killing, while fantasies that evolved after the *first* murder often focused on perfecting various phases of the murder. The following illustrates an early fantasy of one of the serial murderers that developed following the move of his bedroom to a windowless basement room. This fantasy

1985 年《联邦调查局执法公报》上的一期专题文章

从左至右：罗伯特·K.雷斯勒、埃德蒙·肯珀和约翰·道格拉斯。
照片由安·伯吉斯提供

探员雷斯勒正在与波士顿城市医院的犯罪人格研究项目的成员讨论工作。
照片中是伯吉斯博士（电脑边）、探员雷斯勒（左边）、
霍莉-让·查普里克、玛丽安·克拉克和彼得·加乔内。
照片由《联邦调查局执法公报》提供，1986年

高架渠边的受害者犯罪现场照片。联邦调查局照片

SEXUAL HOMICIDE PATTERNS AND MOTIVES

by
Robert K. Ressler
Ann W. Burgess
John E. Douglas

用于向联邦调查局展现行为特点和数据的性谋杀研究的标题幻灯片。
照片由安·伯吉斯提供

DEMOGRAPHIC CHARACTERISTICS OF 36 SEXUAL MURDERERS

BIRTH DATE	Mean = 1946	
	Range = 1904 to 1958	
SEX	All males	
RACE	White	91.7%
	Non-white	8.3%
MARITAL STATUS	Married	21.9%
(at time of interview)	Unmarried	78.1%

用于向联邦调查局展现行为特点和数据的性谋杀研究的人口统计数据幻灯片。
照片由安·伯吉斯提供

联邦调查局连环杀手研究的蓝带小组①。照片由《破解绿河杀手》(*Defending Gary*)的作者马克·普罗瑟罗（Mark Prothero）提供

---

① 蓝带小组又称蓝带委员会，是由政府或相关机构指派，负责调查、研究、分析某一问题的小组，成员多为相关领域有影响力的专业人士。——编者注

> I SAY GOODBYE AND GOODNIGHT.
>
> POLICE: LET ME HAUNT YOU WITH THESE WORDS;
>
> I'LL BE BACK!
> I'LL BE BACK!
>
> TO BE INTERRPRETED AS - BANG, BANG, BANG, BANK, BANG - UGH!!
>
> YOURS IN MURDER
>
> MR. MONSTER

"山姆之子"在犯罪现场留下的嘲笑警方的信。联邦调查局照片

亨利·路易斯·华莱士画的第一次杀人的情景图之一。照片由私人收藏提供

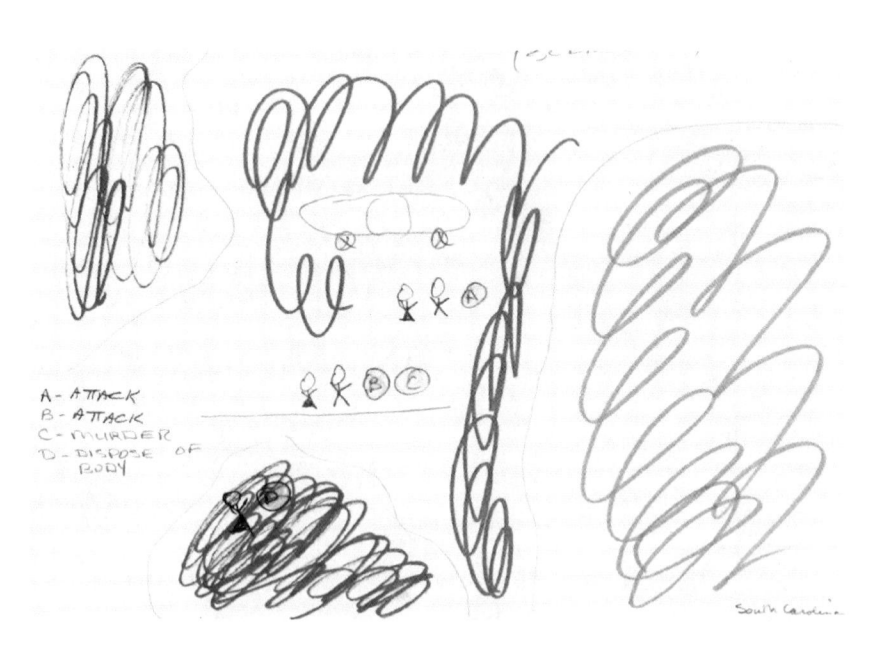

亨利·路易斯·华莱士画的犯罪阶段图之一。照片由私人收藏提供

第 8 章

面罩之下

被害人心理学的讲座结束后,我回到防空洞的办公桌边。黑兹尔伍德来找我,问我是否有时间聊聊他要侧写的巴吞鲁日市的新案子。当地警方正在调查一名性侵犯者,他与多个州的数十起犯罪有关。黑兹尔伍德想听听我对这名犯罪者的罕见行为的见解。

"这个家伙很奇怪,"黑兹尔伍德说,"他只会在晚上 8 点到凌晨 1 点这段时间里进入别人的家,而且只会闯入那种门、窗没有上锁的房子。不过回头看,这点或许没那么奇怪,真正奇怪的是他玩弄受害者的方式。他先是试图安慰她们,之后再强奸她们。同时,如果房子里有其他人的话,他会强迫他们在一旁观看。这个变态的浑蛋。"他停下来,冷静了一会儿:"原谅我刚刚的用词。我的意思是……我在努力从类型学的角度理解我们要对付的是什么,好让我处理这个案子。"

黑兹尔伍德总是尽可能像对待其他同事一样对待我。但由于我们的工作总会与犯罪画面相关,相伴而来的感受也非常强烈,有时黑兹尔伍德会一时疏忽,想到什么就说什么。然后他会感到不安,意识到自己在女性面前说了脏话。他本性即是如此。在跟我讨论极端暴力行为时，无论我多少次对他说没关系，他还是会努力遵循想象中的社交规范。不单是他，几乎联邦调查局的所有探员与我打交道时，都是如此。甚至连雷斯勒和道格拉斯，也会偶尔在我面前表现出微妙的小心翼翼。不过，黑兹尔伍德的谨慎与其他人不同。他似乎在以某种方式保护我，这或许是因为，是他带我进组的。他摊开一组文件，开始列举案件的相关事实。他迟疑了一下，勉强缓和了语气，分析起一些更形象的细节。

"报纸上都叫他'滑雪面罩强奸犯'，"黑兹尔伍德继续说，"我肯定你猜得到原因。他的身高超过 6 英尺，身形单薄，黑头发。作案时，他通常带着一把刀或一把枪。他会将受害者绑起来，当着房子里其他男性的面强奸受害者，有时一边做一边嘲笑那些男性。结束后，他不会给受害者松绑，而是从容地将屋子里的电视、音响或其他值钱的东西洗劫一空。"

"等等，"我打断他的话，"他犯下的所有罪行中，都有男性目击者吗？"

"不，这只是最近的事，"黑兹尔伍德说，"这个人的作案手法跟刚开始差别挺大的。他跟我以前见过的罪犯都不一样。人是同一个，但罪行却好像一个完全不同的人犯下的。所以我需要你的帮助。我希望在把案子交给团队之前，我们能填补时间线上的几个触发点。"

黑兹尔伍德找我帮助理解案件，这种情况在组里的成员之间很常见。组内的每个人都有某个领域的独特知识和经验，我也不例外。在滑雪面罩强奸犯案中，我在强奸受害者和暴力犯罪者两个领域的研究背景让我成为适合的人选。黑兹尔伍德觉得我是最有资格的顾问。

"这个人与几十起犯罪有关,"黑兹尔伍德说,"但我认为从中挑出早期、中期以及最近的案子各五起进行研究,就够了。这些能代表他的发展特点。有道理吗?"

我仔细看着一张照片中的中年女性,她的乳房上有一道道蓝黑色的瘀痕。

"这些案子都是这样的画面。他不断地捶打这个女人的乳房,非常残忍。"黑兹尔伍德咕哝道,伸手从我手里把照片抓过去。

我摆摆手说:"别再道歉了,罗伊。我不需要你帮我屏蔽掉这些细节,这样做只会拖慢工作,它们都是数据而已。现在我们还是解决问题吧。"

黑兹尔伍德点点头:"好吧。我们知道的情况是这样的。在最初的五起案件,他还是个普通的强奸犯。他会突然闯进独自在家的单身女性的屋子里,向她们保证,不会伤害她们,然后用她们自己的衣物将她们绑起来,对她们实施阴道强奸。很快到了中期的五起犯罪,他开始使用手铐,行为也变得越来越有攻击性,强迫受害者接受肛门和口腔的插入,有时候是在受害者的其他家庭成员面前,有时候在一起案件中强奸不止一名女性。再快进,最近的五起强奸案显示他有了更高级的进攻性。就像你刚刚看到的那张照片。"黑兹尔伍德朝我刚刚放照片的桌子指了指。"他不停地捶打她的乳房,同时嘲笑她的丈夫。很奇怪,是不是?你怎么看?"

"我认为,他在寻求最早期从受害者身上得到的那种快感。这一点很明显。他要不断增加暴力才能感受到同样的快感,但他的动机没有变。他仍然想从强奸中获得控制感。"

"有道理,"黑兹尔伍德同意说,"但我不明白的地方是,他要在受害者的男性伴侣面前实施这种暴力行为。这是为什么呢？"

"因为权力——为了控制和羞辱别人，"我解释说，"需要观众，让人观看，表明了强奸犯个人生活中的心理因素。它说明，嫌疑人曾受过创伤。这种仪式性的行为，源于他童年时曾观看或经历过的虐待。"

"你认为他会逐渐发展到谋杀吗？或者这跟他的惯常做法矛盾吗？"黑兹尔伍德问，"警方担心的是这个。"

"随着犯罪者与现实日益脱节，其惯常行为会发生变化，"我说，"所以，是的，我认为谋杀是有可能的，不过要分清的是，谋杀不是他的主要动机。这个人在反复体验自己过去的经历，他是在回味。现在他有了控制权，他想让别人都看到这一点。"

* * *

之后几天，组长迪皮尤安排我去路易斯安那州，同负责滑雪面罩强奸犯案的专案组会面，计划与受害者和当地警方沟通，尽可能多地收集信息，以便加快速度，抓住这个变态。当地民众惶惶不安，袭击的频率越来越高，媒体也在搅浑水，把滑雪面罩强奸犯与警方斗智斗勇的故事写得天花乱坠。黑兹尔伍德是负责这个案子的联邦调查局探员，因此他特别着急，想早点解决此案。

我一到酒店，电话就响起来。

"嘿，安。还好吗？"黑兹尔伍德问。

"挺好的，我刚进来。我准备——"

"太好了，"他打断我的话，"听我说。我有很多问题，需要你询问受害人，比如不明嫌疑人在作案时的行为等。这对于我们给案子做侧写时很重要。"

"你是什么意思？你是想说，强奸案和性谋杀案的侧写是不同的？"

黑兹尔伍德一心想着要对我说的话，没有理会我的问题，自顾自地说下去。他有时候会这样，过于专注，沉浸在自己的思绪中。但我知道，他最终会回到我提的问题。于是我听下去。

"我认为这个案子，我们要采用三个基本步骤，"他说，"第一步，是要从受害者那里弄到关于强奸犯行为的一组明确信息；第二步是分析他的行为，确定犯罪的潜在动机；第三步，是按照其行为透露的动机，描述犯罪者。"

"等等，"我打断他的话，"我要拿支笔。"

于是，黑兹尔伍德让我写下了他想让我问的一系列问题。有些问题是有关不明嫌疑人的行为的，例如：他是如何来到受害者家的？他的控制方式是什么？他对于受害者的痛苦作何反应？还有些问题是关于受害者的回应：受害者被迫说话了吗？她们被强迫做了什么性行为？她们做的事有没有改变受害者自身的态度？还有些问题，则是为了更多地了解不明嫌疑人的性格，像是：他有没有性功能障碍？他有没有采取什么反侦察措施？他有没有在犯罪现场拿走或留下什么东西？

很明显，黑兹尔伍德脑子里对案子有具体的处理方法。似乎相对犯罪现场分析和警方报告，他更重视幸存者的证词。不过我不知道他为什么会这么认为，也不知道在他看来，这样的侧重会如何影响侧写。我能想到的只是，他应该听过我的被害人心理学课程，觉得感兴趣，想验证一下这个理论，亲自看看它的效果。

那次出差，我最后见到了5位受害者。她们都满怀担忧和痛苦，尤其是在家人面前遭到强奸的两位，但她们都尽力谈论了自己的经历。我发现，她们全都表现出明显的强奸创伤综合征。她们说，心里觉得麻木或者心如死灰，坦陈自己一直出现肠胃问题，会做噩梦，梦见袭击者再次强奸了自己，也害怕自己会得艾滋病。身处狭小空间时她们会感到惊慌，会被穿深色衣服的人吓到，不断担心袭击者会回来。她们5个人都在担心自己与家人朋友的关系。

我一边思考着不明嫌疑人罕见的行为，一边将这些记到报告中，这时，我接到了组长迪皮尤的电话。

"安，我是迪皮尤。这次出差怎么样？"

迪皮尤从来不问出差的问题，除非出了事情。所以，我认真思考了一会儿，才回答他："我们从受害者那里得到了一些有用的信息。你是听说什么了吗？"

"是的。我接到警局打来的紧急电话，说有个女人在冒充联邦调查局探员。我不得不向他们保证，这是行为科学调查组的正式来访，你是我们的人。"

"谢谢。"我说，不知道应该如何评价这种事。

迪皮尤只是笑了笑，然后说："路易斯安那州可不是华盛顿特区。我也许应该说清楚点，说我派了一位女性过去。下次我会记得，现在赶快完成报告吧。我不想再听到新闻里说那个家伙有多聪明。"

＊＊＊

大约一星期后，黑兹尔伍德组织了一群探员对滑雪面罩强奸犯做正式侧写，他也安排了我参加。我们按照当时的标准程序，研究警方报告，审查犯罪现场照片，讨论犯罪者的动机和模式。黑兹尔伍德还带来了我们之前的对话记录和我在路易斯安那州得到的分析。他还要求我提供了某些受害者陈述具备有效性的相关信息，因为有些探员尽管经验丰富，但也要克服自己的偏见。不过，后来，黑兹尔伍德并没有用所有这些信息，而是要求大伙儿合作完成侧写。他特别要求我们将评估报告分成两个部分。

第一个部分是传统的侧写方法，从可能的人口统计数据、背景和人格方面描述不明嫌疑人。当时我们对这个部分已经非常熟练，没花多长时间就写下了自己的判断。基于滑雪面罩强奸犯长期活跃却没有被捕，我们认为他在30岁左右，从未结婚。他行为专横，表明他很自信，认为自己是阿尔法男[①]。他会在闯入室内前，谨慎地切断电话线，这说明他对于细节一丝不苟，是个完美主义者，这个信息让我们确定：他会保持良好的体形，会看体育比赛，或者参加运动；他会精心打理外表，很可能会在着装和车子的外观方面故意招摇，以表现自己的阳刚之气。他总在逃逸，频繁迁往不同的州——我们管有这种习惯的不明嫌疑人叫流浪，这表明他受过教育，曾在军队服役，很可能在海外当过兵。

在报告的第二个部分，我们着重阐明了滑雪面罩强奸犯的心理构成。这部分就棘手多了。我们需要根据犯罪性质的演变，找出符合特定犯罪类型的案件事实。这很艰难。因此，我们参考了连环杀手研究中涉及的案件，确定了犯罪者正在发生转变，从权力自信型的强奸犯——滑雪面罩强奸犯的早期犯罪表明他需要投射一种性能力强的男性气概形象——演变成报复型强奸犯，常有发泄愤怒和暴力升级的情况发生。暴力正变成犯罪者犯罪模式的重要部分。实施

[①] 意思是在群体中游刃有余、一切尽在掌握中的"老大型"男性。——编者注

暴力不是为了对付抵抗的受害者，而是一种"愉悦"。最后，滑雪面罩强奸犯在犯罪中表现出越来越多的进攻性。他正变得越来越危险，越来越具有虐待狂倾向，也越来越自信。他在改进自己的行事方法，朝着自己重构的某种理想逐渐靠近。此外，他显然逐渐屈服于内心想要杀人的冲动。

＊　＊　＊

黑兹尔伍德向不明嫌疑人过去作案所在地的多个警局递交了犯罪侧写报告，提醒他们警惕符合描述的任何人。那年10月，冈萨雷斯（位于巴吞鲁日的东南面）的一名警察在街区驾车巡逻时，注意到一片住宅区停着一辆可疑的红色庞蒂亚克火鸟。同一晚，在同一片地区，警方接到电话称有个戴滑雪面罩的男性在一名女性家中持枪挟持了三名女性。她们都被绑了起来，也都遭到了强奸。当其中一人遭到强奸的时候，另两人会被迫在旁观看。之后不明嫌疑人掠走了她们的个人物品，偷了其中一人的车，疾驰驶入夜色中。那名冈萨雷斯的警察在无线电中听到这则信息，凭着直觉，回到早些时候看见那辆庞蒂亚克的位置。庞蒂亚克不见了，停在那里的是受害者的被窃车辆。而就在车边，这名警察还发现了一副被遗弃的男性手套，手套完全符合受害者的描述。

案件进展得很快。调查人员向当地公众发出警告，让大家留心这辆庞蒂亚克火鸟。当警方再次见到这辆车时，他们检查了车牌，确认车主是31岁的乔恩·巴里·西蒙尼斯（Jon Barry Simonis）。感恩节后的一周，在路易斯安那州的莱克查尔斯，西蒙尼斯抱着一条长面包和两包香烟走出一家便利店，守候在门外的警察迅速将其制服。西蒙尼斯的被捕终于结束了其长达 3 年的恐怖罪行，其中包括跨越 12 个州的 81 起犯罪，范围从佛罗里达到密歇根，从路易斯安那到加利福尼亚。

我们给滑雪面罩强奸犯做的侧写在分类、细节和范围方面都很准确。西蒙尼斯曾被评为路易斯安那州全州中学最佳四分卫，在 1973 年到 1977 年间加入过陆军。他的智商是 128（平均值是 90 到 110），他维持着运动员的身材，但西蒙尼斯在成长过程中遭受过虐待。据信，他见过自己的父亲对姐姐实施性侵。他明显对女性怀有深度的愤怒，因为他的犯罪是要打压、贬低和羞辱他的受害者。这些都是报复型强奸犯的典型行为。他被定罪本身固然意义重大，但同时也提供了一个独特的机会，让我们透过他海量的犯罪事实，更好地理解暴力性犯罪者的动机和演变模式。西蒙尼斯充满自信，试图掌控自己的犯罪行为[1]；他习惯炫耀自己做的事情，以彰显自己的能力；他想通过暴力手段让别人刮目相看——最后这点当然让人深感不安，但也对我们整体的犯罪人格研究带来积极的一面。如此种种，令他成为一个理想的案例研究对象。西蒙尼斯想要表达，他想与其他人分享自己的经历，让他们走进自己的内心，让自己重温最暴力的过去。窥阴癖，即喜欢迫使别人目睹原本的细节，是西蒙尼西心理机制的一个重要部分。不过它也让我们占了上风。我们可以利用他对于控制感的执迷和他的夸张心态，比以往更加全面细致地理解连环犯罪者。西蒙尼斯可以作为一个研究案例，让我们了

---

[1] 当西蒙尼斯被告知另一个人冒名顶替他承认犯下了强奸案，并因此服刑，他变得十分激动，据说他当时说道："他这么做究竟是要干什么？我才是那个案子里的强奸犯。"

解连环杀手的模式和行为的演变过程。

为了掌握西蒙尼斯案的全貌,我们决定在侧写和被害人心理学两方面继续跟进。黑兹尔伍德和拉宁将对西蒙尼斯做访谈记录,而我会采访他的受害者,再次确认她们的叙述。重要的是,我们试图比较犯罪者的口供和受害者的经历。理解了两方的观点,我们就能明白连环犯罪者的模式是如何随着时间演变的,也为探寻暴力升级(从强奸到暴力,从暴力到杀人)的速率开了个好头。我们也需要听取故事的两方,从而充分了解连环犯罪者在暴力升级的每一个阶段,都出现了哪些触发因素。

作为探员,黑兹尔伍德和拉宁在安排监狱访谈方面完全没有困难。他们唯一的难题是要确定访谈方式。联邦调查局坚持让每位探员训练、掌握多种审讯方式:里德审讯法,使用基本的心理学手法,帮助受审讯者自在地谈论自己的犯罪经历;认知法,使用开放式的讲述和跟进的问题,引导受审讯者不断回忆自己的犯罪过程;运动机能学方法,给受审讯者创造有压力和紧张感的氛围,观察他们的反应。但这次情况不同,西蒙尼斯有表达的意愿。因此,黑兹尔伍德和拉宁决定使用一种直截了当且从容不迫的调查语气。这种语气可以抑制情感的流露,尽可能保持对话原始朴实。另外,他们决定故意抛出几个早已知道答案的误导性问题,作为访谈过程中的控制变量。对话即数据。探员需要让对话如实且坦诚,否则可能会歪曲结果,整个谈话也会变得毫无意义。

"最后一件事,"我警告他们说,"你们可以质疑西蒙尼斯的记忆和他对犯罪的解释,但绝对不要质疑他的信念体系。如果你们这么做了,他接下来只会一味否认。他就像个纸牌屋,一触即塌。"

★ ★ ★

1985年的冬天，黑兹尔伍德和拉宁在路易斯安那州的安哥拉监狱见到了西蒙尼斯。那里是美国规模最大、戒备最森严的监狱。他们被带到一间宽敞明亮的审讯室，墙面装饰着假的木镶板，房间正中摆着一张漆面木桌。西蒙尼斯在桌子的一头坐下来。他穿着一件白色T恤，剃了平头，唇须修剪得很清爽；两位探员则穿着灰色西装和花格领带，分别坐在他两边。探员们带了一个摄像机，西蒙尼斯若是同意拍摄便可以用。西蒙尼斯以自己一贯的放任姿态，很快同意记录部分访谈内容。

访谈从基本信息开始。西蒙尼斯承认说，他从15岁时开始在别人家的窗口偷窥，从此养成了习惯。他会半夜里在街区溜达，闯进附近的房子，神不知鬼不觉地到处窥探，也没犯什么重罪。这些冒险行为仿佛是在为他之后的性犯罪做训练。

接着，西蒙尼斯解释说，他第一次与性相关的过错发生在他被派驻到欧洲时，在服役期间，他故意将自己的裸体暴露给女性看。当时他从来不攻击任何人，但他多次考虑过这样做。回到美国后，他开始抢劫女性，纯粹是为了钱。不过，他喜欢这种行为带给他的权力感，很快，偷窃带来的刺激变成隔靴搔痒。他开始考虑强奸，扩展那种权力感。

"那么，是什么导致了你第一次强奸？"黑兹尔伍德直接问道，"有什么特别事件吗，或者因为那是某个特殊的日子吗？你那天早上醒来就知道自己想要强奸某个人吗？"

"不是这么回事，"西蒙尼斯坚持说，"第一次是从入室抢劫开始的。我摸进了一所房子，跟住在那里的女士撞了个正着——是那天早些时候,我在一个购物中心碰见的,我跟了她一路。面对这个女人时,我有点想让她知道,我是有掌控权的那个人。我从她那里拿到钱后,就把她的手绑起来,把她带进卧室,让她为我手淫。但我没法勃起,太紧张了。"

"好吧,"黑兹尔伍德紧接着追问,"所以你是从那种事情开始的。但是后来你在一家医院找到了工作,当了实验室的技术员,似乎干得不错。你有没有对病人进行性骚扰?"

"有啊,有时候会,"西蒙尼斯点点头,"我负责给病人打镇静剂,所以有时候我会玩玩她们的乳房什么的。我的意思是,机会就摆在我面前。一切都太容易了。我以前还要整理手术安排,所以当病人还在诊室的时候,我可以拿病人的钥匙去复制。之后,我随时可以去她们家,闯进去,偷点东西,或者强奸她们。"西蒙尼斯补充说,他有时候会复制外科医生的钥匙,跑进他们家,抢劫和强奸他们的妻子,然后观察这些外科医生有没有表现出知道自己的妻子遭到强奸的迹象,自己偷着乐。

"那男人呢?"黑兹尔伍德催促道,故意挑衅西蒙尼斯,看看能不能得到回应,"你会让男人给你口交吗?"

"不会。我从来不会跟男人有性接触。"

"不会?因为刚刚我们在聊时,你说得有点快,听上去好像你说过,你在地上把一个绑起来的男人强奸了……"

"没有,我不知道你为什么一直问我这个问题。"

"好吧……我的理解是——让我把问题说清楚——你是双性恋,喜欢跟男人性交。"

"我不知道你从哪儿得出这样的想法的,"西蒙尼斯面不改色地说,"我可能在一定程度上有双性恋倾向,也许跟大部分男性差不多，但是否真的跟男性接触，答案是没有。"

"好吧，"黑兹尔伍德说着，转变了话题，"说说你向攻击和暴力的转变吧？这是怎么发生的呢？"

"接近我的犯罪活动后期，我做的事情变得暴力得多了，是一种对女性的打压，让她们感到自己完全被主宰了，"西蒙尼斯说，"我的目的是要让她们感到害怕，迫使她们做正常情况下不会做的事。"

"你认为是什么促使你这样做的？"

"很复杂。我认为其中涉及很多事。钱是一个动因，性是另一个。冲动突然来了，我会在最后克制不住。我看到女人时，那种反应会控制我，而我难以控制那种反应。"

西蒙尼斯接着描述说，闯入一户人家时，他感受到了肾上腺素飙升，由于有被抓住的风险，这种快感会得到增强。他说自己在跟警方玩"猫鼠游戏"。他在不同的州犯罪，改变装扮，扔掉旧衣服，防止留下证据。

"溜进属于别人的地方就让我兴奋，"西蒙尼斯继续说，"我明知道这样做有被抓的风险，但任何形式的非法活动，都会给我带来刺激。可以说，犯罪是一种性刺激。但它是一种不同的刺激，性只是其中的一部分。犯罪和性好像恰好同时发生了。"

"你会对你在做的事情感到内疚吗？"

"我一直觉得内疚，尤其是在射精后。我觉得很伤感。"

"好。但是你为什么又会变得如此暴力呢？"拉宁问，"你扼住女性的脖子，打她们，故意制造痛苦。"

"是啊，但我还是会为她们感到难过。我的目的是，你看……"西蒙尼斯顿住了，"这就是整个情况真正奇怪的地方。我做了这么多伤害别人的事，但也有很多次我会尝试减轻她们的不舒服或痛苦，因为我并不想伤害她们。太矛盾了，因为我去那里是要造成痛苦的，可我仍在尽力减小她们的痛苦。"

"你为你做的事情道过歉吗？"

"道过歉，但这也没什么逻辑。我转身打了这个，却因为强奸了那个而道歉。有时候我很有礼貌，会跟她们说话，但情况很复杂，太多事情我自己也不明白。我不知道自己为什么会做某些事情，为什么我强奸了一些人，为什么我打了一些人，为什么我烧伤了一些人，为什么我对这个人好对那个人不好——我不知道。但我知道，这里面没什么逻辑。"

* * *

探员们访谈西蒙尼斯时，我去见了受害者。很显然，跟大多数连环犯罪者一样，西蒙尼斯也有自己"倾向的类型"。受害者的年龄在30岁出头或者更年轻，其中大多数可以说很迷人。受害人中大部分都很有钱，住在富裕的街区。有些已婚，有些有稳定的恋情，有些则是家中的女佣，她们都成了受袭击的对象。跟我谈话的受害者对于西蒙尼斯已入狱感到宽慰，但她们的伤疤仍未愈合。

一位受害者告诉我，她和自己的丈夫、女儿那时正忙着为度假打包行李。他们在住屋和车库之间跑来跑去，把行李箱装上车。突然，她意识到丈夫和女儿都没有继续帮忙，于是，她走回屋里去看看他们在哪儿。她一迈进厨房，一只手就环住了她的脖子，她感觉到冰冷的枪口抵在了她的太阳穴上。她转头看见一个戴着黑色面罩的男人，面罩的眼、鼻和口处有撕开的缝隙。他用深沉的声音命令她脱掉衣服。一丝不挂的受害者不断颤抖，她的乳房被抓住，她被迫当着自己丈夫和女儿的面，对犯罪者做出多种性行为。之后，她在厨房冰冷的瓷砖地面上遭到了强奸。

在另一个案件中，滑雪面罩强奸犯闯进一户人家，恐吓一个13岁的保姆，强迫她为他口交。之后，她警告他说，这是一位警官的家，以为这样会吓走他。但这只是进一步激怒了他，他微笑着告诉她，他会等着。大约一个小时后，那对夫妇回到家，强奸犯逼迫他们用手铐互相铐住对方，然后强奸了那位妻子。这时，丈夫问妻子，她是否还好。她回答说"还好，他表现得很绅士"，希望可以让大家都冷静下来。但蒙面的强奸犯突然暴怒，开始残忍地殴打她的乳房。她的伤势非常严重，后来不得不切除双乳。

与西蒙尼斯案的受害者的访谈，证明了我从早期性犯罪研究中得出的一些结论，即这些行为并非关于性，而是关于控制。但现在，根据对于连环杀手的研究，我得到了更多的背景信息，也更了解犯罪者，于是能够将这部分知识进一步拓展。我发现，犯罪者作恶是要实现两个目的，身体的控制和性控制。尽管这些来自受害者的故事非常恐怖，充满创伤，但了解这些故事有助于厘清其背后的原因。有些犯罪者（像西蒙尼斯这样）是通过直接的身体对峙，如突然袭击，或运用压倒性的力量，来获得控制；而有些犯罪者则像自信的游戏玩家，使用一些语言技巧，如威胁或恐吓。这两种情况的犯罪者都不会征得受害者同意，而是会强迫她们，对她们实施性控制。虽然是两种不同的方法，但最终的目的是一样的。

我将第一种犯罪方式归纳为"闪电战型"强奸。这种强奸发生得很突然，袭击者和受害者之间此前就算有过互动，也不会太多。受害者本来过着普普通通的生活，突然在没有受到任何警告的情况下被击得粉碎。有一位 31 岁的受害者坦言："他是从我后面过来的，我没办法挣脱。一切发生得太快——好像一道闪电劈中了我。"

从受害者的角度看，袭击者的出现毫无缘由，难以解释。他会突然出现，让人觉得奇怪又不合时宜，他是将自己强加到眼下的环境中的。双方都不知道对方的姓名——被选到的受害者无所谓姓名，袭击者也会故意不透露自己的名字。袭击者通常会戴着面罩或手套，或者在作案时蒙住受害者的脸。在很多案件中，闪电战型强奸的受害者只是碰巧在错误的时间出现在了错误的地点。

第二种更侧重于用语言的方法，我将其归类为"自信型"强奸。这种类型的特点是狡猾。自信型强奸犯会利用欺骗手段，如谎言、背叛、暴力等，去迫使别人接受不情愿的性互动。通常在作案之前，受害者和袭击者曾有过某种互动，哪怕是微不足道的。有时候袭击者认识受害者，有时候，在案发前，他们可能有过一段正式的关系。自信型强奸的罪犯往往会跟受害者聊天，试图赢得她们的信任，并最终背叛她们。例如，他们可能会向受害者提供帮助，或者请求受害者帮助自己或陪伴自己，或者允诺给予某些信息、实际物品、社交活动、聘用机会、社交礼貌或是善意，如此等等。

初看之下，西蒙尼斯似乎更像是自信型强奸犯。但在听了黑兹尔伍德和拉宁对他的采访后，我意识到，西蒙尼斯的类型随着时间的推移，而越来越偏向于闪电战型。意外带来的快感，或者如他自己所说的"猫鼠游戏"，是西蒙尼斯策划作案方式的一个重要的程式化元素。

分析西蒙尼斯的关键就是这个程式化因素。道格拉斯帮我们做了解释，犯罪行为中的这种元素是犯罪者的"特征"。他认为这对应着犯罪者的行事方法。虽然连环犯罪者可以完善自己的犯罪过程，改变自己的行事方法，但"特征"却会不断重现，独立于犯罪活动的标准程序之外。特征是永恒的。

"你们觉得这是个程式，这没错，"道格拉斯说，"这种东西并不是成功犯罪中的必要部分。它只对不明嫌疑人的成就感有必要。"

"让我来说清楚一些，"黑兹尔伍德插话说，"如果说行事方法表现了犯罪者的动态行为，那么特征则展现了——什么来着——那些行为背后的幻想？"

"听起来像是在角色扮演。"我说。

"你得用大白话再解释一遍，安。"道格拉斯打趣说。

"我想说的是，当犯罪者沉思和幻想时，他们会越来越抑制不住地，想在现实世界表达自己的暴力幻想。当他们最终将脑中建立的一切表现出来时，幻想的某些特点会留在犯罪现场，就像过度使用暴力会留下痕迹、拖拽受害者会留下血迹，或者类似这些情况。这就是角色扮演。犯罪者作案越多，这种扮演就成了特征，被不断重复。"

"正是这样。"道格拉斯说。

"再进一步说，构成特征的元素与犯罪者的幻想紧密关联。它们充满意义。"

"好啦。这就是我们想要的，"黑兹尔伍德说，"只要我们能够确认连环犯罪者的特征，就得到了将犯罪者和案件联系起来的可靠方法。"

我们在西蒙尼斯的案件中看到了"特征"发挥作用的过程。在早期的一起强奸案中，他闯入一对年轻夫妇的家中，命令丈夫在门厅面朝下趴好，在他的背上放了一个陶瓷茶杯和茶碟，说："如果我听到茶杯动了或者摔到了地上,你的妻子就会死。"然后西蒙尼斯把那位妻子推进卧室,强奸了她。多起案件之后,西蒙尼斯的行为变本加厉,他会进入一户人家,命令家中的女性打电话给她丈夫,说有急事,让他尽快回家。丈夫到家时,西蒙尼斯已经等着了。他把丈夫绑到椅子上,强迫他观看自己强奸他的妻子。

这种模式非常清楚。在早期案件中,西蒙尼斯利用茶杯、茶碟作为控制丈夫的有效手段。在之后的案件中,西蒙尼斯更进一步,为了充分满足他的幻想,他不仅强奸妻子,而且主动布置一个场景,从而羞辱和控制丈夫。在前期的强奸中,西蒙尼斯因为丈夫在场而不得不对付他;在后期的强奸中,他却是需要丈夫在场,让他见证强奸的发生。西蒙尼斯的个人需求迫使他表现出了自己的犯罪特征。

* * *

西蒙尼斯因犯强奸罪被判处 21 项无期徒刑,并因持枪抢劫、入室盗窃和偷窃汽车而增加了服罪期限。他是有序型罪犯,不仅策划了强奸和抢劫,还想方设法避开了执法部门的侦察。西蒙尼斯还是权力自信型强奸犯,他承认自己越来越厌倦强奸,开始有了谋杀的幻想。在接受审判时,西蒙尼斯称自己对所发生的事感到抱歉,但他无法控制自己。"我犯了这些罪。我在犯罪之前和犯罪过程中都非常清楚自己的行为,我现在明白这一点。"但我不相信他,他总是在试图操纵周围人对自己的评价。他知道自己已经暴露,他不喜欢这样。于是他躲在另一个面罩后面,试图挽回一点类似的控制。

同时，西蒙尼斯承认"无法控制自己"，这种情况并非罕见。在案件调查的过程中，我们很快就发现，大多数时候，犯罪者无法停止自己的犯罪行为，当然其中的很多人也不想停止。他们只会在被捕和入狱后才会终止犯罪。有些犯罪者甚至说，他们很高兴自己被阻止了。对于他们来说，暴力变成了他们无法控制的一种瘾。这让我们意识到，尽早找到连环犯罪者，尤其是性犯罪者，是极为重要的。不能让这种暴力继续升级。有时，地方警局的官员并不重视我们的提醒，说"他只是犯了一起强奸罪"。但我知道，这种想法是错误的。他们的犯罪绝不会止于强奸。一旦启动了犯罪行为，强奸幻想会变得更加频繁，犯罪冲动也会变得更加强烈，如同一场疾病。一旦染上了这种"瘾"，犯罪者便别无选择，一定会大肆出手。

第 9 章

既是艺术，也是科学

一天下午，在匡蒂科餐厅的午餐时间，黑兹尔伍德说了一些话，让我停下了手中的动作。往常在这短暂的休息时间，我和其他探员都是匆匆吃下自己的那盘土豆泥和索尔兹伯里牛肉饼，赶回去处理某件让人心力交瘁的案子。他说："只要是跟人类行为打交道，你就会发现一些之前从没遇到过的非典型情况和变量。从来不存在什么'食谱'，也绝不会出现'食谱'。"

黑兹尔伍德说这些话并不是故作深沉，他真的是这样想的。他认为行为并非总是理性的，甚至有时无法被理解。正因如此，侧写永远不可能成为一项可以传授给新探员的完全标准化的技术。在某种程度上我认同他的想法。要成为优秀的侧写师必须具备进行侧写的"天赋"，比如，道格拉斯帮助地方警局处理过一起残忍的案件，案件中一位年迈的女性遭到了殴打和性侵。当时一位困惑的警探过来问他："道格拉斯，你是灵媒吗？"

道格拉斯毫不迟疑地说："不是。不过如果我是灵媒的话，工作就好做多了。我不确定案件具体是如何发生的。"他继续说道：

"如果有灵媒参与，我也不会拒绝。"

对一些人来说，这样的坦诚着实令人吃惊。虽然犯罪侧写要基于行为心理学、案件数据和对证据的严格分析，是一套按部就班的流程，但最优秀的侧写师身上仍有一种难以言喻的品质，令他们技高一筹。这些探员给侧写过程带来一种难以解释的元素，那些幽深莫测的预判仿佛寻水占卜（water dowsing）[①]。像布鲁塞尔对炸弹狂人案的理解（"他会穿着一件双排扣西装，扣着扣子"），还有道格拉斯后来对"小径杀手"案做的侧写（"凶手有语言障碍"），无疑是精准的。但大家并不总知道他们如此判断的原因。

不过，这些针对具体细节的推论虽然非常有用，但往往只是个例，不是常规。我们做犯罪侧写的目的是要设计一个以证据为基础的系统，普遍适用于全国的执法部门，无论办案人员有没有侧写天赋。过去的调查方法依赖于直觉，以及带有偏见的猜测，我们希望转变这一点。这种新的调查方法应当具有明确的目的性，用证据、数据和经过证实的模式作为支撑。我们认为标准化是一种力量。我们的技术将有条不紊地指导探员，如何一步步重建杀手的生理、行为和社会学本质。这些信息会成为多方位深度分析不明嫌疑人的基础。这就是侧写。具有清楚、细致、全面特点的侧写，会引导办案人员缩小嫌疑人范围，把目标锁定在最有可能作案的几个人身上。这样的操作是有效的。随着时间的推移，通过积累经验和实践，我们将这个流程打磨得更加流畅、高效。最终，我们将侧写方法拆解成4个阶段，每一阶段都是为了尽快抓住犯罪者。

[①] 或曰寻水术，寻水占卜是一种起源于文艺复兴时期的德国占卜术，用于寻找矿物和水源。——编者注

我们把第一阶段叫作"侧写输入"。在这个阶段，主办侧写师会收集和细读所有有用的背景信息、证据和调查报告，将案件涉及的法医报告、受害者信息乃至犯罪背景，汇集成最全面的概述。行为科学调查组负责的很多案件，都来自偏远地区。那里的警方准备不足，无法应对这些离奇案件，原始案件资料往往挂一漏万。这意味着主办侧写师必须回溯记录，将案件发生时当地的天气、政治/社会环境和犯罪数据以及受害者信息等全部背景信息拼凑起来，还要从不知所措的警方那里问出一些未被记录在案的观察或印象。

在整个侧写输入阶段，为了看清案件整体结构，主办侧写师要收集足够的核心数据，包括犯罪者类型（有序型，还是无序型），犯罪的复杂程度，受害者与犯罪者之间在案件中的基本动态关系。但这个阶段也存在一些固有的隐患。人类的本性会习惯尽快找到答案。侧写技术承认这一点，并提醒主办探员保持警惕，不要让外界的影响损害他们在办案过程中的客观性。偏见是通往失败的捷径。

第二阶段叫作"决策过程模型"。在这个阶段，主办侧写师会对第一阶段收集的数据进行筛选，并形成已知的模式和类型。这一阶段的目的，是建立理解的基准，帮助加速后面阶段的合作。做法是，找出案件中的 7 个关键因素并命名，包括凶杀类型和风格，凶手的主要目的（犯罪的、情感的或性的），受害者风险，犯罪者风险，犯罪升级（是否向连环杀手作案模式转变），时间因素（与受害者周旋了多长时间，作案后花了多少时间，以及过了多长时间弃尸），以及作案地点。由此，我们对侧写师讨论不明嫌疑人的方式进行了标准化。临床医师会使用标准化的语言，根据症状、病史和专业的观察做出诊断。同样，侧写师也需要类似的系统方法。第二阶段的 7 个决策点就是我们的"循证医学"。这标准化的 7 个点，可以让侧写师更清楚地理解手上的案件，从而加速整个侧写过程。

第三阶段是"犯罪评估"。在这一阶段，主办侧写师要按时间顺序，从受害者和犯罪者两方的角度重建案件发生的时间线。其中包括作案的策划、受害者的风险、正面交锋、袭击后的行动和表现。侧重点是犯罪者在作案过程中的行为的因果关系。这个阶段会帮助我们缩小犯罪类型的范围，对于那种由于信息不足而一开始就被标为"混合型犯罪"的案件而言尤其如此。这个阶段的工作也有助于摸清连环案件中有哪些模式反复出现，或者没有复现模式却仍怀疑是连环杀手所为。在这些情况下，主办侧写师会参考行为科学调查组庞大的犯罪文件编目，找出符合当下案件特点的类似未破案件。我们的编目是极为珍贵的资料，汇集了多位侧写师的经验和才华，以及过去所有侧写师的集体智慧。

第三阶段及其重建案情细节的另一核心元素，是对犯罪者动机的解析。例如，在无序型犯罪者的情况中，重建过程往往会表现出犯罪者是临时起意的，比如某种情绪的触发、精神疾病、药物，或是深度的恐惧。要找出这类犯罪者的准确动机很难，因为他们的行为和想法毫无理性。相反，有序型的犯罪者展现出的动机要清楚得多。他们的动机表现在他们的犯罪行为具有逻辑性，往往是有预谋的。

第三阶段的最后，要描述犯罪现场在犯罪过程中的动态情况。哪些变化了，哪些没变。这些细节包括伤口的位置、受害者尸体的状态、仪式性的标记或象征符号以及任何其他线索，能够提示犯罪是混乱的还是存在十分明显的秩序。过于有序的犯罪现场意味着现场有东西不见了，因为有序型犯罪者习惯从受害者那里带走"纪念物"，以重温作案时的快感。如果凶手存在个人特征，那么在这个阶段就会显露出来。

第四阶段是"犯罪侧写"。这时候主办侧写师会召集一群侧写师,将他们在前三个阶段的发现以及与案件相关的所有原始材料都呈现出来。主办侧写师要尽可能用客观的方式复查大家的发现,在这个过程中,每个侧写师都可以发问,或者讨论。这里的关键是合作。每位侧写师都会根据自己的理解和专长来分析数据,但多位侧写师的合作会有助于确定犯罪者的大部分信息:外表特征、背景信息、习惯、信仰、价值观,以及这些犯罪的逻辑基础。

这是犯罪侧写方法的最后阶段,这一阶段将侧写师们对犯罪者的行为和心理特征的所有理解呈现出来,还抱有第二个目的。在这一阶段中,办案人员需要去验证前几个阶段的结论,或者在某些案件中,也会呈现出与前几个阶段的矛盾。比如,如果尸体被对待的方式,与我们对不明嫌疑人身体能力的判断之间,有不一致之处,那么我们就知道,要倒回去重新审查所有数据。侧写只有在能够全面且无条件地反映掌握的所有证据时,才会有指导意义。

* * *

1986 年 12 月,成形的犯罪侧写流程被发表在《联邦调查局执法公报》第 55 卷第 12 期。这期公报成了行为科学调查组所有探员的标准,这套以研究为基础的方法论,填补了犯罪调查和犯罪心理学之间的鸿沟。这才是关键。我们的工作不是要取代调查人员基于事实产生的直觉,而是正视了优秀调查品质的价值,为探员提供了结构清晰的调查流程,而这个流程可以突显探员的特长和成就。

有意思的是,在行为科学调查组的最初 6 年中,我几乎每一天都能听到那句老掉牙的话,侧写属于"艺术多过科学"。但我从不觉得需要在这两者之间取舍,侧写既是艺术,也是科学。它是人类为了理解和描述人类境遇[1]的边缘部分所做的努力。它是同一硬币的两面,只是要看全这两面,其他人要花更久的时间。

---

[1] 英文原文为 human condition,可以定义为人类生活的特征和关键事件,包括出生、成长、情感、渴望、道德、冲突和死亡等。作为一个文学术语,人类境遇通常用于生命的意义或道德关怀等主题中。——编者注

第 10 章

深度研究

一分耕耘一分收获。经历过多年的研究和迷茫后，我们终于在《联邦调查局执法公报》上发表了成果。这件事成了我们工作的转折点。那是在 1986 年，联邦调查局要求道格拉斯通过成立不久的国家暴力犯罪分析中心，将侧写介绍给全世界。联邦调查局也给道格拉斯分配了人手：12 名全职侧写师。他们将会在道格拉斯的指导下，以我们的方法为模板，对奇难案件中的不明嫌疑人做正式的分析。很快，他们每年处理的案件增至数百起。侧写的推广、人手的补备、案件量的增长，这些都显而易见地证明了侧写如今的地位。或许最说明问题的，是团队的新办公室，行为科学调查组在地面建筑中有了专属的空间。道格拉斯对此大感意外。

"你能想到吗？"他开玩笑说，"太阳终于照到匡蒂科了。"

差不多同时期，雷斯勒也在国家暴力犯罪分析中心的办公室负责他的分内工作。他成了联邦调查局暴力犯罪逮捕计划的负责人，这个史无前例、使用电脑技术的项目，与联邦调查局之前所有的项目都不同。雷斯勒将其描述为"一个全国数据信息中心，用来收集、核对和分析专项的暴力犯罪"。这项计划是侧写工具与现代技术结合的成果，可以让全美国的执法机构上传案件信息，并进行分析。这个项目的创建源于我们最初关于连环犯罪者名录的想法，它会在全国范围内记录和上传的海量案件中寻找规律和共同特征，以供未来参考。基于嫌疑人的犯罪模式，通过对比受害者的心理、犯罪动机、实物证据、证人证词和犯罪行为等元素，逮捕计划可以将缩小嫌疑人范围的过程大幅提速。

让道格拉斯和雷斯勒来负责侧写技术在未来的应用，这是一件举足轻重的事。他们各自给新工作带来了无人能及的经验。他们对侧写的过程了如指掌，对完善侧写的后期工作的投入同我的付出一样重要。更关键的是，他们懂得侧写本身是一门不完美的科学，需要在研究和修改中不断进步。犯罪总是在变，犯罪者的技术越来越厉害。如果想保有优势，侧写也需要相应地改变。我认为自己有责任让侧写努力跟上时代的步伐。

因此，当道格拉斯和雷斯勒享受着聚光灯的关注，为《纽约时报》一篇题为《联邦调查局的新"灵媒"组》的文章回答记者提问时，我则继续默默埋头于研究中。当然，行为科学调查组的同事并非没有注意到，毕竟留心细节属于大家的职业素养。尤其是雷斯勒，他很快发现了我的回避态度。有一次，他邀请我同他一起参加采访，谈谈侧写技术开发早期的故事。我拒绝了。他打趣说："你就像个缩在办公室里的疯狂科学家，你应该时不时出来透透气。"

这番评价倒是精辟，我不由得笑了："你说得或许没错。但谁能比疯狂科学家更懂怪兽呢？鲍勃，我跟你说，我现在距离答案比以往任何时候都要近。我们最初是在研究犯罪倾向，以及犯罪类型的划分，这些如今都已经取得了非常大的进步。我们探索到了犯罪心理和行为的核心，很多知识几乎都成了教学资料。要不是有几个异常数据，我早可以按动机划分杀手了。"

"异常数据是谁？"雷斯勒问。

"里塞尔和肯珀。"我说。

"你运气很好，我们有很多这两个人的录音。你干吗不再去找他们谈谈？我亲自审问过他们两个不下6次，但你在录音里根本听不到我的声音，很难让他们闭嘴。"

* * *

到了1986年，我在行为科学调查组的工作已经不再限于研究犯罪人格，以及给连环杀手做侧写了。我与多位探员合作开展了多个项目，其中就包括我和拉宁在跟进的第一个合作项目，对猥亵儿童者进行行为分析[①]。同时，我也开始收到请求，让我为计划开审的罕见谋杀案提供法庭证词。显然，除了我，没人具有相似的学科背景——犯罪心理学、法医护理，以及多年的连环杀手心理研究经验。虽然不乏新机会，但我还没有完成对侧写技术的研究。整个侧写的过程尚不完美。我从一开始的目标就是要利用一切可用的资源，将侧写打磨成最有效的工具。有一些资源，我还未充分利用。

第一份资源是新探员提供的数据。我研究了从年轻探员那里得来的反馈。他们在这个领域刚刚起步，在他们使用侧写技术处理案

---

① 这是联邦调查局与国家失踪和受剥削儿童中心合作的一个项目，旨在从犯罪者的行为、模式和类型方面去理解儿童性剥削。

件后，我询问了他们的看法。第二份资源是行为科学调查组整理的过去无法理解的案件，尤其是那些异常数据。这些案子对结果可能有重大影响。虽然过去 6 年我们取得了很多成就，为人类行为的离奇因素找到了理性的解释，但还有很多我们不明白的事和不能完全理解的罪犯。蒙蒂·里塞尔和埃德蒙·肯珀就是让我念念不忘的两个案例研究对象。在我分析过的一小群最特别的杀手中，他俩依旧非常突出。从谋害的人数上看，他们也是最成功的杀手。单凭这一点，他们就值得被进一步关注。

在我们的连环杀手研究中，有不少研究对象都是无序型杀手。用雷斯勒的话说，他们这种类型，"对受害者的性格完全无知，或者毫无兴趣。他们不想知道受害者是谁，很多时候，他们迅速将受害者打晕或者遮住他们的脸，或是将他们毁容，从而抹杀受害者的人格"。

但里塞尔和肯珀完全不是这样。他们两人都极其聪明。在谈到对受害者的感受时，两人都表现出高度的共情能力，甚至可以说是敏感。他们对世界的看法很奇怪，都深深基于一种个人的幻想之上。当然，这两位杀手也各有不同。单独看，两人早期的暴力表现截然不同。他们杀人的手法，在谋杀的四个阶段（事前行为和计划，谋杀本身，对尸体的处置，以及犯罪后行为）中各具特色。但在他们迥异的表面之下，暗藏着很多相同的心理：他们都有着反社会人格，会突然暴怒，会将幻想和现实混为一谈。

他们就像是同一心理的两种独特表达，由相同的幻想联系在一起。大部分杀手将谋杀视为达到性目的的手段，而里塞尔和肯珀却认为谋杀可以实现自己疯狂的幻想。他们认为受害者是帮助自己的一种机会，让他们拆掉自己脑中的现实与外部现实之间的墙。虽然他们心中有多种层面的意识,但他们仍不失为精明的杀手,杀死年轻女性时毫无悔意。这就是我认为的特别之处。我私下认为,只要理解这两个人的思维方式,就能更好地回答那个与我们的工作息息相关的基本问题:是什么促使了人杀人?

* * *

1959 年,蒙蒂·里塞尔出生在堪萨斯州的惠灵顿市,是家里三个孩子中最小的。他 7 岁时,父母离异,母亲带着孩子背井离乡,去了加利福尼亚州的萨克拉门托。一路上里塞尔在车内哭个不停。他想留下来与父亲一起生活。他觉得母亲不是真的想要他。来到新家后,他开始用越来越暴力的方式发泄情绪。没多久,他就惹上了麻烦。

要把里塞尔写成一个问题重重的青少年很容易,但这对他有欠公允。本质上,里塞尔是个矛盾体。他在学校成绩良好,智商测试的结果高于平均水平。他热爱运动,在棒球方面颇有天赋。他性格外向,经常参加社会活动,深受一群亲密的男女生朋友的喜欢。他自认为是领导者,而不是跟班。他的身上并没有当时很多活跃的知名强奸杀人者共有的典型反社会特点。不过,随着年岁渐长,里塞尔的暴力倾向从他正面的形象背后冒了出来,没多久,压抑已久的进攻性开始彰显。

早在我开始分析里塞尔的案卷,以及他与道格拉斯、雷斯勒的谈话记录时,他的理性就给我留下了深刻印象。他与连环杀手研究中的其他 35 名对象迥然不同。他表达清晰,理智而实际。与大多数杀手容易沉迷于自己的犯罪幻想不一样,里塞尔在描述自己的成长经历，以及早期对暴力的着迷时，表现出了罕见的克制。他并没有被幻想影响，而是在改造幻想，让幻想符合自己的本性。他似乎在用自我控制来证明自己。里塞尔早期的犯罪往往发生在他觉得控制力受到挑战的时候，这也是他用来解释自己的反应越来越暴力的理由。

暴力在里塞尔身上第一次出现苗头时，他只有9岁。校长抓到里塞尔和其他三个男孩在人行道上涂写脏话。从各方面看，这只是个小过失，是那个年纪的孩子常会干的事。但在里塞尔身上，这却标志着他逐渐升级的愤怒的开始。一年后，里塞尔的进攻性又显现出来。他用一把BB枪射击了自己的表亲，被曾经当过兵的继父立马暴打了一顿。里塞尔说，这样的惩罚只是家常便饭。里塞尔的母亲会一次性离开家很长一段时间，让孩子们相互照顾彼此。她从没告诉过焦急的孩子们，她要去哪里或者什么时候回来，一切都很神秘。这样的分离，为家中早已脆弱的亲子关系增添了更多压力。

里塞尔的继父的教育方式也同样存在问题。他是一个暴力且捉摸不定的人，有时候会给继子女买礼物，有时候又会无来由地惩罚他们，用军队里的那套纪律对付他们。但与继父的冲突是短暂的。里塞尔12岁时，母亲再婚5年后，再次提出离婚，并又一次举家搬迁。这一次他们来到了弗吉尼亚州。里塞尔认为自己与继父充满问题的关系，以及他一直缺失的积极的男性榜样，是他人生的主要压力来源。他解释说："那次离婚一直是个问题，我总是在想它。因为我哥哥从来不在家，从我9岁或10岁起，一直到我16岁，他约会、参军、出国。几乎没有任何男性来监督我。"

在弗吉尼亚，里塞尔开始偷车、吸毒、私闯民宅。13岁时，他因为无证驾驶而被捕。一年后，他被指控强奸和盗窃。犯罪对象是他们居住的那栋公寓楼上的邻居。他在派对上喝了几个小时的酒，吸了大麻，还服用了一种叫作"黑美人"①的药，半夜才回家。他想睡觉，又幻想着强奸楼上21岁的邻居，他感到"躁动得要命"。最后，这种想法太过强烈，变成无法克制的冲动，于是他戴上尼龙面罩，爬上公寓外墙，通过邻居露台的门闯进她家的客厅。然后，他用尖刀胁迫受害人，强奸了她。第二天早上，他母亲在7点左右叫醒他，说公寓楼上发生了强奸案。同很多连环犯罪者一样，里塞尔第一时间让自己介入调查中。他向警方陈述，谎称自己前一晚与一个不认识的行窃者打了一架，暗示这个人可能就是警方要找的人。这个无关紧要的谎言，再次证明里塞尔对幻想的沉迷，也将他暴露在一定的风险中——他在通过冒险，卖弄自己的自控力。

调查人员看穿了他的伎俩。在调查人员发现里塞尔的不在场证明不实后，他立刻成了犯罪嫌疑人。3周后，警方发现他的指纹和毛发样本符合犯罪现场留下的证据，于是将他逮捕。在未成年人犯罪的听证会上，当受害者描述自己受袭击的过程时，里塞尔脸红了，一位女性法官判定他有罪，里塞尔觉得法官的判决理由不充分，因此对法官大发雷霆。他抱怨说："那个该死的婊子根本没有什么好理由就把我弄进去了。"

惩罚并没有阻止里塞尔的犯罪活动，而是催化了他进一步的暴力行为。用他的话说："那个女法官把我送进了诊断中心。那次经历让我开始憎恨权威……我要做什么，什么时候做，怎么做，没人

---

① 20世纪六七十年代，"黑美人"是安非他命类药物的标准街头俚语。它最常指的是苯丙胺药片。

能指挥我。"

里塞尔一再将自己的行为归咎于他人,和别人对着干也是这种模式的一部分。因为是一位女法官做的判决,所以里塞尔觉得,自己通过进一步的犯罪采取报复是天经地义的。他将自己视为受害者。在他心中,针对女性的暴力行为是一种恢复秩序的方式。他要通过这种方式让事情"回到正轨"。

里塞尔被定罪后,被送往佛罗里达精神病院。在那里,他被诊断为患有"青春期适应反应"。过去,当精神健康临床医师无法断定孩子的异常行为到底哪里不对时,就会给出这种常见的非正式诊断。于是,里塞尔接受了18个月个人顿悟导向的心理治疗,之后出了院,医生建议他住在家里,在公立学校就读,并继续去门诊进行一周一次的心理治疗,同时让他母亲积极参与他的治疗。

一位缓刑监督官指出:"蒙蒂的精神病学和心理评估表明,他是一个精神异常的青年,亟须在封闭环境中得到强化治疗。"虽然里塞尔一直在接受治疗,但效果甚微。里塞尔故意欺骗医生,让他们以为他正在稳步好转。而事实上,他在所谓的治疗期间强奸了5名女性,却从未被发现,其中一起案件甚至就发生在精神病院的停车场。这件事似乎让里塞尔的胆子更大了。这段时间,他的暴力倾向发生了升级,让他从强奸走向了谋杀。

里塞尔的第二个强奸受害者是他所住公寓楼里的另一位女性。当时里塞尔16岁,因为圣诞假期而从精神病院休假回家。在家中的最后一晚,他在电梯里逼近一名女性,并用刀威胁她,把她带到附近的一片树林中,在那里强奸了她。里塞尔的第三次作案是3个月后,在他上学的学校停车场,他迅速接近一名女性,并再次使用刀具,强迫她驾车去她的公寓,在她家里强奸了她。

接下来的两起案件中，出现了共同作案者。里塞尔的犯罪风格发生了如此转变，令人非常意外，但又符合一定的逻辑。无论是在家、在学校，还是在拘留所，里塞尔总是受人欢迎，很容易与人处好关系。他的自恋倾向在滋长，这使得他在性犯罪中增加了合作者。于是，一天夜里，里塞尔用一张周末通行证，与另外两名病人一起偷了辆车，驶出州界，闯入一户人家，轮奸了一名17岁的女孩。3个月后，他和另一个病人闯入当地游泳池的女更衣室，用毛巾罩住一位女性的头部，多次强奸了她。轮奸给强奸行为增添了窥阴癖的刺激。刚开始里塞尔感到很兴奋，但他很快开始害怕，多一个作案者意味着多一个变量，这会增加他被捕的概率。于是，他很快又回到了单独作案的模式。

第六起袭击是里塞尔的行为转变为"强奸-谋杀"前的最后一次作案。与之前一样，受害者是他在自己的公寓楼里见到的一名女性。他带着一把气手枪接近她，把她带到一间储藏室，用她的夹克衫蒙住了她的脸，并在那里强奸了她两次。虽然这次袭击本身极其恶劣，但对于里塞尔来说，这不过是在重复过去的犯罪。他需要新的刺激。

* * *

1976年8月下旬的一天晚上，当时的里塞尔是18岁的高中生，正在接受缓刑察看。那天之后，一切都变了。事情的起因是，里塞尔发现女朋友背叛了自己，跟另一个男生跑了。那天早些时候，他驾车来到她所在的学院，想给她一个惊喜。但透过车窗，他看见她正在跟另一个男人亲热。这件事成了里塞尔杀人的"应激源"——

这个词被用来记录连环杀手在活跃阶段重复出现的触发时刻，并且标志着他从一名强奸犯转变成了一名真正的杀人犯。

怒不可遏的里塞尔飞速回到自己位于亚历山德里亚的公寓。他把车停在停车场，在车里坐了几小时，喝了酒，磕了药，仍感到怒意难平，脑中闪过一幕幕杀人的幻想。里塞尔对杀人的计划和思考表明策划过程已经开始，这是以性为动机的谋杀的第一阶段。凌晨2点，一名年轻女性在停车场停车，里塞尔发现周围没有其他人，觉得这是个慰藉受伤自我的好机会。他要重新夺回自己被偷走的荣誉和控制权。里塞尔用枪指着那名女性，强迫她将车开到一个僻静的地方，在车外强奸了她。当时里塞尔不知道，其实受害者是马里兰州一个按摩院的性工作者。用里塞尔的话说，当她假装性高潮，问"我想怎么干"，并"试图主导局面"时，里塞尔起了疑心。这恰好验证了他当时对女性的恶毒猜测——女人都是骗子和淫妇。虽然他之前并没有打算强奸后杀掉她，但当她试图逃跑时，两人之间的关系发生了转变。

里塞尔说："她沿着峡谷试图逃走，这时我抓住了她，我反扭住她的一只胳膊。她块头比我大。我开始掐住她的脖子……她绊倒了……我们滚下了山，跌进水中。我抓住她的头狠狠撞在岩石上，然后把她的头按在了水下。"

这名女性的肺里充满水后，里塞尔进入了杀人的第二阶段，这时候幻想变成了事实。

"你为什么要把她带到那里去？"雷斯勒问道。

"我小时候经常到那下面去，在水里玩打仗之类的游戏……但我没想到还有其他小孩会去那里，有两个小孩找到了她。从那之后我再也没回过那里。"

里塞尔决定把尸体留在野外，没有掩埋或丢弃，这标志着谋杀的第三个阶段。通过任由尸体留在户外，他在表达一个概念：他有控制权。这是一种明目张胆的行为。他不再逃避真实的自己，他要让全世界都看到他的所作所为。

里塞尔的犯罪后行为，也叫作谋杀的第四个阶段，是在他下一次杀人并开始收集小的纪念物时开始成形的。这些小纪念物有：珠宝、一只手表、墨镜。但他的犯罪模式和行为已经固定。在接下来的 5 个月中，里塞尔连续犯下 4 起杀人案，几乎完全躲开了侦察，而就在同一段时间里，他还在缓刑期内，必须进行精神病学咨询。直到警方因为一次不相关的犯罪指控搜查他的车时，发现了最近一位受害者的"纪念物"，包括她的钥匙、钱包和梳子等，这才将他逮捕。在审判时，里塞尔因所犯的 5 起强奸杀人案而被判处 5 个无期徒刑。入狱两年后，他承认了另外 6 起强奸案，但由于法医证据不足，没有能一起形成正式指控。何况在 20 世纪 70 年代，对女性的性暴力在美国，仍被视作一种低级犯罪。

* * *

里塞尔是联邦调查局连环杀手研究的主动参与者。他在访谈中表现得思维缜密，看上去很真诚，而且由于从很小的时候就开始犯罪而显得十分特别。他也喜欢聊天。这种情况极少出现在连环杀手身上，因此探员们利用他的坦诚，记录了多次谈话，重新审视他的谋杀、行为和想法中的细枝末节。

但若不特意去寻找，犯罪模式是很难被发现的。里塞尔的录音已经多年无人问津。现在，有了过去 6 年的背景知识，我希望可以通过分析这份录音里的内容，更好地理解犯罪者偏执心理的本质。里塞尔的档案为我提供了这样一个机会。他实施性暴力的方式一直没有改变，且不断重复上演，越长时间没被抓到，他的暴力程度就越严重。他操控别人的能力也帮助他强化了自控力。里塞尔不属于强迫类型的犯罪者，但强迫性是他的标志。执念促使他犯罪。这是他所有幻想的基础，我听到第一个录音带时就明白了这一点。

"对他们来说，我太狡猾了，"里塞尔说，并笑着解释当地警方不认为他是嫌疑人的原因，"那些女孩也什么都没说。当我发现［她们］不会告发或指认我时，我'性趣盎然'。"

"这些都是怎么开始的？从你住的地方到你发现受害者的地方有多远？"雷斯勒问。

"大概只有两三个街区远，"里塞尔回答说，"我来给你画个地图。这是我住的那个区域，所有的谋杀都发生在这里。"

"你有没有想过跳上一辆车，跑到马里兰州之类的地方？"道格拉斯探问道，"如果你把受害者带到其他地方去，你的嫌疑会小一点。"

"是啊，是啊，"里塞尔傲慢地说，对这个想法不屑一顾，"但我觉得熟悉这地方对我有利。去不熟悉的地方，或者那里要是有警察巡逻，我可能会被抓到。所以我才能一直待在这儿，还杀了这么多人。我熟悉这里，我知道早上警察什么时候会过来，因为我一直都待在这里。你知道，连报纸上的文章都说，我之所以没被抓到，是因为他们一直在找陌生人，是不是？警察在找陌生人和可疑的人，但我只不过是一个住在附近的青少年，每天都会被人看到。"

令人毛骨悚然的是，他说得没错。里塞尔直到第5次杀人才被抓到的主要原因之一，是警察一直在寻找年纪更大的陌生人，尤其是"可疑的陌生人",而不是住在这里的青少年。当警方在追踪这些错误的线索时,里塞尔却在这里继续随心所欲地犯罪。他过去的犯罪记录和他就住在这栋公寓楼里这件事,完全没被发现。他隐藏在了众目睽睽之下。

然而,地点本应该是将各个案件联系起来的调查线索。大部分受害者都是在走进公寓楼电梯时,遭到匕首的逼迫。所有这些强奸谋杀受害者都是在同样的地方遭到绑架,在不同的地方被杀害,在1天到6星期不等的时间后被发现,发现时都衣着完整。在5起强奸杀人案中,里塞尔主要是通过观察驶入楼群的车辆,随机选择受害者。但在一起案件中,犯罪模式发生了转变。里塞尔在一位女性去他所在的公寓楼群参加派对时,搭了她的车回家。她在他的那栋楼前让他下了车,然后去停车。他等着,跟她一起进了电梯,在那里绑架了她。

里塞尔的行事方法保持着怪异的统一性。首先,他持枪接近受害者,向她们表明自己的目的,保证说如果她们愿意与他发生性行为,他就不会伤害她们;其次,他会根据受害者的反应,决定之后事情的走向,顺从的人不会受到其他的命令或威胁,尖叫的人会受到口头的威胁,拒绝配合的人则会遭到殴打,直至她们屈服。在几乎所有案件中,里塞尔都会强迫受害者驾车去附近的树林,以维持自己的控制力。不过,也有一些他自己控制不了的变量。这些无法预测的互动往往标志着重要的转折点,会浇灭或催化他的杀人冲动。里塞尔解释说:"我越是了解那些女人,我就越心软。"

当里塞尔控制了第三位受害者时,情况发生了变化。一开始,他命令她安静,然后打开了广播。"我当时在想……我已经杀了两个人。我不妨把这个也杀了……我心里有一种想要杀人的念头……我用她的长筒袜把她绑起来后，就走开了……我隔着树林听到她发出闷闷的声音，像是在滚动。我转身回去，说：'不，我必须杀死她。我要这么做，才能保护我自己。'"她的尸体后来被人发现丢弃在树林中，胸部左侧和上腹部分布着21处刀伤。

里塞尔的第四位受害者，是他在发展为连环强奸杀手过程中的另一个重要节点。此时他所选择的受害者已经完全知晓，他最终会杀死自己。他全然没有了顾忌。有了这种清楚的认知后，里塞尔的幻想变得更有目的性，更加暴力，也更加从容。在描述第四起案件时，他回忆说："她抓伤了我的脸，我生气了。她开始跑。我倒下，然后站起来，去追她。她撞到了一棵树。我抓到了她。我们扭打起来，滚下堤围，掉进了水里……她还在抵抗，她很强壮，但我把她的头按在水下，用我的手压在她的脖子上，一直按。"

最残忍的是他第五次，也是最后一次杀人。那位女性住在他的公寓楼群附近，因此她认出了他。这既激化了他担心被警察抓到的恐惧心理，又让他觉得自己失去了对局面的控制。他想要恐吓受害者，以此来克服自己的焦虑。他对她说，自己之前杀过4个人，而且杀死她们时自己感到很快乐，然后告诉她，她将是下一个，什么也阻止不了他。但他还是没有打消自己的疑虑。被一个自己即将杀死的人看穿，让他感到很不安。当他们走在附近公路下的巨大涵洞里时，他的多疑占据了上风，他行动了——非常残暴。"这时我拿出了刀，一句话没说，我捅了她，"里塞尔说，"大概50下、100下的样子。"

***

随着里塞尔的表达，我对他的认识越来越清晰。他细细地梳理着自己的犯罪情况，谨慎地描述自己的受害者，这中间呈现出了一种奇怪的矛盾现象。里塞尔的形象并不像探员们最初在报告中描述的那样扁平。他不能被简单地当作怪物，或者精神病人，或者变态。他比这些要复杂得多。实际上，里塞尔比我到目前为止分析过的所有犯罪者都更为复杂，因为他的目的不是要支配和控制受害者，而是要控制自己周围的世界。他是在试图消弭自己脑中构建的完美幻想和糜烂的不完美现实之间的差距。里塞尔认为，通过演绎幻想，他可以从别人那里夺走自己曾被夺走的一切，从而改变过去。他将暴力视为一种恢复自身完整的工具。但与此同时，他也明白，在解决这个难题时，暴力是一种有严重缺陷的办法。没有人能改变过去。

"作案后你是什么感觉？"雷斯勒问，"处理完尸体，全都结束后，你有什么感觉？"

"我回到家，清理好，想想自己做的事情后，我会再次感到恐惧。我很紧张。我为自己感到羞耻。我不知道怎么回事，不知道自己为什么会那么做。"

"为什么会感到羞耻？"

"这很复杂，"里塞尔解释说，"我记得有天晚上，我在跟我妈一起看其中一起案子的新闻报道，受害者的父亲在镜头里说：'不管是谁干的，请你自首。我们不会因为你做的事而报复你，我们知道你有病。'这影响了我。我不得不走出去，拿了钥匙，驾车去了商店。我妈没有把这两件事联系起来。但他说的那些话，搅得我心里乱七八糟。"

"你妈妈不知道吗?"

"她只是担心我的安全。有时候,我晚上出去参加聚会,或者其他什么活动,她就会一直跟我说,外面有人在杀人。她叫我小心点儿,"里塞尔停顿了一会儿,然后补充说,"我努力不去想这事,因为我知道这是非常罪恶的。"

"如果你觉得自己可以治愈,你会自首吗?"道格拉斯问。

"不会,"里塞尔毫不迟疑地说,"我已经杀过人。在他们抓到我之前,没什么能阻止我。如果他们抓到我,他们就必须杀了我。我曾考虑过加入海军,严格的纪律也许会管住我。我需要某种自我约束,制止自己不要去做那些在我脑中上演的暴力行动。"

"说说你放走的最后一位受害者吧?"雷斯勒问,"那段时间你已经在杀人了。她有什么不同呢?"

"她对我说,她父亲得了癌症,快要死了。这让我想到了自己的哥哥,他从国外回来了,刚刚做完癌症手术。25岁得了癌症……我当时脑子里想的是这个。我不能杀她,她已经很惨了。"

我暂停了磁带,倒带,重新听了最后那句话。

"她已经很惨了。"

这句话是关键。在那一刻,当那位女受害者向里塞尔传达了自己的麻烦,幻想的整个脆弱框架崩塌了。他不再把那个女人当作非人化的女性代表。她是个活生生的人,一个独特的个体。她向里塞尔展现了自己在情感上的同样的无力感,从而与他建立了联结。这种无力感是里塞尔对控制感的强迫性需求的根源。父母的离异,缺位的父亲,所遭到的女性的拒绝,哥哥的癌症……这个女人的世界与他的世界一样千疮百孔,混乱不堪。当他意识到这一点,他立刻对她产生了同情。因此他让她停车,把她的车钥匙扔出了窗外,自己跳出车子,跑进了树林。

里塞尔的录音为我提供了一个难得的机会,让我看到一个连环杀手一步步的演变轨迹。录音记录了他的思维模式如何以一种不同于典型个体的方式助长了他的强迫性幻想,他需要一遍遍在脑中回放过去的经历,从而修改和重新感受它们。录音揭露了是什么触发他从愤怒转变为小偷小摸,然后到强奸,再到谋杀。但最引人注意的,是里塞尔表现出的长期的自我意识。他非常清楚自己在干什么。他知道自己的行为会有什么影响,但他还是会继续做下去。

"表面上,我觉得自己跟其他人一样正常,"他说,"但在内心深处,我觉得心底有什么东西,那东西注定了我的失败。那是一种强烈的感觉,有时候是我想回应的强烈想法。"

"但你已经偏离了最基本的社会规则,"雷斯勒说,"你杀了人。这让你不一样了。"

"是的。"里塞尔承认说。

* * *

让我最震惊的是,在里塞尔犯下大多数罪行时,他还在接受精神病监管。这暴露了一般精神病诊疗技术的缺陷和局限性。最值得注意的是,在这一过程中,病人要自己报告病情。这项操作的依据是,病人想变好,他们愿意配合治疗,他们会在报告病情的时候如实交代。但这不能包括那些满口谎言,或者蓄意操控他人的人,不包括那些让医生相信自己康复了的犯罪者。

里塞尔承认,在接受精神病监管时犯罪,并且还能逍遥法外,对于这一点，他自己也同样感到惊讶。他解释说，他的精神科医生从没聊过他以前犯的罪行。他们只是想要他谈谈当时的感受，这让他很容易说谎，他只要说他从过去的错误中已经有所悔悟就行了。对于犯罪，或者他与父母的关系，他的饮酒问题，或是与女朋友分手的事，他们一概不问。

里塞尔还承认，如果要"再经历一遍精神病治疗，那会让我非常痛苦"。但与此同时，他也觉得他的精神科医生没有把握住机会，问出真正关键的问题。如果他们问对了问题，或许能发现他犯罪的原因。"归根到底，谈话治疗还是有用的。"

里塞尔展现出了真实的自己和自己行为的本质。连环杀手拥有如此程度的自我认知，实属罕见。但他不是唯一一个这样的人，肯珀也表现出了同样的特质，只是这种特质对他的影响又是另一种情况。

第 11 章

幻想与现实，不可兼得

一次，道格拉斯谈起连环杀手埃德蒙·肯珀，说："我喜欢这个家伙，要是我不承认，那我就是不诚实了。"这句话虽然听起来很奇怪，但我明白他的意思。肯珀没有其他连环杀手身上典型的傲慢。他冷静、表达清晰，喜欢乱开玩笑，友善、直率、敏感。但在不到 10 年的时间里，他冷酷地杀死了 3 位家庭成员和 7 位手无寸铁的女性。与道格拉斯不同，我无法区别看待罪犯和他们所犯下的罪行。我能看懂肯珀提供的数据价值，仅此而已。对我来说，他只是一份研究材料。

作为研究材料，肯珀身上同样对我有吸引力的是，他非常有自知之明，这个特点我之前只在里塞尔身上看到过，我一直以为里塞尔只是个异常数据。现在，肯珀成了我的第二个参考值。我可以分析这两个人的犯罪模式、行为和犯罪心理，将了解到的知识运用到侧写工作和犯罪人格研究中。在研究的后期，能找到这些异常数据着实难得。我很兴奋。于是，我一头扎进研究中。

尽管肯珀和里塞尔有几处明显的不同，但他们也有一些重要而潜在的相似处。例如，他们都是连环杀手和连环强奸犯，他们性方面的异常行为，表现出他们对个人生命价值的全然漠视。他们都幻想自己拥有绝对的权力和控制力，也都将自己的暴力行为视为一种联结方式。而他们之间显著的差别，在于他们与受害者建立联结的时间不同：里塞尔是在受害者活着时强奸她们，并试图与她们建立起联结；肯珀则认为，这不可能。他本质上认为，真正的联结、不必担心抵抗和拒绝的联结，只会发生在受害者死后。因此他会强奸受害者的尸体来体会最高级别的控制感。

要将肯珀从他犯罪多年后制造出的夸张假象中剥离出来，需要费一番功夫。似乎所有报纸登出的都是肯珀故事的美化版本，每一位心理学家对其所进行的分析都是建立在传闻和谣言之上。甚至连肯珀自己也为这种混乱做出了一部分贡献。他习惯顺着采访者的期待，修改自己对犯罪的重述，考量他们对自己了解的程度，趁机补充一些花絮。这是他的把戏，是他在满足自己掌控局面的一贯需求。但对我来说，这些花招不过意味着揭露真相时得多花点功夫。

1948年12月18日，埃德蒙·肯珀三世出生于加利福尼亚州伯班克市，是克拉内尔（Clarnell）和埃德蒙·肯珀二世（Edmund Kemper II）的第二个孩子，也是家中唯一的男孩。姐姐艾琳（Allyn）比他大5岁，妹妹苏珊（Susan）比他小2岁。作为唯一的男孩，埃德蒙从出生起就受到了特殊对待。他的名字甚至也跟爷爷和父亲一样，代表着家族的传承与荣耀。

尽管如此，肯珀的童年却是不稳定的、矛盾的，等他的父母终于离异之后，他跟着母亲搬到了蒙大拿州。肯珀遭受了重创。更糟糕的是，没有父亲在身边，他感觉母亲把怒气都发泄到了他身上。"我9岁或10岁时，想要全世界都滚开。我不想我的家庭破碎。

我爱他们两个。他们经常吵架,夜里我看到了会哭。他们离婚了。我有一个姐姐和一个妹妹,我妈把我也当作女儿,跟我说我爸有多坏。我本应该站在我爸这边的,但我没有。我姐姐经常打我——她比我大5岁。我妹妹经常会诬陷我们,让我们受惩罚。我本能地觉得自己的生活烂透了。"

肯珀对家人与日俱增的憎恨情绪经常会表现在他与姐妹俩玩的怪异"游戏"和角色扮演中。探员们记录了与肯珀妹妹的谈话,据她回忆,自己曾经主动提出扮演一个哥哥最喜欢的奇怪角色——她给他蒙上眼罩,领着他来到椅子边,拉下一个想象中的控制杆,接着肯珀会在地板上翻滚抽搐,仿佛他正在毒气室中垂死挣扎。后来,肯珀还会在这个常玩的游戏中搭一个假的"棺材",在被毒气"毒死"后他会躺进去。

从这里可以看出,肯珀的童年与联邦调查局之前研究过的很多连环杀手一样,有着许多类似的不幸遭遇。他在学校遭到取笑,在校车上没人愿意坐在他身边;他的姐姐和妹妹会捉弄他,母亲喝醉后经常打骂他。大多数时候,肯珀会默默承受屈辱,但偶尔他会残忍地对待动物或是姐姐和妹妹,发泄自己的情绪。一次,他与妹妹间发生了一件事——一件非常私人的事,这件事让克拉内尔决定,两个孩子不应该再睡在一间卧室里了,于是她让儿子搬去地下室,跟家里其他人分开。肯珀同里塞尔一样健谈,愿意主动参与联邦调查局的连环杀手研究,他回忆起住在地下室的时光,往事历历在目:

> 那是个室内的地下室,有一段长长的木台阶一直延伸到地面……用本地花岗岩砌的墙壁,头顶上的水管发出响声。这里

对于一个想象力丰富的孩子来说倒是不错……不幸的是，我很怕怪兽，我害怕所有事物恐怖而负面的那一面。我在地下室勉强住了6个月左右，我在跟邪恶力量谈判，我确信那些邪恶力量会吞噬我、杀死我。地下室里有一只改良的火炉，它以前是个煤炉……在我看来，那就是地狱之火。1956年，在我7岁时，我父母离异了，就像我之前说的，我有好几个月都待在熟悉的环境里——跟我妹妹住一个卧室，她小我2岁。后来我被挪到地下室，晚上，家里其他人上楼休息，而我则去地下室，所以我们之间隔着一整层楼，非常恐怖。对于灯具的使用，我母亲没有给我任何发言权。我也不能用夜灯，那太贵了。对于一个8岁的孩子来说，对一个七八岁的孩子来说，那可怕极了。

在这之后不久，克拉内尔结了第三次婚，肯珀主动提出搬去跟他的父亲和继母生活。但在父亲家，他也不受欢迎。继母觉得他的"怪异"令人不安。她经常看到他盯着自己，让她起鸡皮疙瘩，于是她叫丈夫把肯珀送走。这种情况终于在1963年的圣诞节爆发到难以收拾的地步。那次，全家人聚在加利福尼亚州北福克的家庭农场。假期结束时，15岁的肯珀在毫不知情的情况下被父亲丢给了祖父母。车子驶出农场的泥土车道，在公路上疾驰而去，越变越小，留在原地的肯珀明白了一切，只能默默地看着车子走远。

刚开始，肯珀看起来好像对农场上的新家适应得不错。他有一把点22口径的步枪，用来猎杀囊鼠和兔子，他在学校里的表现似乎也很好。但那年夏末，他在学校的表现退步了，祖母开始担心他，对他的"怪异"也越来越感到不安。肯珀承认，当时自己正越来越沉迷于杀人幻想。他杀死了很多动物。现在，他想知道杀死一个人是什么感觉。

"你是怎么发展出幻想的?"雷斯勒问。

"我经常被人说笨,不幸的是,这个想法被我潜移默化地接受了……这时候我陷入了病态的幻想,也是在这段时间,我开启了死亡之旅。魔鬼住在我的卧室里,他住在火炉里……我不知不觉在心中蓄积起大量的敌意,这种敌意后来变成了幻想的弹药。它像脓疮一样溃烂了。学校本应该注意到这点,因为我常常在学校里做白日梦,我的成绩单上总是提到这个。"

"你的白日梦是关于什么的?"

肯珀解释说,他的白日梦"是一些慢慢变得高级起来的幻想,主线是毁灭整个学校。这太可怕了。但他们觉得我是在看窗边摇曳的郁金香和上蹿下跳的鸟,以为我在做一般的白日梦"。

虽然15岁的肯珀身高达到了6英尺7英寸,体重也来到了173磅,但他的境遇并没有好转。同班同学不断拿他取乐。性格内向的他因为身材高大,总是能被那些折磨他的同学发现。肯珀也极为孤独。他没有朋友,远离父母,住在乡下的农场里,接触不到熟悉的事物。他唯一拥有的只有幻想。他所有情绪仅有的出口,就是在脑中一遍一遍地玩味,把幻想加工成神圣的殿堂。在这里,他是制定规则的那个人。

1964年8月27日,肯珀在厨房里盯着正在校阅一本儿童读物的祖母,祖母突然大声呵斥他,让他别盯着她看。肯珀站起身,抓起他的点22口径步枪,说自己要出去射囊鼠。祖母警告他说不要射鸟,转身就忙自己的事去了。与此同时,肯珀朝祖母的后脑勺开了一枪,又往她的肩胛中间部位射了好几枪。然后他又捅了她几刀,将她的头蒙在毛巾里。祖父回家时,肯珀又开枪杀死了祖父。

之后，他打电话给他母亲，坦白了自己做的事。母亲叫他报警，他照做了。在忍受了多年的否定（加之诸多很小的诱因）后，祖母的一次严厉指责终于将肯珀推到了爆发的边缘。他的杀人幻想终于实现了，他可以无所顾忌地大开杀戒了。

然而，第一次杀人后，肯珀报了警，这种反应相当罕见。他与连环杀手研究中的大多数研究对象并不相同，大多数杀手会尽其所能避免侦察，而肯珀的本能反应是认罪。这说明他并没有考虑清楚以后的事，也不清楚自己可能面临怎样的后果。更让我觉得奇怪的，是报警后肯珀对警方说的话。

"我只是很好奇射死祖母是什么感觉。"他说，并补充说，他杀死祖母后，祖父没必要知道自己的妻子已经死了。

这些表述中有很多值得剖析的部分。显然，这些话表明，肯珀对于亲情的依恋就算有，也非常少。与此同时，他对杀死祖父的合理化解释，让他免受感情伤痛。他还立刻打电话给母亲，解释了自己所做的事。这里的矛盾之处，证明了肯珀早年对母亲的依恋，以及他遭到的否定和抛弃。从这一点，我看到了肯珀是如何理解周围的世界的。幻想是肯珀观察世界的强势视角。他自己明白这一点，并努力想抓住对母亲的依恋来站稳脚跟。但他们的关系是敌对的，也极为脆弱。母亲实际上是他的主要应激源，但在他眼里，母亲也是他的救世主。

同里塞尔一样，第一次被定罪时，肯珀还是个青少年。他被阿塔斯卡德罗州立精神病院收治，那里主要治疗有犯罪倾向的精神病人。在那里待了4年后，肯珀被释放，回家接受母亲的监护。考虑到报告记录显示，肯珀与其母亲关系恶劣，好几位医生都反对将他释放，但青少年权威委员会并没有重视这些临床报告。现在，肯珀已长成高 6 英尺 9 英寸、重 280 磅的大块头，他回到家中，希望重新开始人生。他上了社区大学，想加入警局，但因为个子太高而被拒绝，于是他在加州公路局找了份工作。

从各方面看，肯珀都像是回到了正常的生活中。他有了工作，偶尔约会。在其他人的印象里，他是个聪明的年轻小伙子。但在他的脑中，沉睡的幻想世界如同疾病一般正在蔓延。肯珀发现自己难以抵挡过去的诱惑。有两年，他会让女性搭自己的车，测试自己是否能控制伤害她们的冲动。虽然这些只是实验，但他非常清楚将会发生什么。"我在开始杀人前，早就知道我要去杀人，我知道结局会是这样，"他承认道，"幻想太强烈了。它们已经存在太久，太精密了。"

1972 年 5 月，肯珀终于把他的幻想演绎了出来。一天夜里，他在伯克利市驾车转悠时，载上了两位想搭车的女大学生，玛丽·安·佩斯和安妮塔·卢切萨。他开始只是打算强奸她们，但在慌乱中，他杀掉了她们，把她们装在汽车后备厢，驾车回到家里。在家里，他多次强奸了尸体，然后将尸体肢解。这表明肯珀的杀人过程中出现了一个新阶段，他很快走上了致命的不归路，对女大学生发起进攻（这使他后来有了"女大学生杀手"的称号）。他会杀掉她们，砍掉她们的头，与她们的尸体性交，并将尸体肢解后，将手、躯干和身体其他部位丢在不同的地方。在一些案件中，他甚至留下了尸体的头部，不断地糟蹋，直到它们开始发臭了才扔掉。

当被问起他是否能解释这些暴力行为背后的原因时，肯珀的回答非常实事求是。"是啊，开始是砍头，我觉得这大概来自我脑中的奇怪想法。这是我童年时的幻想，"肯珀补充说，"在把头切除的过程中，我能获得满足感。实际上，我割掉的第一个头是卢切萨小姐的，我在汽车后备厢用杀死佩斯小姐的刀割的，我记得割掉卢切萨小姐的头非常刺激。在这个过程中存在一种性快感，实际上，差不多是一种性高潮的感觉。那是一件昂扬的、胜利的事，就像猎人取下了一头梅花鹿或者驼鹿的头。我是猎人，而她们是我的猎物。"

肯珀将自己看成收集战利品的猎人，这是理解他心理本质的核心，也在一定程度上解释了为什么他之后会开始肢解尸体、弃尸。他迷上了肢解过程，每次杀人后，他都会进行研究，改进自己的效率，比如，他开始在尸僵出现前割断受害者的跟腱，方便之后处理尸体。不过，割下头部才是肯珀的暴力幻想中最重要的步骤。头是他最喜欢的纪念物。

肯珀对头的痴迷始于幼年。在玩一个与性仪式有关的游戏中，肯珀切下了他妹妹的玩具娃娃的头。"我把娃娃的头放在一个鼓鼓的椅子上盯着看，放在床上，跳到上面，一直看它们，看到其中一个头动起来，滚下椅子，非常恐怖。它滚下椅子，滚过垫子，撞到地毯——'砰'的一声。"这个想法在肯珀的童年贯穿始终，最后成了他幻想的主要内容，他会把女性尸体幻想成一个真人娃娃。肯珀描述说："如果我杀死她们，你知道，她们就不会拒绝我的男性身份。我做的事，跟把一个人变成娃娃差不多，只是在一个活人身上实现我对娃娃的幻想。"

肯珀离实现理想化犯罪最近的一次，是他的最后一位女大学生受害者，辛西娅·沙尔。他开枪杀死她后，把她装在汽车后备厢内，运回了他母亲的公寓。他把尸体放在壁橱里，第二天等母亲上班后，将尸体放到浴缸里肢解。之后，他将割下的头埋在了自家的后院里，脸部朝向他卧室的窗户。肯珀补充说："有时候在夜里，我会对她说话，说些情话，像你会对女朋友或妻子说话那样。"

每一次杀人，肯珀的自信和能力都会增长。他开始欣赏起自己的手法，对受害者和自己杀人的过程产生了浪漫化的理解。"这好比看到旁边飞过很多美丽的蝴蝶，它们飞得太快，你只想抓一只，凑近看一看，即使你知道如果抓住了它，蝴蝶就会被压碎，再也不是活的了。它不会漂亮了，但它会静止。所以别人都说，你不能跟尸体乱搞，但我可以忽略这种可怕的感觉。是很可怕，有点恶心。"

1973年的春天，停手了2个月的肯珀开始了自己的最后一次犯罪，他杀死了自己的母亲和她的朋友莎莉·哈莉特。那天是星期五，克拉内尔参加完聚会，喝醉了，回到家时动静很大，吵醒了肯珀。肯珀起来看她时，她说："噢，我猜你现在是打算整晚不睡，要聊天？"肯珀看着她说："不，晚安。"此时他心里非常清楚接下来会发生的事。他母亲刚睡着，他溜进她的卧室，用一把榔头将她捶死。然后他割下她的头，接下来几个小时都在糟蹋她的尸体，用尸体给自己口交，对着尸体尖叫，然后把尸体当作投飞镖的靶子。

我能听出，肯珀在重述这些细节时，录音带里有他的哭泣声。但我没有动容，跟之前一样，肯珀做的一切都是为了他自己："我来自母亲的身体，在暴怒下，我回到了她的身体中。"

* * *

肢解和奸尸，这些一听就令人感到不安的情况，在连环杀手中却相当常见。我之前听过很多这类细节，但肯珀的情况不同。他在损毁受害者尸体时非常从容，并且当他谈论起这些时，仿佛这是一件神圣的事："只有一［种］人在面对尸体的时候，会比我更不在乎，那就是从业多年的入殓师，或是病理学家。因为我见过一些恶心的东西，不过我的那些幻想很离奇，很可能连他妈的病理学家都会觉得反胃。这不是什么受虐之旅，不过就是一种过程。换句话说，厌烦了某种程度的幻想，然后变本加厉，变得更离奇，陷得更深。一年一年过去，最后变得不能自拔。不过我的幻想还没有到最严重的程度。"

这中间隐含的问题很明显。对肯珀来说，杀人不是目的，肢解才是。他需要通过分解自己同胞的尸体，才能满足与人类建立联系的基本需求。这一过程令闻者惊心，也不是很说得通，但对于肯珀这样的反社会者却非常合理。它反映了他缺乏同理心、需要控制感，也反映了他无法与他人维持感情联结。最明显的是他非常执迷于保存受害者的头，这既是一种惯常做法，也能延续他的幻想。在联邦调查局的记录中，肯珀在警长办公室里向地区检察官彼得·张和侦探米奇·艾拉菲陈述庭审证词时解释了自己的想法。

"我想让［她的尸体］快点分解，因为她的头里有一颗子弹，我不想尸体里有什么能看得出来的东西，"肯珀解释说，"我不想有太多气味或者你们说的腐烂的问题。我剥掉了她的头皮，去掉了头发、脸部和颈部的组织以及头上所有能除掉的肉。"

"你把这些都跟她的头一起埋了？"艾拉菲问。

"是的，就埋在头下面，"肯珀回答，"我知道这些东西会先腐烂，但我不希望它们还连在头骨上。我想让与头骨相连的部分尽快腐烂，不管是上面的还是里面的。不过我没把头发和头皮埋掉。只埋了脸部那块的肉。"

"你把头发和头皮怎么了？"

"我把头发从头皮上剪下来，装在袋子里，丢到一个服务站的垃圾箱里，把头皮切成碎块，丢到马桶里冲掉了，我想这样它们就不会被人发现了。"

在重述令人发指的事件时，就事论事，不流露一丝感情，仿佛是一个修车师傅在讲述拆解汽车的过程，这表明肯珀将犯罪当成了业务。他的受害者不过是一张张空白的画布，等待着他用从脑中逃逸的无尽幻想将其涂满。不过，肯珀的姐姐艾琳在庭审过程中，说出了最为深刻的见解。她回忆起，在肯珀自首前，她就怀疑弟弟与女大学生被杀案有关。"我眼前闪过小时候发生的一件事。"她在法庭上说。肯珀曾经杀死了一只家猫，并割下了它的头，把猫的尸体藏在壁橱里，最后他母亲发现了臭味。艾琳也提到，自己问过肯珀，他与那些杀人案有没有关系。他否认了，但叫她不要跟母亲提起这事，因为"她会开始怀疑，那时事情就麻烦了"。

在本质上，肯珀杀人的方式反映了他童年经历的挫折，包括缺位的父亲和母亲对他的抛弃。他杀人，既是在表达自己与他人联结的无能，也是在惩罚始终不给予自己慰藉的父母。肯珀试图通过不断攻击和言语上的伤害来证明自我价值，索回自己求而不得的人际感情联结。如果让弗洛伊德设计一个连环杀手，肯珀一定会是这个杀手的原型。他很典型：他渴望得到父母毫不掺假的疼爱，当父母没有给予他期盼的正面关注时，他便无情地展开了残忍的报复。

***

肯珀和里塞尔都代表了我先前尚未完全理解的连环杀手发展过程的那一面，相应地，他们也非常复杂。在此之前，分析该类型罪犯的主要方法，总是会关注先天与后天的问题，即决定一个人成为杀人犯的因素要么是基因，要么是环境。但肯珀和里塞尔将这样的划分变得复杂起来。他们的例子表现的是，连环杀手不一定要天生暴力，但他们容易受到暴力行为的影响，更有可能因为特定的触发因素而杀人。不过，即使条件合适，其杀人的冲动也是随着时间逐渐发展出来的。这个过程复杂而缓慢，并且往往源自他们无法与他人、与自我建立联结。在连环杀手的心中，暴力可能是一种自我治疗。暴力会安抚他们的执念、困惑和过度的幻想，赋予他们控制感。但是，同任何自我治疗手段一样，暴力的效果只是暂时的。肯珀对这个再熟悉不过了。他承认"现实总是不如幻想"。

无论连环杀手多么有自知之明，无论他们在暴力犯罪中增加了多少新的习惯行为，这些都永远无法满足他们。幻想与现实之间的分界线牢不可穿。他们想杀人的原始冲动，那种强烈而持续的渴望，是无法得到满足的。无论犯下多少暴力行为，都无法驯服或熄灭他们潜在的欲望。里塞尔和肯珀比任何人都更明白这一点，因此他们谈起自己的罪行来才会滔滔不绝。他们仅剩的只有回忆。

第 12 章

肢解的模式

大家对行为科学调查组各项工作中的课程部分看法不一。有的探员喜欢上课,有的则把上课当作一种社交手段,而有些人觉得上课令人手不足的问题雪上加霜。我的看法与大家都不一样。对于我来说,上课是一个特别的机会,我可以在现场检验新的想法,然后基于听众的共同反应来进一步修改我的成果。我将上课看成教学相长的机会。上课的过程是有价值的:新探员提出的问题,有了新思路时表现出的兴奋,或者当我没解释清楚时他们沉默而不解的表情,都是有意义的。上课给了我动力,让我的工作变得更全面,让我成为更好的自己。

1986 年的春天,我发表了一篇论文,探讨了强奸和肢解受害者的杀手。之后不久,我想到了一个可以用来教学的新点子。最近 3 个月的大部分时间里,我都在比较研究两种强奸杀人犯:有过被性侵经历的和不曾被性侵的。研究的结果令我非常吃惊。数据表明,童年时遭受过性侵的杀人犯,更有可能会肢解受害者。这种通过更极端、更有施虐倾向的报复性行为,以过度补偿自己曾受过的创伤的现象，证明了连环杀手的罕见本质。我急于一探究竟，它一定与思维模式有关。这种研究需要来自团队之外的其他人的经历。

我之所以想做这样一个研究，源于埃德蒙·肯珀的一次访谈。罗伯特·雷斯勒问起他如何选择受害者，以及他为什么杀人时，肯珀的回答令人惊讶。

"我有个非常严重问题，我试图剥夺别人的生命，"他说，"但这里的关键不在于杀死他们，而在于之后可以处理他们的尸体。"

这部分很有启发性。肯珀这段话背后的冲突和道德原则，很有逻辑性。它说明，连环杀手身上存在着我们之前没有考虑到的全新维度。在此之前，我们一直在研究连环杀手，并基于对他们的成长过程、计划和犯罪现场的理解做犯罪侧写。但对于犯罪者在受害者死后与尸体互动时的仪式性元素，我们没有真正思考过。我们只是从实际的层面关注这些犯罪元素，如尸体如何被丢弃，尸体有没有受到强奸，如何利用尸体收集法医证据，等等。但肯珀的案子表明，犯罪者的犯罪后行为仍是有目的的，甚至很讲究，这些行为是有含义的。进一步分析这些行为，可以让我们更好地理解连环杀手的心理。一切都豁然开朗：仪式是连环杀手的第三行为。

这层认识也拓宽了我们的工作视野。它表明，对于某些人来说，犯罪的满足感并非来自杀人，而是来自杀人后的仪式性行为：肢解尸体，收集纪念物，顺利地呈现或是丢弃受害者的尸体。以前，弃尸和犯罪后行为并没有从这个层面被深入研究过。虽然这些犯罪行为往往让人很不舒服，但我在行为科学调查组的部分工作，就是要理解连环杀手身上一个比一个极端的暴力犯罪行为，并借此预测犯罪者可能的演变方式。就像约翰·道格拉斯喜欢说的那样：

行为反映了人格。未来暴力的最佳指示是过去的暴力。要理解"艺术家",你必须研究他的"艺术"。犯罪行为必须被放在整体中考量。

* * *

"人会损毁或肢解尸体有两个原因,"我站在匡蒂科礼堂熟悉的讲台边,开门见山,准备上课,"第一个原因很实际,肢解尸体可以隐藏受害者的身份,或者更方便处理遗体。但对某些人来说,犯罪后行为可以满足施虐的基本幻想,本质上具有仪式性,包括在尸体上切割出有象征意义的图案和记号,或者给尸体截肢,或者割下性器官。"

我点击投影仪,打开一张照片,照片显示的地点是在圣克鲁斯附近的山区。照片中,调查人员站在一个被割下的头颅周围。头颅的面部完好无损,轮廓清晰,没有腐烂,只是肉眼可见有些皱缩,但还是看得出,这名受害者是十几岁的年轻女孩。

"在我们今天的课程上涉及的两起案件中,凶手对尸体的肢解都给调查人员带来了巨大的困难。尸体被肢解后,基本的法医学鉴定更难进行,残肢分布于多个不同地点,这在一定程度上隐藏了受害者和犯罪者的身份。"

我继续点开一张受害者头部的特写。

"要观察尸体或者了解尸体,都不容易,"我对他们说,"相信我,我懂的。但通过调查这些行为背后的安排,比如犯罪嫌疑人在肢解、呈现和/或保存尸体时所做的决定等,我们得到了一个机会。我们可以从中收集到犯罪者的身份,以及关于他们思考方式的有价值的信息。这两起案件都存在鲜明的特征，它们有自己的模式。从这个角度，你会更容易在犯罪者再次行动前，形成对他们的总体认识。"

我注意到一些探员的脸上露出困惑的表情，于是我停下来，请大家提问。

"这种东西难道不属于你说的非理性行为吗？难以预测，也无法解释？"靠近前排的一位探员问，"我是说，这似乎很不切实际。"

"并非如此，"我说，"在人类历史的大多数时间里，死后的仪式在各种宗教传统中都很常见。只是到了近代，这样的做法才变得稀奇起来，失去了相应的文化支持。但我研究过的所有现代案件中，都存在明显的例子——犯罪者会精心、细致和自恋地满足自己的施虐欲望。它们表现出的是意图，而非精神错乱的结果。只要看看埃德蒙·肯珀、泰德·邦迪和卡尔顿·加里的例子就能明白，他们行动时都是有理性的。"

"我理解你的意思，"刚刚那个探员反驳说，"但是，当不明嫌疑人的理性过于复杂和疯狂——老实说——这时再拿他们的理性当作现实并寻找线索不是没用了吗？"

"关键不在于它是否疯狂，"我说，"而是犯罪者在自己的行为中看到了某种逻辑，他们会遵循某种理性模式行动。在他们看来，他们的行为是合理的。听我进一步解释。刚来行为科学调查组工作时，我问最初研究中的36名强奸杀人犯的一个基本问题是：'是什么引发了你第一次杀人？'无一例外，每个犯罪者的回答都符合相同的逻辑模式。第一，他们非常清楚自己长期痴迷于活跃的幻想人生，常说幻想是他们所能记得的'主要存在'。第二，他们的幻想从模糊的暴力概念变成了对强奸、谋杀和控制他人的更为复杂的执念。第三，从他们的回答可以看出，他们复杂的幻想世界已经达到了临界点，具有了深度的真实性，可以匹敌现实本身。"

我点开一张埃德蒙·肯珀在圣克鲁斯警局留下的存档照片，补充说："这就是为什么你们都应该关注这个问题。在犯罪者的心里，他们都明白，自己的性犯罪动机是施虐幻想的一种症状。但他们不认为这是他们自己的错，或者是他们对现实的误解。他们反而认为，他们对现实的认知比其他人更清楚，他们有权得到自己想要的一切。他们生活在一个不公正的世界，在这个世界上控制力才是最好的回报。对他们来说，幻想才是现实。他们的幻想是一种私密且强大的存在，会遵循他们那套复杂的规则和程序。这种自私的说法成就了他们那套全然无视人命的思想体系。对他们来说，幻想富有意义。一旦你明白了这点，它对你也会是有意义的。"

* * *

在我们的研究中，我和道格拉斯、雷斯勒都很清楚犯罪者的本质具有多个层次。他们的演变绝不是只有一个概括性的原因，他们并非"注定"会诉诸暴力。他们不仅仅是习惯于杀人，原因要复杂得多。尽管他们的故事都有相同的主题，例如小时候都受到了虐待，或者接触到了暴力，但他们这些毁灭性行为的原因，并不是过去的暴力。其实，性暴力犯罪者实施犯罪的动因，是他们自己特有的思维模式。我们研究的犯罪者都倾向于在脑中重复和重演童年的创伤，这是他们理解自己经历的方式，不是忘却创伤，而是沉溺其中。对他们来说，不断重复的幻想会强化这些早年的创痛事件。这是一种排演。这种罕见的思维模式会形成深刻的认知轨迹，改变传统的理解方式。而在所有这些之后，便是他们有意识地策划自己的暴力行为。

在这个过程中，我们主要收获的是犯罪者演变过程的意义。他们具有模式的思想和意图本质上是强迫心理，这意味着，他们需要不断地修改、不断地联结，让自己的杀人行为接近于自己对幻想的完美演绎。通过这种方式，犯罪者逍遥法外的时间越长，他们本就危险的思维模式就会变得越来越复杂、暴力。他们的幻想会随着每次杀人而改变。他们的幻想会发展，以容纳更强烈的控制和占有欲，并最终发展成具有仪式性的强奸、折磨和肢解。虽然大部分犯罪者在自己的幻想发展到这个地步之前就会被抓到，但也有一些犯罪者足够精明，也足够多疑，可以在演化自己幻想的过程中，躲避调查人员的侦察。这种充分地施展了自己的幻想的犯罪者，让我们有机会深刻地理解他们思想的独特本质。也正是这类犯罪者犯下了最骇人听闻的罪行。

我分析了我在行为科学调查组工作时遇到的那些肢解案件，虽然细节真实得触目惊心，但我还是细细审阅了每个案子。当然，这并不等于我能适应这些骇人案件带来的恐怖感觉。但我知道我不能回避它们，数据就是数据。每个案件都提供了有用的数据，每个案件都会带来新的理解，每个案件都可以帮我提升对于连环杀手的整体理解。原因在于，这就是研究的实质：只有考虑了全盘的真相，结论才会有用，而这个过程无法绕开那些让人不舒服的细节。我在做强奸研究时，就懂得了这一点。在犯罪人格研究中，同样要遵循这个道理。要想全面理解犯罪，我需要充分了解犯罪者并设身处地地融入犯罪情境中，不管案件有多么地令人不适。

比如，小杰拉德·约翰·谢弗（Gerard John Schaefer Jr.）说自己 12 岁左右时就开始有了束缚和性虐待幻想："我会把自己绑到树上，自慰，幻想着伤害自己的画面。我看到女性内衣，就忍不住要穿上。我父亲偏爱我姐姐，所以我想当女孩。"

谢弗杀人的惯用步骤是绑架少女，将她们带去佛罗里达自然保护区的偏远地带，将她们绑起来，封上她们的嘴巴，让她们站在树根上，脖子上绕着绳套，然后杀死她们。之后他会将尸体肢解，掩藏自己的犯罪证据。调查人员确定谢弗是主要嫌疑人后，搜查了他与母亲的家，发现了他从多位受害者那里得到的"战利品"：珠宝、武器、写真、失踪人口报告，还有牙齿和骨头。他们还发现了 100 多页的手稿和素描，内容是强奸和肢解年轻女性的暴力幻想。但最能直接展现谢弗的幻想的，是挂在墙上的一幅画。谢弗将淫秽的色情海报细致地拼贴在一起，以直观的视觉形式呈现了他的凶残想法。其中有一个女人倚靠在树上，双手藏在背后，谢弗在上面画了子弹孔、绑束的绳子，在她的内裤上画了粪便的印记；另一个画面是 3 个裸体的女人站在一个男人面前，谢弗在男人头上画了个文字框，在其中写下了他脑中的想法："这些女人会满足我。如果她们不能满足我，就会被带去广场，挂在我的绳子尽头，让村民们看好戏。"在墙面的另一个区域，几幅海报被拼在一起，表现了年轻女性在树上被吊死的画面。

有恐怖幻想的不止谢弗一人。在卡明·卡拉布罗（Carmine Calabro）案中，受害者弗朗辛·艾弗森（Francine Elveson）是一位 26 岁的特殊教育老师。在布朗克斯区她所住的公寓楼的楼顶，她的遗体被人发现。这是一起非常残忍的肢解案件。艾弗森在死前受到了折磨，死后仍遭到了侵犯。她被人用她的长筒袜和皮带绑起来打得面目全非，尸体则被摆放成雄鹰展翅的姿势，这个姿势模仿的是希伯来字母"chai"——而这是她的项链上的图案。内衣的掩盖之下，她的整张脸都被划破了。她的大腿内侧和膝盖周围有咬痕，尸体上有被小折刀捅刺的痕迹。但最值得注意的，是犯罪者在犯罪后行为中表现出明显的性挫折心理。他割掉了她的乳头，切掉了她的性器官，在她的腹部写下污言秽语，在她的阴道里插入一把雨伞；罪犯还对着她自慰，在她的尸体旁排便，并用她的衣服遮住了粪便。在她的腿上用圆珠笔写着"去你妈的，你无法阻止我"——这句话是对警方的公然挑衅。

行为科学调查组对不明嫌疑人做出的侧写是，他外表邋遢，无业，与父母同住，住址应该就在附近（很可能是在案发的同一栋楼房里），高中毕业或者大学辍学，藏有大量有关束缚内容的色情读物，最近进过精神病医院，被医生开过治疗抑郁症的药。调查人员利用这些信息，最后锁定了卡明·卡拉布罗——同父亲一起生活的一位高中辍学生，有过精神疾病的病史，跟艾弗森住在同一栋公寓楼里。案件侦破的突破点是卡拉布罗主动允许调查人员做的一个牙印模，3位专家分别判定他的牙印符合受害者身上的咬痕。之后，卡拉布罗被逮捕，而咬痕是给他定罪的关键证据。

"咬人经常出现在性暴力犯罪中，无论是在强奸案，还是在杀人案中。它仍然跟控制和支配的问题有关，"道格拉斯解释说，"它关乎愤怒、进攻和权力。对他们来说，这就是完全的掌控。他们在尽可能地利用受害者。他们的牙齿就是工具，他们用可以得到的一切武器去摧毁受害者。"

最终，卡拉布罗被判有罪，但他从没承认过自己的罪行。事实上，1986年年初，他曾写信给行为科学调查组，质问我们的侧写：

"如果侧写最终指向的是我,那么里面有两个小错误。第一,我是高中毕业生;第二,我没有收藏色情读物。"他补充说:"用专业观点来看,你们认为这个杀人犯在这桩案子中每一个部分都花了多长时间?你们觉得他实际在犯罪现场待了多久?这些答案对你们来说没什么,但对我意义非凡。实际上,如果你们的回答如我所料,那么我会再次给你们写信,将真相和盘托出。你们可以决定这仅仅是某个人犯的错误,还是故意的疏忽。"

在这之后不久,道格拉斯和雷斯勒去监狱拜访卡拉布罗。他们立刻注意到卡拉布罗的牙齿全都没有了。当他们问起这事的时候,卡拉布罗说是他自己拔掉的,因为咬痕在审判时被用来针对他,他不会让同样的事出现在自己的申诉中。

似乎卡拉布罗甚至愿意在自己的身上使用肢解的手段。

但与我们见过的其他一些案件相比,卡拉布罗的案子只能说是平淡无奇。有一个来自俄亥俄州的案件特别令人不安,在肢解案件中格外引人注意。它发生在几年前,难倒了当地警方,一连数月毫无进展。最终,在专案组接受案件后,不明嫌疑人被逮捕,调查宣布成功。但我的心中对此仍存有疑虑,我觉得这个案子有些地方不对劲,感觉他们抓错了人。我想在讲课时验证一下自己的想法,看看其他探员是不是跟我想的一样。

* * *

我备课时添加了这个案子,这跟我平时的做法不一样。我将这个案子呈现得尽可能地简单,只留下最重要的部分,比如当地警方的发现等,并没有提到后来联邦调查局的观点。我想还原当地调查人员在案件发生后,在现场收获的第一印象。通常我会完整地交代一个案件的所有细节,包括行为科学调查组的侧写,让年轻的探员们看到我们侧写过程中的所有构思,而不用去猜测其中的元素是如何联系的。不过,这次我想让这些年轻人用不同的眼光和直觉去审视这个案件,而不是通过行为科学调查组的结论去理解。我想让探员们独立做出判断。

"大家早上好,"我放下文件,直截了当地说,"今天我们要讨论一个至少有两名受害者的案子:一名男性,托德·舒尔茨(Todd Schultz);一名女性,安妮特·库珀(Annette Cooper)。在这个案子中,几名涉案人员之间有着一些有趣的关系。所以,我会先讲点这部分内容,再理一遍从受害者失踪那天起发生的事件。然后我们提一轮问题。记住,即使你以前听说过这起案件,也不代表你对它很了解。偏见只会拖你的后腿。现在我们开始吧。"

就像参加侧写会议一样,我在课上先讲了受害者分析,强调了案子涉及的人物。这不仅仅是调查策略训练,至少在我看来不是。确实有人死了。我需要让大家感受到情况的严肃性、真实性以及紧急性。我希望大家都能充分代入自己到案件中去。

* * *

18岁的安妮特·库珀和她19岁的未婚夫托德·舒尔茨是在俄亥俄州东南部的洛根县上高中时初次相识的。那时库珀跟她的继父戴尔·约翰斯顿(Dale Johnston)、母亲萨拉·约翰斯顿(Sarah Johnston),以及十几岁的继兄继姐一起生活。但案件发生前的2个月,也就是1982年8月6日,库珀离开了约翰斯顿的住处,搬去跟未婚夫的家人一起住。她的朋友们说，库珀对此的解释是，她的继父会虐待她，也很下流。但情况可能比这个还要复杂。每个人都知道库珀很有抱负，不论在学校还是在小群体中，她都有点像个局外人。她有很多熟人，但没几个知心好友。同时，她是美国国家高中荣誉生会的一员，非常聪明，大家都觉得她将会前途似锦。她没有逮捕记录，跟毒品或酒精都不沾边。她在不同的圈子里有着两种截然不同的面孔，这种两面性让她显得很复杂。

在社交方面，舒尔茨更为简单。他外表清爽，是一名志愿消防员。休闲时间里，他会去打猎和听音乐会，痴迷于对旧车的翻新改造。有报告说，他偶尔会为了娱乐抽点大麻，但不存在公开的逮捕记录。他是个相当正经的孩子。

1982年10月4日，库珀和舒尔茨在午后见了律师，商量结婚流程，之后在下午4点左右的时候，两人回到了舒尔茨的住处。舒尔茨的母亲说，两人在二楼爆发了争执，库珀下楼时显得非常生气，跑出了家门。几分钟后，舒尔茨终于跑到街上，追到了他的未婚妻，安慰了她，转身朝门廊上的母亲挥了挥手，示意没事了。他们的冲突似乎解决了。于是，两个人继续沿着马路散步。这是他母亲最后一次见到两人。

第二天早上8点，小两口散步一夜未归，舒尔茨的父亲向洛根县警局报了失踪。10天后，搜查队在洛根县西部的霍金河附近发现了两名受害者的躯干。两天后，受害者的头、胳膊和腿在河附近的玉米地里的浅坟中被找到。两名受害者都曾遭到数次枪击。

法医组在现场勘验时，警方注意到有一个男人半遮半掩地躲在玉米秆后面，观察着这一切。这个人被认了出来，他就是镇上的居民肯尼·林斯科特（Kenny Linscott），住在3个街区外，经常沿河边钓鱼打猎。他解释说，自己只是好奇为什么警察会来这里。于是专案组并没有对他多加关注，继续工作。但在此之后，案件很快被搁置下来。日子一天天过去，警方毫无头绪，当地开始流传起一些谣言。教堂的布道警告说，魔鬼来过洛根县，这些凶杀案是某种撒旦仪式，说不准谁会是下一个。

尸检报告显示，杀死受害者的凶器是点 22 口径的枪支，舒尔茨被射击 6 次，库珀被射击 2 次。两人都是头部中枪。报告也表明，失踪的 10 天中，舒尔茨在死后遭到了阉割。在其中的一座浅坟中，办案人员发现了一只袜子，并在里面找到一些人体组织，这些组织起初被认为来自舒尔茨的阴囊，但后来被确认来自库珀的阴道。报告指出，两位受害者遭枪击的伤口内爬满了虫子和蛆，而尸体上的切割却显得很新。这说明尸体先被埋了起来，之后又被挖出来肢解。至于割伤，验尸官说伤口的处理精细得像是外科医生所为，类似于猎人在野外捕获鹿或其他大型动物后就地处理的手法。

其他目击者也出来为 10 月 4 日那晚发生的事补充了证据。除了舒尔茨的母亲看到下午 4 点库珀和舒尔茨离开家，一位邻居也确认了同样的情况。另一位邻居看到，舒尔茨和库珀沿着街散步，停下来拥抱并亲吻了一会儿。第三位目击者在下午 4:15 看到他们正在朝附近的铁轨走去，并看着他们走过一个旧仓库。4:30，一位铁路员工注意到他们在火车栈桥上。多位目击者证实，在 4:40 到 6:30 之间，两人一起在铁轨上散步。还有一位目击者说，自己看见他们在 6:30 到 7:00 之间向东走去，后来停下来，分别跟一辆红色卡车和一辆金鹰吉普车的司机说了话。另有一位目击者则看到一辆载有 3 个人的车停下来，一个男人走下车，库珀和舒尔茨上了车加入了车上的乘客。

还有一位目击者参与了催眠回溯,这是一种催眠师引导目击者回忆过去的手段,通常是为了帮助目击证人想起某些不容易回想起的事情。在催眠过程中,目击者描述说看到库珀和舒尔茨很快乘车走了,库珀的继父戴尔·约翰斯顿怒气冲冲地强迫库珀上车,与此同时还威胁要揍舒尔茨。

* * *

"这张照片中显示的是办案人员发现人体组织的那只袜子,"我一边说一边放了最后几张幻灯片,"这是玉米地,地上有血迹。最后一张是男性受害者。就是这个男生。你们能看到他的中腹部有一道长长的割痕,暴露出他腹内被虫子吃剩的器官。现在,请记住,我们的目标是通过完整的侧写流程来推测犯罪者的动机。谁想提问?"

"关于那个女孩和她继父的关系,已知的有哪些信息?"

"这个不是很容易说清楚。有人说她继父是个酒鬼,有时候会打孩子们。有一点很确定,他极力反对继女与舒尔茨的婚约。"

"他打猎吗?"那位探员继续问道,"因为验尸官描述说'切法精细得像是外科医生所为',这可能是个关键线索。"

"我不会过于纠结这一点,"我对他说,"当地的验尸官一直都爱这么表达,它只是这类乡村案件中无关紧要的信息。你已经看到了照片,根本没那么精细。伤口乱七八糟又不连贯,看起来像是用某种没磨光的刀制造出来的。"

"那,他有点22口径的枪支吗?"

"有,"我确定地说,"至少在案发不久前,他还有一支。在调查期间，枪不见了。"

"我能感觉就是她继父干的，"第二位探员说，"不过让我不解的是受害者先是被埋，然后被挖出来，被以各种变态的方式切割。她继父为什么要这么做呢？"

我还没回答，第一位探员抢先说起来："或许他这么做是为了消除枪击的证据。或许他当时正与继女和她的未婚夫对峙，他们吵起来，他一时脑热杀了他们。或许他当时喝醉了，后来又后悔了。然后他想起了证据的问题，担心起来，于是回去清理尸体，把躯干扔到了河里。这么解释应该不算夸张。"

几位探员点点头。第三位探员抬起头。

"那个他们在玉米地里看到的男人，林斯科特，是怎么回事？他还有什么后续消息吗？"

我正希望有人能提林斯科特，他在案子中潜在的角色也让我格外注意，不过我特意不挑起话头。"是的，案子发生一个多月后，有两位线人打电话给调查人员说，受害者失踪那天，林斯科特的右臂上出现了一道很深的口子。调查人员之后获取了林斯科特的病例记录，但林斯科特解释说，他的胳膊是在把手伸进窗户里的时候被割破的，调查人员就没再把这当作可靠的线索了。"

"我也认为是她继父干的，"第二位探员继续说，"这里头有一定的筹划。我认为，如果案件与性有关，那么作案者会速战速决，而不会在案发之后，再回来破坏尸体。我认为他这么做是为了误导调查人员。他想让案件看起来像是被斧头乱砍致死的那种。但其实，这里只有一种可能的动机：对这两个孩子的愤怒。主要动机是继父很愤怒。"

我等了一会儿，看看有没有其他人发言。然而没有。屋里的人似乎都一致认同这些观点。

"好吧，"我说，想让自己听起来没那么失望，"很快，我就会告诉你们，案子发生几年后的情况。下周见。"

* * *

那天在匡蒂科礼堂里的实习探员思考的逻辑，同最初调查案件的人员是一样的。他们都将库珀的继父当作唯一合理的嫌疑人，认为他出于愤怒，不想让两人结婚。但这种想法并没有考虑到，这起案件中可能存在的性动机，以及无法解释的犯罪后仪式因素。我逐渐认识到，这才是犯罪者思维模式的最明显表现。

在这个案件中，凶手切除了被害男女的生殖器，这一行为不仅表明凶手与女受害者间存在性关系——可能是真实存在的，也可能是凶手幻想出来的，还表明凶手对受害者之间的性关系的憎恶。继父的确有暴力犯罪史，但他的暴力与性无关。案发时，他已经49岁了，不大可能在这个岁数改变自己的行事方法。

除了这一点，我还不断想到坟墓所在地的重要性。这个地方可能对于凶手有一定的意义，它可能是仪式的一部分。就像肯珀会将受害者的头埋在自己家的院子里，这样晚上就能对着它说话，这个凶手可能也想延长自己与受害者相处的时间。在这个案件中，我觉得坟墓的地点选在那里，有两个可能的原因：一方面，这个地点对于凶手比较方便，他可以经常过来，反复体会幻想的快乐；另一方面，这个地方可能有利于凶手密切关注调查进展，观察现场的动向。不管是哪种原因，它们指向的都不是继父，因为他对这片农田并不熟悉。

能够制服两名年轻有活力的受害者，这种控制能力也很重要。尤其是当你考虑到所需的一切体力因素：将尸体运到农田里，挖掘墓穴，切割四肢和性器官，将尸体的躯干运到河里。这些耗费时间和体力的工作表明，不明嫌疑人可能是两名25岁到30岁出头的人，而不是一名49岁的男性。

最后，所有迹象表明，这是一次即兴的、毫无计划的行动。继父同库珀生活多年，没有袭击过她。他们的关系意味着，如果他有意愿，他有很多机会去策划和实施犯罪。在尸体被发现后，他也立即受到了8个多小时的审问，而他始终否认与此案有关。即兴犯罪的凶手往往会非常焦虑和犹疑，这一点在审问中可以被利用。我总感觉，虽然约翰斯顿表面上非常有嫌疑，但他并没有实际符合行为科学调查组侧写的深度联系。调查人员将约翰斯顿看作一个轻松得出的答案，但我仍然觉得这里缺失了一环，而这一环能最终证明谁是真正的犯罪者。

* * *

自从1984年1月31日约翰斯顿被指控谋杀以来，我一直在关注这个案子。几个月后，约翰斯顿被判处死刑。这个判决在我看来毫无道理。控方建立起控告的一切证据来自一位接受催眠的目击者，以及一位人类学家的证明，后者指认在发现受害者四肢的农田里，有一个泥印与约翰斯顿牛仔靴的鞋后跟吻合。

但直到1986年8月，我在课上讲了这个案子几个月后，雷斯勒才告诉我案件的最新进展，证实了我一直以来的担心。

"嘿，安。你看到这个了吗？"雷斯勒拿着一本《芝加哥论坛报》(*Chicago Tribune*)说,"他们撤销了约翰斯顿案的判决。显然,他们最终认定那位接受催眠的证人的证词是不可靠的,不应许可使用。"

"让我看看,"我快速浏览了一遍文章,"看到这个了吗?控方也收回了对另一位嫌疑人的证据——一个迷恋库珀的屠夫。"

"你说得没错。你的直觉是对的。"

我许久没说话,琢磨着我刚刚读到的内容。"但侧写是我们做的,如果调查人员依赖我们的工作,那么这样的结果责任在我们。"

"我知道,"雷斯勒说,"会有这样的事。"

"但你难道不会对此不安吗?我是说,不是凶手的人反而去坐牢了。"

"我们的工作是做侧写。我们做了,而且尽了全力做。除此以外,我们是无能为力的。如果警方选择了一个简单的答案,没有选择符合侧写的人,那责任在他们。我们能做的是总结经验,用在下个案子上,朝前看。"

雷斯勒是对的。道理我都懂,但这些道理并不能带给我安慰。

"就这样了吗?我们就这样不管了?"

"就这样不管了。"雷斯勒说。

我点点头。但在后来的岁月里,我一直都没有忘记这个案子。它指出了侧写过程中仍待解决的一项难题。

我们在行为科学调查组的工作,是使用所有手头的案件信息,重建不明嫌疑人最重要和最典型的特征。一旦完成,就需要调查人员从整体上使用我们提交的侧写。换句话说,我们的工作并不只是为调查人员提供可挑选的性格特点拼盘,让他们找出符合犯罪的嫌疑人。侧写是一种细致的投射,一种精心总结的理解,通过这份理解，所有细节合在一起构建成综合的整体。当然，单独的细节很重要，但它们只是整体的一部分。毕竟，连环杀手在行动时，也同其他人一样，有着同样千头万绪的心理机制。它们是复杂的，而试图将这种心理简化为一两点浅易的特点是不妥当的。有效的侧写是通过一系列的模式、行为和精细的描述，揭露不明嫌疑人的身份。整体性才是最重要的。

约翰斯顿案的失败，正是因为调查人员迷失在了细节中。我理解了这一点后，意识到侧写需要的不仅仅是"给你侧写，祝你好运"的程序，我们需要在案件中驻留更久的时间。这样才说得通。原因在于，正是通过例行的侧写流程，我们才理解了不明嫌疑人的心理。现在，我们只需要将这种理解变成调查策略，帮助调查人员更快地破案。我们需要利用不明嫌疑人自己的模式和行为去对付他们。

第 13 章

言外之意

行为科学调查组随时都在面临挑战。到了20世纪80年代中期，我们觉得有必要花更多时间参与案件的调查，为现场调查人员提供更多指导，于是我们不得不正视那些我们一直以来尽量避免的复杂局面。

从一开始，行为科学调查组与媒体的关系就颇为复杂。有时，我们会因为工作的创新突破受到表扬，有时又会被描述成江湖骗子、假冒的调查人员或是打杂的。我和探员们对此无所谓，不过对联邦调查局这样的机构来说这却是一件很严肃的事。实际上，J. 埃德加·胡佛（J. Edgar Hoover）自从担任联邦调查局局长以来，一直将公共关系视为其工作的核心之一。他倾注心力经营着联邦调查局在新闻和流行文化中的形象——铁面无私的执法铁汉，使用精湛的技术将美国最危险的犯罪分子绳之以法。实际上，"执法铁汉"（G-man）一词，在英文中代表着"政府工作者"，其命名方式也是在模仿蝙蝠侠和超人等超级英雄。胡佛的创意将联邦调查局探员塑造成了美国人的偶像。

无论动机如何[①], 这番辛劳是值得褒奖的。建立正面的公共形象有助于提高新探员的质量, 为联邦调查局日益增长的预算提供支持, 同时也可以鼓励民众协助打击犯罪。这样的效果即使在胡佛离任后仍延续了下来, 理想化的探员形象在书籍、电影、广播和电视剧——例如《沉默的羔羊》、《X档案》和《美国头号通缉犯》等——中被不断地塑造出来。

而在行为科学调查组内部, 我们也意识到了以媒体为工具的价值, 它不仅可以与公众建立联结, 也可以与一些犯罪者建立联结。连环杀手通常会对自己的行为引以为豪, 他们很看重报纸和电视对自己罪行的报道。在芳心谋杀案和炸弹狂人案之类的案件中, 媒体的参与成了案件本身固有的一环。大多数连环杀手都很谨慎, 不愿意走出幕后, 不愿暴露自己的任何真实身份。与此同时, 如果想不受干扰, 继续犯罪, 他们需要知道警方的调查进展。而密切注意媒体的报道, 正是一种判断警方进展的办法。

如果我们懂得如何利用媒体, 就能够在追踪杀手时将其作为宝贵的武器。

* * *

在行为科学调查组, 我们每天都要开会, 最重要的会议被称作"晨间汇报"。这时我们一般会以小组为单位, 讨论当时正在进行的侧写工作, 检阅调查局分部或各种专案组交来的新案子。我总

[①] 胡佛控制联邦调查局公共形象的主要目的在于为联邦调查局赢得好感和信任, 用声誉促使联邦调查局避免出现不为人知且不必要的失职。

是尽可能参加。其实到了20世纪80年代中后期，我的重心越来越多地转向了出庭做证和其他专项的工作，但我要么会亲自参加，要么会看道格拉斯或雷斯勒发来的简报。毕竟，侧写对我来说仍是非常重要的。每当出现罕见或者极难案件，我都想分析它们的特别之处，并协助找出破解之道。1987年的冬天，当时的我正处在这样的境况中。

这天早上开会时，迪皮尤组长先说了一段他千篇一律的开场白，大意就是说行为科学调查组很重要，说我们在这样短的时间内取得如此成就很不容易；说我们的职责是要帮助调查人员更好地完成工作；此外，还强调了随时保持警觉的重要性；等等。但他接下来说的话引起了我的注意，迪皮尤提到了联邦调查局最近发现的一个新趋势，即越来越多的犯罪者开始试图将他们的作案进展通知媒体和警局。他们这样做是为了获得关注和刺激感，是为了进一步玩味自己的暴力行为。他们的动机往往在他们的来信中显露无遗，他们还会对自己看到的新闻报道表示嘲讽、愤怒或是进行自白，表达威胁之意。无论原因是什么，警方以前从未遇到过这样的情况。他们不知道该如何应对。

"现在这是我们的任务，"迪皮尤宣布说，"局长想要一份关于这种行为的意义的全面报告：分析这一行为，并给出最佳的应对方式。有些案子很高调，比如BTK杀手，他又杀了两名受害者，所以得赶紧取得突破。谁有初步的想法？"

房间里安静了一会儿。有人拿铅笔头上的橡皮缓缓敲着桌面。最后雷斯勒说话了。

"你们有人记得1945年的弗朗西斯·布朗杀人案吗？"雷斯勒问。

有几位探员点点头。

"当时我只有10岁。但我记得报纸上有很多对这件案子的报道。有一篇说,凶手用受害者的鲜红色口红在她的镜子上留言:'看在老天的分上,快抓住我,别让我再杀人了。我控制不了自己。'"雷斯勒回忆道,"反正,我总是忘不了这个案子。这个案子让我开始对连环杀手感兴趣。从那之后,我和家附近的3个哥们儿组了个侦探社。后来的好几个星期,我们都在上课的时候传小纸条,讨论应该如何抓到报纸上的这名罪犯。"

道格拉斯笑着对雷斯勒说:"太好了,鲍勃。我们让警察把街上的小孩叫来破案。他们会马上解决这事。大功告成。"

听到这话,连雷斯勒也笑了。"你还没听我说完,"他争辩说,"我要说的是,如果这些家伙给媒体传纸条,那我们应该通过媒体把纸条传给他们。"

* * *

按照行为科学调查组的工作作风,我们立即展开了这项工作。第一步是查阅过去的卷宗,找出有同样做法的犯罪者先例。我们找到的大部分都是直接寄给警局的威胁信。但黑兹尔伍德找到了哈维·格拉特曼案中的一些线索——当初也正是这个案子让他对连环犯罪产生了兴趣。黑兹尔伍德指出,在格拉特曼——也被人称为"芳心杀手"——的案子中,格拉特曼联系媒体不是为了传达威胁,而是利用报纸与潜在的受害者直接交流,他在报纸上登载广告寻找模特,然后他性侵她们并将其杀害。

"重要的不是广告,"黑兹尔伍德进一步补充,"广告内容只是基本情况。我们应该关注广告透露了发送者的哪些问题。这才应该是我们解决的重点。"

道格拉斯采纳了黑兹尔伍德的思路。行为科学调查组之前研究过心理语言学,这是一门研究语言的心理学层面的学科。道格拉斯发现可以将心理语言学应用于这种新类型的媒体案件中。分析犯罪者发出的信息,其实与侧写工作差不多,通过分解犯罪者与他人通信的方式、时间和原因中的关键因素,我们可以深入理解犯罪者的思维方式。道格拉斯在阐述时,引用了著名的林德伯格婴儿案,在被绑架的婴儿的房间窗台上,人们发现了一张留言条。上面写着:

亲爱的先生:

准备好5万美元2.5万用20美元钞票1.5万用10美元的钞票1万用5美元的钞票。[①] 2~4天后我们会通知你去哪里交钱。我们警告你,不要公开此是[②]或告诉警察。孩子被照顾得很好[③]。信中提到的指示很重要。

道格拉斯用这个案子诠释了语言分析的重要性。他分析认为,拼写、句法、用词以及生硬的措辞表明,写下这张留言的人出生于德国,而且很可能保留了浓重的德国口音。在留言条中,写作者表达"照顾得很好"时用的是德语词"gut"。而在之后的一系列留言中,写作者用的词,从发音上来看,都是母语为德语的人才会用

---

① 原文第一句中间没有标点,因此在中文译文中保留了这一特点。——编者注
② 原句中此处出现了拼写错误,将"anything"写成了"anyding"。——编者注
③ 原句中犯罪者将英语的"good",写成了德语的"gut"。——编者注

的，比如"钱"（"money"误写成"mony"）和"应该"（"should"误写成"shuld"）等。懂得发现线索的调查人员一眼就能看出来。

"他们追踪了赎金上的序列号，抓到了人，"道格拉斯说，"但如果用语言分析的话，破案本来会更方便。我们只需要开发一套分析技术就行。"

* * *

我记得那时我在帮道格拉斯解决一门后来被叫作"心理语言分析"的新技术，我们俩坐在他的办公室里，正要取得突破的时候，有一通电话打了进来。电话跟芝加哥的一个案子有关。警方收到了一封无法追踪的信件，信中扬言要用炸弹炸掉一座银行。

道格拉斯叫来几个探员，跟我们讲解了来电内容："这是家正在裁员的银行，他们是用信件裁员的，不是亲自面谈。有趣的是，警方收到的信里没有提到任何员工的名字，只是在威胁银行。那么，应该如何分析这个案子的受害者？"

"必须分析银行。"我说。

"为什么？"道格拉斯问。

"因为这才是这起袭击的重点。"我解释道。

探员们显得很困惑，于是我补充道："不要纠结于分析对象是一个人，还是一家银行。这不是重点。重点是受害者与犯罪者的联结方式。不明嫌疑人认为银行才是问题所在。"

"好吧。那为什么要给警方寄信呢？"道格拉斯不解地问道。

黑兹尔伍德插嘴说："在我看来，这就像装装样子吓唬人。我们要研究的是个失业的家伙，没人听他发牢骚。他想让自己感觉很厉害。"

"注意别给调查人员掉以轻心的理由，"我继续说，"现在看起来像是在吓唬人，但他惦记这事的时间越长，这事在他脑子里就越像真的。说不定就会有什么事情会触发他快速行动。"

道格拉斯点点头，旋即解散了大家。之后，他联系了芝加哥警方，建议他们寻找一位最近被解雇的长期员工，很可能是一位白人男性，对银行不满，曾对同事抱怨过这件事儿。他们要找的不是个狠角色——只消逼问几句，这人就能招供。不需要很复杂。

没过几天，道格拉斯接到芝加哥警局打来的电话，说他们已经确认了写信的人，中年白人男性，是最近被解雇的员工之一。他曾投诉过银行，说银行管理混乱。

就这样，心理语言分析成了侧写中的一门实用工具。

这很合理。原因在于，虽然心理语言学初看似乎过于技术性，但它完全基于人类行为。这种创新研究是行为科学调查组里最让我着迷的部分。当调查领域的其他人逐渐卷入技术的"军备竞赛"时，譬如我们在美国中央情报局的同行，他们越来越多地依赖电脑、数据库以及基于冷战时期高级监控系统建立的全新范式，我们却依旧关注人的部分。毕竟，是人在犯罪并威胁到了他人的安全。我们绝不会无视这一事实。

当然，我们并不是绝对地反对技术。对于有利于调查组整体进步的技术，我们也能看出其中价值。例如，有一次，我们7个人分两辆车，赶去巴尔的摩开会，要为一个案件做侧写。本来是要在假日酒店集合的，但城里有好几个假日酒店，我们没有协调好具体的碰头地点。天色渐暗，到了傍晚，两辆车上的人都用公用电话联系到联邦调查局学院，最终才商量好在巴尔的摩的一座桥下会合，在那里把情况搞清楚。之后，尼克·格罗斯——那位在惩教所工作并在联邦调查局学院教过强奸犯分析课程的心理学家——转身对我说："这些人都是联邦调查局探员。如果互相联系不上，那他们如何破案呢？"

自那之后，行为科学调查组很快用上了寻呼机。

* * *

之后几个月，从秋高气爽到冬意渐浓，我翻阅了行为科学调查组6个文件柜的记录，列出一份清单，囊括了那些通过使用侦察心理语言学分析留言条或其他通信内容，并由此获得进展的案件。材料不太多，但这并不令人意外，大多数连环杀手会有意识地避开任何会让他们落入法网的互动。当然，我们的记录中有经典案件里的留言条和信件，包括开膛手杰克（"我会一直开膛，直到我被抓住。上一次我干得真漂亮。那位女士都来不及尖叫"），大卫·伯考维兹（"我从纽约市的阴沟里发来问候，这里全是狗屎、呕吐物、变味的酒、尿和血"），还有一位来自堪萨斯州威奇托的高调且至今未被抓到的凶手（"我不知道魔鬼什么时候会钻进我的脑袋。不过，它现在还在这儿"）。可即便如此，在那些响当当的名字之外，我总是会想起俄亥俄州的一桩小镇勒索案。我之所以特别留意它，是因为不明嫌疑人的留言非常复杂。少女失踪的当天，她的父母就接到了一通电话，电话那头上来就说："你们的女儿在我们手上。我们想要8万美元，否则你们再也见不到她了。"警方追踪电话，来到小镇郊外的一座小房子，但只发现了失踪女孩的几件衣物和一张地图。

调查人员根据地图指示来到第二处地点,桑达斯基河畔的一片草地,并在那里发现了第二张地图,地图上全是难以辨认的笔迹。此外,调查人员还在那里找到了失踪女孩剩下的衣服。经过进一步检查,他们推测现场曾经有一辆车,旁边还有人体——很可能是尸体——被拖行的痕迹,一直延伸到河边,好像是有人被扔进了水里。但在之后的日子里,女孩的父母继续接到电话,说如果他们想再次见到女儿,就一定要保证交出赎金。

我对那两张地图很好奇,于是跑到道格拉斯的办公室,看看他是否还记得这个案子。

"记得,我知道这个案子,"他说,"要 8 万美元在我看来太少了。起初我以为不明嫌疑人不是很聪明,但他写的那些勒索留言条都是精心设计过的。"

"你的意思是?"我问。

"呃,首先,他的字是用镂空模板写的。内容则是要引导调查方向,让大家白忙活,比如'去这个位置的电话亭,找贴在电话底部的留言'。他想转移调查人员的注意力,其实他已经杀了人。但因为他总是做这种事,最后还是出了纰漏。我们监视了当地所有的电话亭,拍到了他在电话下面贴纸条的照片。"

"我明白了,"我说,"就是说,他在帮助警方,留下一条线索,像《格林童话》里的汉塞尔与格蕾特留下面包渣一样。让我猜一下:他本来不想杀死那女孩。是强奸,但出了岔子。有什么东西刺激了他。于是,他串联起脑中的一切想法,策划了一场勒索,为的是掩盖谋杀。他想让自己置身事外,但由于他的反社会型人格,他陷入了风险中,无法脱身。这样可以概括他的招数吗?"

"说对了,"道格拉斯点点头,"但你为什么会突然对这个感兴趣？"

"我在查类似的旧案子，想看看心理语言学是否有用。我觉得这对于组里新进来的侧写师来说会是个很好的资源。不过，我想这件案子可能不是一个很合适的例子。"

"不一定。在电话亭被抓到之前，他随时都可以停手。他把事情弄得太复杂了。伯考维兹或黄道十二宫杀手也是这样，他们的兴致都很高昂。他们很亢奋。邦迪、威廉姆斯，全都是如此。他们沉迷于犯罪的冒险中。这符合他们的冒险人格。"

"等一下，"我打断他的话，"这就是结论。那些想与我们互动的人，那些嘲弄警方或报纸或其他人的人，其实是想要引起关注。如果他们想要的是快感，那么我们就成全他们。我们要配合他们的自负，捡起他们丢下的面包渣，并对他们说他们真聪明。我们越与他们互动，他们就越想让我们刮目相看。这基本上就是追求认可的行为指南，而他们所极度渴求的关注则是我们用来引他们上钩的诱饵。"

第 14 章

绑住她们，虐待她们，杀死她们

1987 年，联邦调查局要求行为科学调查组查明连环杀手寻求媒体关注的原因，这显然是为了找到那个自称"BTK 杀手"［意思是绑住（bind）她们，虐待（torture）她们，杀死（kill）她们］的不明嫌疑人。近期，他再度活跃了起来。在 1974 年 1 月到 1977 年 12 月之间，BTK 杀手杀死了 7 位受害者，之后近 10 年中音信全无。到了 1985 年春天，他又杀死了 2 名受害者。这一回，他又像之前一样向堪萨斯州威奇托的媒体和警方寄信。这里透着古怪。对于一个连环杀手来说，没有被抓到却突然销声匿迹，已经够奇怪的了。当然其中也有很多案子是因为不明嫌疑人由于不相干的案子进了监狱，后来才供认自己杀过人。但像 BTK 杀手这样的人，显然将对自己的认可和关注作为犯罪的基本元素，这么长时间不行动，很不符合我们之前的经验。

"这种人不会一连好几年都罢手不干的。"雷斯勒说。

令情况变得更复杂的是，多年来行为科学调查组曾多次接手这个案子，但都没有进展。凶手完全掌握着控制权。有时候他会用精心的措辞或拼贴信嘲弄调查进展——这一行为透露出他痴迷于幻想；有时候他又会请求警方逮捕自己。他给《威奇托老鹰报》(*Wichita Eagle*)寄过一封信，生动地讲述了自己大白天闯进一户人家并杀死了4个家庭成员的过程。之后，他又寄来冗长的道歉信，信中充满语法和拼写错误："我很抱歉对社会做了这种事……我就是无法制止自己，魔鬼一直在驱使我，它伤害了我也伤害了社会。或许你们可以制止它。我制止不了它。祝你们调查顺利。"

可以说，BTK杀手一直没有离开过行为科学调查组的视线。他很神秘，行踪飘忽，让人捉摸不透，整个中西部地区弥漫着对他的恐惧，找到他也因此成为我们最关切的任务之一。我们永远拿不准他什么时候会再次出现，但我们确定他一定会再露面。虽然行为科学调查组费尽心机，但他还是两次逃脱了我们的侦察：一次是在1979年，一次是在1984年——那一次，我们试图把他引诱出来。现在，联邦调查局局长威廉·韦伯斯特亲自给我们下达了指令，我们的团队又得到一次机会，这次要从过去的错误中吸取经验。我们终将走上正轨，将这个危险的罪犯绳之以法。

* * *

我们起初参与此案，是因为威奇托警局的一位凶杀案侦探向我们咨询了几个问题。他所在的部门此前从未遇到过像BTK杀手案这样的重大案件，他们也没有找到任何嫌疑人。他们手上只有犯罪现场的照片和两封扬言会继续作案的信。这位侦探说，他听说过我们的连环杀手研究和我们在这类案件上取得的成就，想知道我们是否能上帮忙。我们的团队很有兴趣，一周后，威奇托警局的一位警官飞到匡蒂科,帮我们加速进展。

单从新闻报道上看,我就已经知道,我们要对付的杀手非常渴求认可,他认为自己怀才不遇,受到了冷落,因而非常专断;他愤愤不平,以至于将犯罪作为一种机会,去获取自认为应得的注意力。但这只是表面现象。BTK杀手要比简略的新闻描述复杂得多。我们审查了他的来信和大量的犯罪现场照片,照片中,受害者被布置成被遗弃的玩具娃娃。我对他的初步印象是:他是一个极为聪明和痴迷的杀手;他试图获得认可,杀人只是他寻求别人接纳自己的一种方式,是他踏出社会樊笼、表达真我的一个工具。这仅仅是开端。显然,BTK还会再次杀人,除非我们能走进他的内心,先一步想出对策。

然而有个难题。BTK仍在社会上活跃,我和道格拉斯、雷斯勒必须非常当心,不能让他影响到我们正在进行的连环杀手研究。在这项研究中,我们设置了参考范围,只使用那些已经被判刑和上诉过的已知犯罪者的例子,保持研究结果的完整性是非常重要的。不过,BTK的案子仍然非常吸引我。雷斯勒、黑兹尔伍德和道格拉斯也对它非常感兴趣,他们总会兴致盎然地谈论此案,说它与联邦调查局收到的常见案件相比是多么离奇。他们尤其好奇的是,在这桩案件中,不明嫌疑人同时与媒体和警方保持通信。大多数连环杀手总会尽可能避免暴露身份,BTK却表现出对公众关注的强烈渴望,其行为几乎可以说是不计后果,甚至他的文字也显得真实而毫无矫饰。这一切都表明他属于一个新的类型,无论从心理上,还是犯罪调查方法上,他都需要被另眼看待。

这个案子各方面都很新异,BTK在塑造自己的形象时,甚至还吸纳了其他连环杀手的元素。我并非空穴来风,因为BTK痴迷于媒体对自己罪行的报道，而他的做法证明了他是一个格格不入、自负和自卑的人，所以他想和其他杀手进行比较，用别人的眼光衡量自己，用自己想要的方式控制舆论。在这一点上，他非常像"山姆之子"大卫·伯考维兹。伯考维兹在1976年夏天枪击毫无防备的受害者，并在犯罪现场留下字条，其行为威胁到了整个纽约的市民。这两个杀手都称自己杀人的一面是"魔鬼"，两人也都在媒体上给自己设计了别称，并向警方发出挑战，留下随后的杀人线索。这为行为科学调查组在1979年做出初步分析提供了信息，成为我们向威奇托警方建议的策略中的重要部分。

我们主要的建议是："让他说话，不要表现出敌意。"我们在报告中解释说，这个杀手觉得自己在关于所犯罪行上，有权受到某种公众层面上的承认。他因为不断夸大自我而获得快感，所以他渴望与人建立联结。这就是我们的突破口。我们建议利用媒体，先发制人，让警方与当地报社合作，引诱杀手暴露自己。他们可以创造一条公开的通信渠道，让杀手和警方持续对话。他会在自己的骄傲中暴露自己的身份。

行为科学调查组最初在此案中做的就是这些。我们继续关注着，尤其是在BTK和当地警方交流的初期。但我们没有再收到进一步求助的请求，而我们当时也忙于连环杀手研究的其他案件，也就没有主动对这个案子做出提议。与其他公众一样，在接下来的几年间，我们旁观了案件中一封封的来信，一个接一个的受害者。

* * *

首次求助后，事隔5年，威奇托警方再次向行为科学调查组请求援助。他们当时正在筹备建立一个后来被称为"捉鬼敢死队"的 BTK 专案组，希望局外的观点能够帮助他们解释案件中的行为元素。目前，他们收集了大量新的案件记录，包括警方报告、证人证词、罪犯素描、大量的犯罪现场照片、尸检报告和杀手寄来的十几封新信件，其中包括拼贴信。但警方却不确定该如何梳理这些材料，需要有人帮助他们做一份统一的侧写。1984 年 10 月，两位专案组的侦探来到匡蒂科，准备做一整天的汇报，详细交代自从上次我们碰头后所发生的一切。

道格拉斯是这个案件的主办探员。他将专案组的侦探带到地下会议室，将他们介绍给小组成员。等大家都落座后，道格拉斯开始发言："在你们开始前，我有一个问题。为什么现在要去追捕 BTK？可能大家都觉得，他已经好几年没活跃了。你们的简报也提到，他很久之前就没再跟威奇托警方通信了。那么，为什么是现在呢？"

"问得好，"两位侦探中个头较高的赞同道，"事实是，威奇托警方的老局长要退休了，他老是忘不掉这个案子，想在走之前把这个阴魂不散的'鬼'捉出来。"

"所以，现在是要引蛇出洞。"道格拉斯说。

"是的，长官。"

"好。我只是想确认我们有没有搞清楚你们的要求。你们要挑衅一个连环杀手。如果出了岔子，你们和威奇托警局的局长要负责。"

那个星期的后来几天，在浏览了专案组的新数据并将其与我们之前研究的案件比较后，我们开始修改对 BTK 的侧写，但进展很慢。老实说，这种类型的犯罪者史无前例，没有可以调取的相似案

第 14 章 绑住她们，虐待她们，杀死她们　　231

件。虽然BTK的犯罪模式符合已知的一些杀手,他的罪行在心理层面也可以被分类和理解,但他犯罪的整体范畴是不同的。他的犯罪更为复杂和混乱。他对受害者的尸体表现出的残忍,所用的仪式性捆绑元素,充满性暗示的特征和每次作案中的策划程度,都表现出一种极高的暴力水平。他的精神病诊断分数也打破了纪录。BTK表现出7种性欲倒错障碍①和多种人格障碍。一般的连环杀手有2~3种障碍,其中自恋和精神变态是最为常见的两种。在BTK的案子里,我们应对的是一种层次纷乱的犯罪心理,之前我们从未遇到过这种情况。

"他的问题一口气说不完,"黑兹尔伍德说,"这家伙的自我意识非常强烈,对别人缺乏同情心,没有愧疚、自责或恐惧的心理。只要是你叫得出的毛病,他都有。"

另一个挑战是搞清楚BTK作案间隔的时间为何这么长,这对于连环杀手来说非常罕见。犯罪者的犯罪频率往往会越来越高,因为他们在幻想中越陷越深,渴求完美地在现实中表现出在他们脑中上演的愤怒。我们知道BTK会从受害者那里拿走个人物品,我在想这一行为是否也导致了他的活动长期陷入沉寂。在某种程度上,连环杀手习惯将这些"纪念物"当作在脑中重温杀人过程的道具。但那些更多只能算是临时替代品,暂时弥补逐渐消失的快感。

BTK长期不活跃还有一种可能。从法医照片中,我们知道BTK花了很多时间精心地将受害者摆出展露性器官的姿势,相应

---

① 性欲倒错障碍是反复发作、极为顽固的性幻想或行为,涉及非典型的物件、情境以及/或者对象,如儿童、尸体、动物或非自愿的成人。罪犯的重要特点是,他们关注于悲伤、痛苦或羞辱以及自己伤害他人的潜力。

地也承受了很多风险。这表明他会给尸体拍照。这种解释也符合他利用纪念物延长幻想、回味暴力过程的猜想。照片会让他更容易重温犯罪。这样解释很合理。BTK显然熟知其他连环杀手并习惯模仿他们，拍照也符合这一点。这是对哈维·格拉特曼和他在犯罪中使用摄影的致敬——格拉特曼会捆绑受害者、强奸她们并对着她们惊恐的脸拍照，并且在很久之后用这些照片品味这种体验。

会议结束时，小组已经归纳了3页对BTK的侧写。我们还对如何在不触怒他的情况下引起他的注意给出了建议。我们建议与凶犯的自我建立交流，将他看作是与我们同等的人，并与他建立相互信任与尊重的关系。这条策略在20世纪80年代初期一桩发生在加利福尼亚的案件中奏效过。当时道格拉斯使用了一个被称为"超级警察"的策略，在新闻发布会上与凶犯直接建立对话。他强调说，务必不要提及凶犯的精神问题，建议"超级警察"要特意与杀手保持同一阵营，而不要代表媒体或精神病专家。如果BTK想要觉得自己很重要，那么调查人员应该让他认为自己受到了重视。他最终会深陷这种关注，无法自拔，从而出卖自己。

侧写将BTK归类为拥有丰富幻想的性虐狂。我们将手边的所有证据（其实在当时并不太多）拆解成几个部分。由于尸体在犯罪现场被精心摆放成玩具娃娃的样子，我们推测BTK行凶的原因是他要在真实世界里实现他的杀人幻想。杀人使他人生中第一次感受到自己处于重要的和支配的地位。这一切指向的是一种长期的对暴力的痴迷，这种痴迷很可能始于幼年时期的幻想。根据他的行动和他活跃的区域，我们认为嫌疑人显然成长于一个非常严格的信仰宗教的环境。他的母亲很可能极为专横，在实施家规时会使用严厉的惩罚，他的父亲，就像很多不明嫌疑人的父亲一样，很可能在嫌疑人很小的时候就离开了家。

不明嫌疑人残忍糟蹋受害者尸体的方式对于侧写尤为重要。"这表明他研究过这些犯罪类型，而且他没有因为其中的暴力而感到困扰，"黑兹尔伍德说，"几乎从有记忆起，他就已经有了暴力的想法。他很可能小时候折磨过动物，后来成了一名户外工作者，对心理学和犯罪学产生了兴趣，因为他可以从中了解自己和那些与他类似的人。他摆放受害者尸体的方式，应该是他以前看到过的。我打赌附近成人书店的老板肯定认识他。他总会被幻想吸引。"

对受害者的分析也很重要。不明嫌疑人早期杀害的人里，男性、女性、年轻的、年老的，各种各样的人都有。他近期杀害的人主要是中年的单身女性。这说明不明嫌疑人正在衰老，而他的目标是他可以轻松控制的受害者，因为杀人是他实施绝对控制权的机会。他会在熟悉的街区搜罗受害者，这些街区是他不容易被侦察到的地方。他会选择熟悉的区域，监视他的目标，了解她们的日常作息，设计好方便逃脱的路线，防止计划出错。

他的信件写得很正式，文笔不太自然："我不知道魔鬼什么时候会钻进我的脑袋。不过，它现在还在这儿。一个人怎样才能治愈自己呢？如果你向别人求助，说，你已经杀了4个人，他们会笑你，或者被吓坏，然后报警。"我们就此推测，他有过参军的经历，并且/或者是个警察迷。他可能受到过非法闯入的起诉，他偷的东西倒没有多少，更多是为了满足犯罪的癖好或快感。

侧写也强调说，像BTK这样的不明嫌疑人，经常会同情调查人员，甚至会经常去警察聚会的地方偷听警官讨论案情（就像埃德蒙·肯珀以前常做的那样）。在这个案子中，尤其是由于不明嫌疑人性格傲慢大胆，我们认为他会在犯罪现场被发现后立刻故地重游，混入第一批爱八卦的邻居和路人当中。这样做会给他带来自我满足感和优越感。这对于调查人员也是有利的，因为不明嫌疑人无法不按自己的习惯行事。他会露出马脚。但在此之前，他很可能会再次杀人。

* * *

开完侧写会议后，我把道格拉斯拉到一边，想听听他的想法。BTK 喜欢模仿其他连环杀手，或者加入某些元素，我想知道他怎么看这件事。BTK 模仿的对象明显是那些最为臭名昭著的连环杀手，并对其做法进行改造，以适合自己实施犯罪。这一点确实符合我们分析的类型，说明他想要获得同等程度的名声。但如果 BTK 正在学习相关犯罪经验，那么他一定知道那些杀手是如何落网的。我们在构建这个案子的应对策略时，要随时记住这一点。我们得尤其谨记山姆之子案，BTK 显然对大卫·伯考维兹非常熟悉。

"你对他在通信中使用的象征符号怎么看？"我问道格拉斯，"这很像'山姆之子'干的事。不过 BTK 用的象征不是很邪恶，而是很色情。"

"这个家伙过于沉浸在自己的世界里，他觉得这是他的艺术的一部分，"道格拉斯沉思道，"他觉得这会提升他的地位。为什么？你觉得还有其他解释吗？"

"我说不准。我觉得他有点追求效果。但把自己姓名的首字母缩写变成一个女性身体上的性感绘画，这已经很明确了。从某种程度上说，有点不顾一切。好像他强迫性地需要不断发展和维持自己的神话。"

"我和雷斯勒审问伯考维兹时，问了他BTK的事，"道格拉斯说，"我们故意用这个话题引他开口。我们的方法是：'堪萨斯州有个新杀手把你当成了偶像，他正在模仿你的一些做法。'"

"你告诉他那些象征符号了吗？"

"我们没有机会说。我们一提起BTK，接下来的5小时里，这个山姆之子说个不停，讲了他犯罪的所有细节。我们都没法让他闭嘴。其他人借用了他的方法，偷走了他的'名声'，这让他很生气。媒体对他的案子的错误报道也让他非常生气。"

"我记得这个，"我点点头，"叫他恶魔，他都可以接受，但叫他'厌女狂'，会让他感到'很受伤'。"

"是的。上帝可不许任何人伤害连环杀手的感情，"道格拉斯翻了个白眼，"但是，怎么解释那个象征符号呢？你怎么想的？"

"象征符号只代表他极度希望自己杀人的事能得到肯定——就像伯考维兹一样，"我说，"但方式得对。这些人想让媒体按照他们看待自己的方式看待和描述他们。对于BTK来说，那个象征符号是他试图制造的自我形象的一部分。他想为自己塑造在性和控制方面的'名声'。"

* * *

虽然还要几年的时间才能证明，但我们的推测是正确的，自负确实是BTK的致命弱点。2004年1月15日，这一天是BTK残忍杀害奥特罗一家的13周年纪念日，公众再次对这个案子表现出了兴趣。以此为引，1月17日，《威奇托老鹰报》刊登了一篇文章，猜测BTK要么已经死了，要么因为某个不相关的案件坐了牢。这引起了杀手的注意。尽管此时距离他最后一次杀人已经有 10 多年的时间，他也多年没跟警方通过信，但 BTK 很快写信给《威奇托老鹰报》，证明自己这两年仍逍遥法外。他自嘲般地在寄信人地址上自称为"Bill Thomas Killman"——BTK。在信封里，他附上了几张照片，照片中是一个毫无生命迹象、摆着性感姿势的女人，还有一份这个女人的驾照复印件。受害者名叫维姬·瓦格勒，于 1986 年遭到杀害，但当时这件案子没有与 BTK 联系起来。这封来信只是序曲。

当调查人员继续研究卷宗、准备侦破此案时，他们发现 BTK 的一切行为和坦白全都符合行为科学调查组 20 世纪 80 年代中期做的初步侧写。侧写甚至预测到他会同情调查人员，而 BTK 确实在一封信中自称为警察的同事。这时专案组再次向联邦调查局寻求帮助。他们想启用行为科学调查组之前设计的"超级警察"策略，引诱 BTK 出来。但他们也很担心会进一步激怒他。

行为科学调查组的策略很简单。如果 BTK 自认为是警察，那我们就成全他。方案是召开新闻发布会，指定一名警察每次直接与 BTK 交流。从某种意义上说，这位警察会成为 BTK 的投射，一个对此案全心投入的分身，在 BTK 的眼里代表了同事情谊和理解。"超级警察"策略会满足 BTK 对求证的长期需求，抚慰他的自我、他的自负和他在个人层面上被权威人士认可的需要。本质上，超级警察是一面镜子。在 BTK 脑内那个错综复杂的幻想世界中，他最终会在超级警察的身上看到自己，把超级警察看作他的朋友。

在接下来的 11 个月里，威奇托警局的凶案组侦探肯·兰德威尔（Ken Landwehr）担任起了这个角色。兰德威尔是一个干净利落、不说废话的侦探，常常加班，整日咖啡和香烟不离手。兰德威尔成了报告案件调查进展的代表，主持新闻发布会。他知道 BTK 一定在关注着这些，因此他在发布会上直接对 BTK 发言，抚慰杀手的自我。

一切正按我们的计划发展，BTK 参与进来，并很快在这种新的关注中沉迷。之后几个月，为了嘲讽调查人员，他一连寄了 10 封信，其中有各种字谜，还有一个令人不安的包裹，里面是一只被捆绑的玩具娃娃，他借此模仿了自己早期的杀人现场。

2005 年 1 月，BTK 在一个麦片盒子里给警方留下了一条打印出来的留言："我能否用软盘通信而不会被追踪到具体使用的电脑。诚实点。"留言继续解释说，如果答案是可以，那么兰德威尔应该在《威奇托老鹰报》上刊登一则内容为"雷克斯，没问题"的分类广告。

调查人员应要求登出了广告。之后他们等待着。过了漫长的两周后，他们收到了装有一张软盘的包裹。BTK 不知道的是，软盘中的元数据是可以追踪的，数据显示这张软盘曾在附近的一座路德会基督教堂被使用过，最后保存数据的用户名叫"丹尼斯"。通过教堂的网站，办案人员确定这正是教会主席丹尼斯·雷德（Dennis Rader）。警方找到了嫌疑人。现在他们需要收集证据。

显而易见，如果直接问雷德索要他的 DNA 样本，他肯定会拒绝。但雷德的女儿近期去诊所做化验，因此警方可以使用她的组织样本。24 小时之后，警方拿到了法医结果。凯莉·雷德（Kerri Rader）的 DNA 检测结果显示与 BTK 有亲缘关系。此后，警方很快拿到了逮捕令。2 月 25 日，午休时间，威奇托的合规专员丹尼斯·雷德在离家不远的路口等红灯时，被警方逮捕。

"超级警察"策略大获成功，当雷德得知兰德威尔与自己被捕有关时倍感震惊。他近乎心碎，认为兰德威尔背叛了他的信任。他甚至问兰德威尔："你怎么会对我撒谎呢？你怎么会对我撒谎呢？"

"因为我想要抓到你。"兰德威尔回答。

雷德在这一刻崩溃了。

之后，雷德做了长达 32 小时的认罪供述，按照时间的顺序，散乱但极为详尽地复述了他虐待和杀害了 10 个人的过程，受害者包括一位 9 岁的男孩和一位 11 岁的女孩。

他谈到他的童年："我那时常画素描。《米老鼠俱乐部》里的安妮特·弗奈斯洛是我最喜欢的幻想对象。我想象过很多事情，想象我要如何绑架她，性侵她。我也喜欢木乃伊，因为制作木乃伊要把人绑起来。"

他谈到自己杀人的各个阶段："开始，我会观察——这是搜查阶段。然后是跟踪阶段。你基本是要搜查、跟踪，然后锁定目标。你只要遵照这个模式就可以……然后是幻想。明白吗，你开始幻想自己要怎么做，或者在哪里做。不知怎么的你有了灵感，然后你拿上工具，定个日子，就试着做起来。"

他还谈到自己的杀人行动："勒死一个人挺难的。勒了一会儿，你的手都麻了，除非你[把手]练好一点。可能要花个两三分钟。你得用力，握住她们的脖子。如果你放松哪怕一秒，她们吸到一口气，马上就会恢复……又是踢又是扭的。"

在多日的供述过程中，雷德交代了数量惊人的细节。但他却没有表现出一丝悔恨。

"都是在表现他自己，"兰德威尔说，"向来如此，永远如此。"

第 14 章　绑住她们，虐待她们，杀死她们

第 15 章

败于自负

  1978 年,在 BTK 开始四处行凶后的一年,出现了另一个连环杀手,震惊了媒体。这个杀手与 BTK 惊人地相似。与此同时,他们两个都与其他大部分杀手截然不同。这是个有意思的异常现象。与 BTK 一样,这位新的不明嫌疑人在自己的犯罪手法中使用了晦涩神秘的象征符号和信息,这种沟通方式之后演化成了一种与美国各大媒体直接打交道的固定套路。同 BTK 一样,这位杀手擅于隐藏自己,对自己的犯罪行为有着一丝不苟的控制力,令调查人员难有线索追踪下去。但他并非一味地模仿,甚至,这两位杀手的行事方法差异分明:BTK 会直接接触并慢慢勒死受害者,从中感到变态的满足感;而这位新杀手却与受害者保持着距离,他用炸弹杀人。他的满足感来自自己对大众造成的悸动和恐慌。他想将世界重塑成理想的原貌,实现他脑中不断演绎的隐秘幻想。

  虽然人们日益担心他再次作案,但标准规定是,在收到明确的求助前,行为科学调查组不可以介入。因此,从 1978 年 5 月到 1980 年 6 月期间,我们只能看着全国各大报纸的头版上重复登载的炸弹新闻，像其他人一样干着急。

　　第一次袭击发生在 1978 年 5 月 25 日。有人在一处停车场发现了一个被遗弃的包裹，上面有回邮地址和名字，于是包裹被交还给美国西北大学的教授巴克利·克里斯特。虽然盒子上有自己的名字，但克里斯特坚持说自己从未见过这个盒子，更别说寄过这个包裹了。教授联系了大学里的安保人员特里·马克警官。警官打开了包裹，不小心引爆了里面的自制炸弹。爆炸导致警官的左手受了些小伤，除此之外没有其他影响。第二起袭击也发生在西北大学的校园内。相对幸运的是，这次爆炸也只是造成了小割伤和烧伤。这一次的受害人是一位毫无防范的研究生，约翰·哈里斯。

　　接下来的两起袭击在行事方法上有极大的不同。炸弹客不再针对个人，而是针对起航空公司。这表现出一种新层次的复杂性，说明不明嫌疑人的自信在增长。第一起是在 1979 年 11 月，美国航空公司的 444 航班上一枚炸弹被引爆，浓烟充斥着机舱，飞机被迫匆忙降落。第二年，美国航空公司的总裁珀西·伍德（Percy Wood）在家收到了一个包裹。这个包裹被设置成一旦打开就会爆炸。这次爆炸导致受害者的身体和面部有严重烧伤，最终他死里逃生。即使如此，从这次炸弹造成的身体创伤看，这是炸弹客最为成功的一次袭击。

　　这件案子最初属于美国邮政总局和美国烟酒枪炮及爆炸物管理局的司法范围，但针对飞机的袭击表明犯罪者的想法显然正在迅速演变，他正在学习如何自我表达，于是行为科学调查组参与了调查。当时法证人员协助分析了几起案件中的爆炸装置，从犯罪现场修复的电灯线、扣件和销轴开关碎片中发现了其中的一致性。这种设计是独一无二的。几乎每一个零件都是用木头精心雕刻，包括螺丝钉都是手工完成的，因此完全无法追查这些材料的来路。这些零件的构造十分独特，是连环炸弹客的杰作。

行为科学调查组负责分析这些袭击中的行为因素，要提交一份初步的侧写。然而，除了炸弹残片和被袭击的受害者，我们并没有多少可用的信息。我们把这件案子叫作"UNABOM"，意为"大学与航空爆炸案"。直到1982年7月2日，第七起爆炸案发生，我们才有了足够的信息正式对不明嫌疑人进行侧写。人们称他为大学与航空炸弹客。道格拉斯在职业生涯中第一次被任命为案子的主办侧写师。

"这个案子确实很难做侧写，"道格拉斯承认说，"我们有炸弹和受害者，但两者之间没有互动，没有典型的犯罪现场。我们没有多少能用的材料。"

"我们先从炸弹着手，"我提议道，"炸弹是他的工具，我们知道他制作炸弹，因此一定存在某种意义。关于这些炸弹，我们目前知道哪些具体信息？"

"我们知道它们是无法追踪的，"道格拉斯回答，"开始的两枚炸弹是用火柴头、电池和一些木制元素制作的简单土炸弹。第三枚炸弹，也就是美国航空飞机的货舱里的那个，有一个由高度计控制的引爆装置。这枚炸弹没有爆炸，但引爆装置的设计表明炸弹客的行事方法更为复杂了。"

"我对第六枚炸弹非常感兴趣，他寄去范德比尔特大学的那枚用无烟火药做的炸弹。你对这个怎么看？"雷斯勒看向纵火案专家戴夫·埃克夫（Dave Icove），插话说。埃克夫是作为这个案子的专家参与会议的。

"我认为他在改进自己的手法，"埃克夫说，"我们要对付的人智商显然高于平均水平。他用来制造爆炸物的混合化学物质和新出现的引爆装置，这些都不属于高中阶段的知识。大部分人要是像他一样，早把自己炸没了。"

"安，说说受害者分析。你在案子里看到了什么？"道格拉斯问。

"目前案子不是发生在大学就是发生在航空公司，"我说，"但却不是一直针对个人。由此我认为，炸弹传达的信息本身比实际的受害者更重要。我目前的想法是，我们要对付的是一个抱有意识形态的杀手。那么，他想要传达什么信息呢？或者他想要攻击什么思想呢？"

"我们必须对仪式性的元素有更多了解。"道格拉斯停下来想了想，他自己制作木制元件，而不是从五金店买便宜的元件。而且在最近的几起爆炸案中，他开始将炸弹放在自己精心制作的木制结构中。他的受害者也与木头有关，要么是名字，要么是地址。"

"我们需要回到爆炸案的原型，"雷斯勒说，"如果你研究乔治·梅特斯基案①，你会从中发现这类案件的鲜明特征，像名片那样一目了然。梅特斯基在炸弹上附置信件，并给报社写信，气愤地将自己的结核病责怪到爱迪生联合电气公司头上。这些信件帮助调查人员发现，投弹人是一个心存不满的员工。这才帮助警方抓获了嫌疑人。"

"但是这个家伙什么信也没写，"埃克夫反驳说，"他制作炸弹的方法表明他在想方设法隐藏自己。我是说，他居然融化了鹿蹄去

---

① 由于对前任雇主爱迪生联合电气公司怀有宿怨，这位被称为"炸弹狂人"的臭名昭著的纽约市连环杀手多年来处心积虑地投掷炸弹，威胁着市民的安全。

做黏合剂,这也太夸张了。他是不可能泄露他的真实身份的。"

"这我不敢说,"我说,"不明嫌疑人这么做是有原因的,他想要证明什么。从行为上说,唯一让他不同于其他犯罪者的是他的谨慎。他终究会做些什么来合理化自己的袭击,这是连环犯罪者的本性。只不过这个嫌疑人想要先确保自己得到足够多的关注。"

"在这一点上我同意安的看法,"道格拉斯赞同道,"这个家伙目标明确。我打赌他现在自我感觉良好。"

"没错,"雷斯勒点点头,"那么我们就利用这一点来对付他。我们用一切可能的手段为媒体提供照片、分析,以及其他能让这个家伙关注新闻的信息。我们根据他的自负设计剧本,让他卸下心防、沾沾自喜,到那时候我们就可以请君入瓮了。"

* * *

1985年5月,经过3年的沉默,大学与航空炸弹客爆发了一连串的新活动。那年12月,我们最担心的事情发生了,在加州萨克拉门托,休·斯克鲁顿(Hugh Scrutton)在自己经营的电脑商店外被杀害。这是这一系列投弹案中的第一起死亡事件,案件出现了令人极为不安的转折点。不明嫌疑人此时已经从我们所称的技术型炸弹客,变成了追求权力感的炸弹客。前者会从炸弹的设计、制造和成功引爆中得到满足感,而后者则执迷于通过毁灭和恐吓寻求自我满足。换句话说,炸弹客不再满足于制作有功能的武器。现在他想要杀人。

斯克鲁顿的死亡满足了炸弹客的目的。这件事让全国人民惶惶不安,新闻界连续数周都在报道此事。这成了一场权力的游戏,炸弹客已经开始意识到自己掌握着控制权。于是，之前一直在案件中承担咨询工作的联邦调查局，终于在此时接手了调查工作。虽然投入了数百位探员和大量的资源，但调查始终毫无进展。炸弹客的计划十分完备，他掩饰犯罪的技术高超得令人生畏。

"看，"那年12月下旬，道格拉斯将我们召集在地下会议室中说道，"总部现在正在监督这个案子。他们没有问我们的想法，他们没有兴趣知道我们的想法，但他们会感兴趣的。他们总会在某个时候需要我们参与此案，如果他们提出要求，我们要做好准备。"

"我们能拿到什么信息？"雷斯勒问。

"目前，并不多，"道格拉斯说，"那边他们口风很紧。他们觉得这样可以在这场较量中占上风。"

"这样做有什么道理吗？"雷斯勒逐一看了一圈坐在桌边的我们，好像等着谁回答。

"没道理，"道格拉斯说，"他们做的事跟我们3年前的建议正好相反。他们需要尽量多地公开信息，助长这个家伙的自负心理，让公众协助破案。"

"我听说，他们是担心有人会模仿。"黑兹尔伍德说。

"那又怎样呢？这个理由能解释他们为什么拖拖拉拉，任这个家伙想炸什么就炸什么吗？"

"我要说的是，他们没按我们的建议行事，"黑兹尔伍德对道格拉斯说，"他们没有利用好联邦调查局在这个案件上得到的关注。他们还是会待在幕后，继续分析。"

道格拉斯和雷斯勒正要说话，被我抢了先："我觉得我们可能不会在这一轮看到更多的袭击。不明嫌疑人之前停过手，我认为这说明他性格多疑。现在他可能会想让事情冷却一点。"

"我还以为我们都认同呢，都觉得这个家伙喜欢得到关注，会做点事情解释那些袭击，然后承认是他干的。"雷斯勒说。

"我也是这样认为的。但这个案子对他来说情绪压力也很大，"我解释说，"他作案是因为他还在梳理自己的潜在意识形态。我们还不清楚这些爆炸案的原因。我们知道的是这些袭击突显了他的动机，也让他变得多疑。这就是他每次出击中间间隔这么长时间的原因，他需要时间去处理每次得到的不同类型的信息。"

"我同意安的解释，"道格拉斯说，"我也认为这能解释为什么我们没能很早抓到他。他在策划接下来的袭击，我们必须相应地调整侧写。"

"好，"黑兹尔伍德同意道，"那么，总部问起的话，我们要如何建议呢？"

"策略没有变，"道格拉斯回答说，"我们要说的跟上次告诉他们的一样：把所有细节，以及我们对此案掌握的相关信息释放出去。我们要逼这个家伙回应。我们要打破他的控制感，迫使他犯错。"

* * *

接下来的一星期，小组忙着处理多到异乎寻常的案子。有"选美女王杀人狂"在南部跟踪女性，"长景连环杀手"在华盛顿州猎杀青少年，还有杀人数量最多的"绿河杀手"在太平洋西北地区勒死了成年女性和未成年女性。我们都在加班，这时有人说："道格拉斯好像又不见了。"

我停下手边的活儿。这句话是随口一说，但我知道它实际的意思。行为科学调查组总是闹哄哄的：电话响个不停，复印机"唰唰"印着文件，传真机"哔哔哔"的高频声此起彼伏。道格拉斯有时需要躲开一会儿，平静心情，整理思绪。他从不对别人说自己的去向，但我总知道在哪里能找到他。于是，我搭学院的电梯去了顶楼的图书馆，直奔西北角。道格拉斯坐在他平时常坐的桌边，躲在一摞书和装满官方资料的文件夹后面。

"楼下在打听你去哪儿了。"我对他说。

道格拉斯没有抬头。

"我只是需要休息一会儿，"他叹气说，"在下面会突然觉得有点不舒服，你懂吧？"

我点点头："难以相信我们竟然会同意调查这个案子。"

向来对玩笑反应迅速的道格拉斯并没有笑："我喜欢在这上面向下看的感觉。地面上的一切看起来都那么遥远而渺小，一切仿佛都不重要了。呃，不是说真的不重要，只是会让案子感觉没那么让人透不过气。"

"你在想的是哪个案子？"我问。

"炸弹案。他们本来早就能抓到他了。如果他们听了我们的建议……"

"你不能太往心里去。侧写发展得比大家期待的要好。侧写是有用的。问题是，我们刚证明侧写有用，它就变成联邦调查局负责管理的工具了。由他们来决定，什么时候用它，以及具体采用哪些建议。"

"我明白，"道格拉斯说，"我们做的不再是以前那种非正式的研究了。我想说，有时候我真希望我们还是老样子。过去办事容易多了。我们不需要对谁负责，只需要做自己认为是对的事。"

"这就是成功的代价。你最终会成为你想修复的系统的一部分。"

"天哪,这个想法太让人压抑了。"

"别担心太多,约翰。我肯定你会很快遇到新问题的。"

这句话把他逗乐了。道格拉斯笑起来:"我们最好回去看看大家进展得怎么样了。"

* * *

对于大学与航空炸弹客来说,他最终的失策是试图为了个人虚荣而利用了公众对他的犯罪的关注。事情发生在 1995 年 6 月——不到两个月前,他给加州林业协会的主席吉尔伯特·P. 穆里寄去一枚威力强大的炸弹,令其在萨克拉门托的办公室里身亡。炸弹客做出令人意外的举动,给《纽约时报》和《华盛顿邮报》寄了一封 3 500 字的声明,题为《工业社会及其未来》。自 1993 年以来,他一直小心翼翼地保持与媒体和一位潜在受害者的通信。但在发出声明后,他终于说出了自己作案的原因。他想要"毁灭全世界的工业系统"。在这份声明中,他试图对自己的目的和暴力行为进行辩解,详细解释了自己为什么认为科技是邪恶的。他认为自己是某种先知、救世主。他觉得自己有责任说服社会瓦解科技系统,回到农业社会。他还特别声称联邦调查局是个"笑话",这一点毫不意外地激怒了联邦调查局的上层领导。

炸弹客的信息对我没什么影响,但他的主动出击给了我们一个绝无仅有的机会。我一直在等他公开寻求关注。这正是之前的侧写预测的,我们会得到更多信息,攻破此案。炸弹客的信件和声明让联邦调查局的心理语言学家有机会去分析他的写作风格，了解写作者的教育、精神、背景、人口特征和动机。我们可以利用分析结果，呼吁公众的协助。然而这里仍旧存在一个棘手的问题。他在信中写道，只有他的声明被发表在全国性的报纸上，他才会停止杀人。联邦调查局有3个月的时间做决定。

这是个直接的挑战。说联邦调查局是个玩笑已经够糟了，而这样的最后通牒简直是在太岁头上动土。联邦调查局陷入被动，某些调查人员觉得，给暴力罪犯这样一个公共的发言平台，是在树立坏的榜样。但经过激烈的内部讨论后，我们终于达成了共识。1995年9月19日，炸弹客的声明被发表在《华盛顿邮报》的一份8页独立的增刊上。为了满足炸弹客的要求，《华盛顿邮报》和《纽约时报》发表了联合声明，说为了"公共安全原因"他们决定发表这篇文章，并补充说："我们会共担发表文章的代价。文章被发表在《华盛顿邮报》上，是因为它有能力在报纸中安排一个独立的版块。"

很快，数万人对这篇声明进行了反馈，指认了可能的嫌疑人。其中一封来信格外引人注意。来信者叫大卫·卡钦斯基，他在这份声明中，认出了自己哥哥写作时常用的一些词，他平时絮絮叨叨的一些意识形态问题也与声明中流露出的很相似[①]。联邦调查局问大卫是否方便提供一些他哥哥的手稿。后者很快寄来一份23页的文件。这份文件读起来，很像是报纸上发表的那份声明的初稿。语言

---

① 大卫花了3周时间，在当地图书馆重读了网上的那份声明，然后将其与哥哥多年来寄回家的愤怒的信件进行比较。一天早上，他终于做出了一个艰难的决定。他看着正在吃着麦片的妻子说："亲爱的，你知道吗，我觉得那份声明有50%的可能是泰德写的。"

学家确定，这两份文件的作者高度匹配。

3个月后，1996年4月3日，调查人员在蒙大拿州林肯镇一所自建的小屋里逮捕了泰德·卡钦斯基。这次搜查发现了一枚已经制作好的炸弹，以及数个炸弹零件，还有大约4万页的手写日记，其中记述了他历次的犯罪事实，以及他制作炸弹的过程。

行为科学调查组的一个主要目标是研发技术，帮助调查人员尽早确认和抓获暴力连环犯罪者，但这不总意味着我们能在几天或几周内抓到他们。有时候时间长达几年。BTK案和大学与航空爆炸案就是这种情况，调查人员花了数十年才将他们绳之以法。但在这两个案子中，我们最初的倾向和侧写如同公路交通图，指导着调查人员针对犯罪者的行为心理和自负的态度，一步步确认他们的身份。

当卡钦斯基被捕时，我已经从行为科学调查组的工作转向了连环暴力犯罪的审判环节。我与调查人员已经直接合作了几十年，帮助他们更好地理解各种犯罪类型，我想在法庭上做些类似的工作。不过，1996年的一个春天的晚上，我像其他人一样一动不动地坐在电视机前，看着新闻中闪过了几张卡钦斯基的照片。他比我们最初侧写时估计的要老，看起来非常憔悴。虽然当时可以运用的信息很少，但我们有好几点都判断对了：他成长于芝加哥地区，与世隔绝，像隐士一样住在蒙大拿州，最终屈服于自己内心对认可的需要。更重要的是，我们建议媒体主动出击的策略奏效了。在16枚炸弹、23人受伤、3人死亡后，调查人员终于听从了我们的建议——他们多年来一直不愿使用这个策略，因为害怕这个策略会暴露他们的意图，或者引起其他炸弹客模仿，而其实这些担心并没有发生。争取公众的帮助是此次破案的关键，这一做法为警方与媒体在未来的合作创建了先例。

然而，有一件事仍让我对这种媒体案例的类型和它们对连环杀手的整体描述有所担心：这些案例会让公众产生习惯的心理。公众开始认为它们是典型的美国故事。不知不觉中，对于艾德·盖恩和约翰·韦恩·盖西这样的连环杀手，公众的感觉从一开始的震惊，变成了憎恶，最终变成了痴迷。甚至有一度，警方画像师给大学与航空炸弹客的速写成了T恤衫上的图案。这种变化令人不安。原因在于，尽管这些连环杀手显然很恐怖，尽管他们残暴地对受害者，给他们带来了痛苦，但他们的形象不知何故被浪漫化了。他们成了新一类名人。一切妨碍这类叙事的细节，比如被剥夺的生命、精神健康问题，以及受害者本身，却被忽视了。这是我所不愿意接受的。

第 16 章

凝视深渊

想到连环杀手，你一定会感到不适，绝不会感到无动于衷，至少我不会，但脱敏倒是有可能的。我见过探员们这样，他们面对可怕的犯罪现场时面不改色，哪怕血迹像油漆一样染红了地板和墙脚。他们不会加班加点，更懂得打卡下班，转移注意力的好处。到了这个境界，他们不再刻意隔离工作中的恐怖元素，而是接纳它们。雷斯勒有时候像个哲学家，他会引用尼采的话解释说："要当心，与怪兽战斗时，别让自己也变成怪兽……因为当你凝视深渊时，深渊也在凝视你。"

1995 年，我深切地体会到了这句话的真谛。我已经花了太长时间深入地凝视连环杀手的心理，尽可能地全面理解他们。但与此同时，他们也在研究和分析我。有几个人知道我的孩子叫什么名字，有人读了我发表的所有作品，还有一个人甚至会给我寄圣诞卡，年年如此。我们之间的界限变淡了。是时候改变了。

于是，那年夏天，我离开了行为科学调查组，开始关注犯罪心理学的法律问题，作为大学教授继续做着教学和研究工作。其实，我的联邦调查局生涯从未正式结束，直到今天，我仍会接到咨询，对案件的侦破工作给出意见。我只是决定将自己的专业知识用于不同的方向。还是在20世纪80年代中期，有一次我在图书馆与道格拉斯闲聊，我们都觉得自己被困住了，困在了这个我们想修复的系统中，从此以后，我一直在考虑自己下一步该怎么走。我当时就已经意识到，自己需要改变。只是不确定变化会是什么，什么时候会出现。不过当变化来临时，仿佛是上天的启示。

那是1995年夏天的一个早上，我正按照往常的路线，穿过匡蒂科的大厅，无意间听到两位年轻的探员在谈论自己来到联邦调查局的经历。第一位探员的故事相当常见。他有军事背景，在国外服役4年后被联邦调查局录取。第二位探员进联邦调查局的经历引起了我的注意。我慢下脚步，更仔细地听着。他专门说到行为科学调查组和他读到的一些文章，那些文章写的是我们成功破解的案件。这时，他说的话让我完全停下来。

"不过，那个肯珀案。我不知道你有没有听说过这个人。他有时候也被叫作'女大学生杀手'。他做了些非常疯狂的事，许多年都没被抓住。他是我最喜欢的连环杀手。"

最后一句话在我的脑海中嗡嗡作响。这很奇怪，什么叫"最喜欢的连环杀手"？突然间我明白了这句话的含义：连环杀手正在因为自己的犯罪而声名大噪。随着大众对这些犯罪者越来越感兴趣，他们也变得越来越神秘。他们的故事变得家喻户晓，引人入胜，甚至很有娱乐性，可以让公众前所未有地窥视到人性最黑暗的角落。连环杀手们脱离了他们犯下的令人发指的杀戮，摇身一变，跻身于文化偶像行列。这令他们具备了万众瞩目的吸引力。人们渴望了解人性的黑暗究竟能有多可怕，如果脱离甚至完全无视社会标准，人类可能会黑暗到何种程度。公众能够理解这种对于同类的愤怒，甚至使用暴力的想法，只是他们自己尚未达到将这念头付诸实际的程度。他们在连环杀手身上看到了自己，摘掉面具、不受捆绑的自己，看到自己也完全有可能变成的样子。

那一刻，我意识到自己有责任与公众分享我的观点。我不能继续不问世事，埋头在那栋6层小楼的地下办公室里搞研究了。完善研究数据已经远远不够，现在我应该公开这些数据。就像20世纪70年代后期，我努力去消除公众对强奸的错误认知一样，现在是时候去消除人们对连环杀手的、日益增长的错误观念了。我有机会去纠正这些错误，不过这样的窗口期极为短暂，我必须想办法在这些犯罪的神话变得肆虐之前赶紧行动。

那时我已经发现，现实与虚构之间的界限在逐渐倾斜。像《沉默的羔羊》、《德州电锯杀人狂》和《天生杀人狂》这些热门电影，借鉴了现实世界中的连环杀手，虚构出一些符合娱乐审美的坏蛋。这些作品过度简化，利用犯罪心理令人不安的现实和怪异，简单地制造出正义打败邪恶的俗套故事。它们塑造的角色令观众很容易理解、消费和共情。这的确很有效。这类电影的成功让真实犯罪主题的影视剧数量猛增，监狱不断收到粉丝来信，公众吵着想知道监狱里那些罪犯更多的故事。连环杀手甚至有了"骨肉皮"[①]之类的粉丝，她们会通过求婚表达自己的爱慕。

令人惊讶的是，一切皆非无根之萍。这种对于连环杀手的病态好奇，是胡佛坚持的公共关系运作的必然结果。执法铁汉的英雄行为只能短时间吸引公众的想象，他们转而对反英雄人物感兴趣是迟

---

① 骨肉皮，英文为groupie，常指疯狂迷恋摇滚乐手的女性。——译者注

早的事。当然,这样的关注并非毫无后果。娱乐产业的聚光灯往往会掩盖现实,只关注连环杀手最吸引人的部分。就如同《沉默的羔羊》中的汉尼拔·莱克特一样,连环杀手往往被塑造得富有魅力,甚至讨人喜欢。他们被赋予了大量的同理心和魅力,这令他们更容易与其犯下的难以想象的恶行分割开来。连环杀手们被塑造成了有人性的人,但其实这只是一种实用的简化手法。我所了解到的是,尽管连环杀手确有情感,但这些情感缺乏深度。他们不在乎他人,也不想交朋友;他们没有同情心,想要的只是受害者。他们可以通过魅力、谄媚或是幽默,与他人建立联结,但这只是表演的一部分,是他们达到目的的手段。在一个以自我为中心支撑的体系中,他们自由驰骋、为所欲为,这才是他们的危险之处。

我并非不理解流行文化流露出的这种讽刺意味,甚至觉得有点可笑。我在行为科学调查组工作多年,努力分析连环杀手的心理,帮助调查人员更好地理解"他们是谁"。如今,媒体也在这么做,可最终的目的却是娱乐,而非追求真相,这种做法无疑会产生影响。娱乐不是简单地存在于真空之中,它会引起社会的反馈。公众正在对连环杀手产生同情,这会对受害者造成伤害。而我也早已知晓这样的迷思会对现实造成何种影响,就像多年前我在强奸案件中看到的一样,陪审员们为这些虚构信念所左右,最终影响审判的结果。历史在不断重演。但这一次,我有备而来。

由于在行为科学调查组多年的工作经验,我已经在专业领域获得了一定的名声,被认为是被害人心理学、创伤和连环杀手现象方面的顶尖专家。作为一名无人能够替代的专家,最近几年我也越来越多地为一些离奇案件出庭做证。我或许没有资源,无法对抗媒体对连环杀手的粉饰,但我仍然可以在最关键的地方——连环杀手的法庭审理上——做出自己的贡献。我可以越过种种错误认知,以及媒体对连环杀手所做的随意的过度简化,面对陪审团,说出不为大多数人所知的真相。而在这个过程中,我发现自己终于有机会用真相帮助受害者以及他们的家庭得到他们应得的正义。

* * *

1996年的夏天,我的机会来了。当时我和雷斯勒接到请求,问我们是否愿意为连环杀手亨利·路易斯·华莱士的庭审做专家证词。这个案子符合我所需要的一切。高调,引人关注,是全国媒体聚焦的新闻,而且案件本身也出奇地怪异。华莱士是我们遇到的第一位黑人连环杀手。他承认自己在1992年到1994年间强奸并杀死了9名女性,之后又主动交代了犯下的另外两件女性谋杀案。此外,案件的每一个女性受害者,生前都与华莱士相识。我们之前记录到的连环杀手大多是白人、男性,他们的施害对象大多是陌生人。无论是对行为科学调查组还是对媒体来说,华莱士都可能意味着一种全新的犯罪侧写。

但这里有一个问题。

找我们求助的不是检察官。

而是被告的辩护律师。

这个独特的案件对辩护律师而言,是一个挑战。他们想知道是什么促使了华莱士犯罪,他是如何策划作案的,以及他的精神健康如何,等等。换句话说,他们需要我们这样的专业人士在开庭前给华莱士做一份正式的心理评估。

这样的要求是我始料未及的。我以前总认为连环杀手的辩护律师团队是正义的敌人。但雷斯勒的看法不一样,那时,他刚刚从联邦调查局退休,对法律制度的实践很感兴趣。

"我们不是来这儿选边站的,安。反正,选边站队从来都不是我们的工作。我们的工作一直是接手复杂的案子,从中理清头绪。我们要找出真相。"

雷斯勒说得对。谴责连环杀手不是我们的目的,我们的目标更大。我们要揭开笼罩在连环杀手身上的谜团,向陪审团展现犯罪者的真实心理。重要的是揭露真相。就这么简单。

接下来的那个星期,1996年6月,我和雷斯勒去了位于北卡罗来纳州夏洛特的梅克伦堡监狱。华莱士被关在这里。现在情况跟我们以前为行为科学调查组做访谈时不太一样。以前雷斯勒是在职探员,他的警徽可以让我们进入全国的任何一所监狱,没人会质疑我们,或者找我们麻烦。退休让他失去了这份特权。跟其他人一样,我们需要走官僚主义化的流程。如果没有华莱士的两位律师伊莎贝尔·戴伊和詹姆斯·P.库尼三世签名的介绍信、允许访谈的法庭文件和政府颁发的驾驶证,我们甚至无法踏进监狱的大门。现在的程序完全不同了。

过了半个多小时,我们终于被领着通过了三个安检站和一系列金属探测器,按要求坐在了两扇锁住的门边,等待第二位狱警。又过了5分钟,门缓缓地被拉开,这名狱警示意我们进去,领着我们走过一条长长的过道,过道两边都是牢房,囚犯趴在栏杆后面看着我们。我直视前方。一个女性访客进入一座全部是男犯人的监狱,当时的场景并不像电影里拍的那样。没有怪叫声,没有充满性暗示的话语,也没有人拿盘子敲打牢房的栏杆。那种幼稚无聊的行为很容易被无视,让人畏惧的反而是这种安静的气氛。沉重的绝对沉默像是在注视着你。我做过大量研究，分辨得出那种沉默的内涵。我知道囚犯们在想什么。

狱警带我们来到一间小房间，里面有一张桌子，三把椅子和一个供员工使用的小厨房。他对我们说"当在自己家一样，别拘束"，然后离开去领华莱士过来。雷斯勒马上进入工作模式，设置好了录像机。

我们需要一间安静的房间酝酿理想的谈话情绪，这个空间看起来挺合适。我打量着四周，荧光灯被罩在铁笼里，墙面空无一物。一条毛巾挂在小厨房里。我不由惊讶地倒抽了口气。我们要访谈的这个人就是用一条毛巾勒死了大多数受害者。我跑过去，把毛巾塞进抽屉里。这时，门开了，身高6英尺4英寸、体重300磅的华莱士站在那里，挡住了门口的光线。他微微低下头，走了进来。他戴着手铐和脚镣，走路时不得不迈着笨拙的很小的步子，厚重的金属在混凝土地面上晃啷晃啷地响，拖出回声。站在他旁边的狱警，相形之下瘦小得像个孩子。

这是个宝贵的时机。

亨利·路易斯·华莱士有个公众更为熟知的名字，叫"夏洛特扼杀犯"，或是"塔可贝尔（Taco Bell）扼杀犯"，后者是因为他曾经在一家塔可贝尔快餐厅当过经理，而他的女朋友则在当地的一家伯强格斯（Bojangles）[①]餐厅工作。他所有的受害者几乎不是他的同事，就是他的朋友，或是他女朋友的同事。

雷斯勒伸出手做了自我介绍："我是鲍勃·雷斯勒，退休的联邦调查局探员。"

[①] 美国的一个著名连锁炸鸡店品牌。——编者注

"我是宾夕法尼亚大学的安·伯吉斯，"我接着说，也伸出手，虽然华莱士戴着手铐有点不便，但我还是别扭地与他握了手，"我们也加入了你的辩护团队，希望今天能跟你谈一谈。"

"我一直盼着见到你们。"华莱士说。他很客气，带着笑容直视着我们的眼睛。"我还没有——"走廊的扬声器里传来低沉的声音，模糊、带着静电声，在叫囚犯们集合开会。

"我们整天都听到那样的广播，"华莱士抱歉地说，"它从来没停过。"

雷斯勒邀请华莱士坐下来。这个高大的男人拖着脚步走到桌子较远的一端，坐在摄像机和我们对面的一把椅子上。为了获得他的准许，我从笔记本中抽出一张纸，问他是否同意我们为了庭审和教学的目的拍摄谈话过程，如果同意，他可以签字。

"我希望你们可以从我身上研究出点什么，"他说着，慢慢地在他面前的纸上签上自己的名字，"因为我自己也不知道为什么会做那些事。"

一时间大家都没说话。他的存在突然令整个房间显得幽闭压抑、令人不适。雷斯勒把手伸进公文包，拿出一沓《真探》(*True Detective*)杂志。

华莱士在椅子上坐直了身子。他歪着头，关注地看着雷斯勒把杂志放在了桌上。

"我们读过你所有的记录，"雷斯勒说着，拍了拍那沓杂志，故意让华莱士的目光落到最上面那本杂志的封面上，"我们知道你小时候就喜欢阅读你妈妈看的肥皂剧故事和犯罪类杂志。"

华莱士同意地点点头。雷斯勒抽出一本杂志，放在靠近桌子中间的位置。杂志封面上是一个女人的照片，她的衣服几乎全部被扯掉了。她的手被绑在头顶,嘴里还塞着布条,做出畏缩的姿势。一个男人正拿着一把猎刀,对着她丰腴的胸部。

"这是什么情况?"雷斯勒问。

华莱士低头看着封面:"他看起来像是很享受这样做。"

雷斯勒又抽出一本杂志,放在第一本杂志上面:"那这个呢?这张照片是什么意思?你对这个有什么幻想?"

"我看到了一个色情明星,一个女人对男人越来越有攻击性。他们两人在互换角色。"

这样的问答进行了近一个小时,他们讨论了15本不同的杂志。而华莱士在这期间显然越来越来劲,身体几乎是坐在椅子上跳跃着,而且指出了他最喜欢的照片。

雷斯勒拿起一本封面是捆绑主题的杂志:"这个符合你的幻想吗?"

华莱士没有丝毫犹豫。"这跟控制感有关。我更喜欢强迫的关系。我有过女朋友和'约会对象'"——后者是他对妓女的称呼——"但强迫感会给我想要的力量。"

而后,华莱士承认这些杂志让他回想起了自己的青少年时光。他清晰地记得自己将杂志铺在童年的卧室的地板上,欣赏着这些色情收藏,有时候会自慰,有时候只是站在那里,赤裸着身子,勃起着。这时,雷斯勒将杂志放回了公文包。华莱士的手收回到了桌子下面,他在座位上微微扭动,坦言说,这些照片实在太勾人了。

我在笔记本里匆匆写下我观察到的一点:捆绑是他的色情趣味。

当然,这些杂志只是初级的测试。其他暴力犯罪者也有同样的反应。比如,"BTK 杀手"丹尼斯·雷德对调查人员说,他们给他

第 16 章 凝视深渊　　261

看死去受害者的照片和他自己为她们画的画像时，他"当时就勃起了"。但此时此刻，重要的是在规范有序的环境中观察华莱士的反应，从而确立一个基准线。我们在试图了解，如果真的存在某种原因的话，究竟是什么让他与其他人不一样。配图侦探杂志对某些暴力性犯罪者的影响，以及两者之间的联系是很好理解的。不管怎样，到目前为止，华莱士只是个一般的连环杀手。我们需要更深入地了解他强奸和杀人的幻想：何时开始，如何发展，以及是什么促使他的幻想出现了施虐倾向。

接下来，我们让华莱士叙述了自己的成长过程和每一件谋杀案。他之前向夏洛特市的侦探和调查人员讲过这些事情，但当时这样做主要是为了填写警方的表格，而我们则对深层的细节更感兴趣。华莱士脱口而出的回答正是我们真正在寻找的答案，它们会展现他对自己的认知。不过，为了触及他的内心深处，我们需要他相信我们，给他看杂志就是在为沟通建立信任感。我们需要他觉得，他重新获得了控制权。

* * *

控制感是连环杀手所有行为中的核心元素，是他们高度模式化思考的表征。控制是他们的幻想，也是他们与受害者互动的体系框架。同时，控制感，也是他们与我们打交道时的准则。这也是为什么虽然我们在见他之前已经了解了他的很多背景资料，却仍会问起他的成长经历，看看他是否会美化这一经历，或者提供虚假的故事。如果他真的篡改了事实，我们也不会揭穿他。我们想让华莱士感到放松，让他畅所欲言。而更重要的是，我们可以了解他会如何处理我们已经知道的事实，这有助于我们更好地预测他会如何加工案件中不甚为我们所了解的细节。

我们也会在设计访谈时，有意识地考虑控制权的动态变化。在联邦调查局做访谈时我们就发现，最有效的方式是让一位探员针对某个特定的话题、时间或主题提出大部分的问题。这样的话，如果犯罪者不高兴了，另一个提问者可以接过话头，快速转移话题，扫除前面那些问题招来的负面情绪。

这次轮到我先发问。我知道，华莱士面对我时，疑虑和防备会少一些。不过他还是会试探我的反应，会从不同的角度打探我所代表的立场。不过如果面对的是我，探试的过程会更短暂。情况向来如此。在犯罪者眼里，我只是个女性，而女性从来都没有威胁。当然，这只是性犯罪杀手的想法。这是他们自负的一面，毫不令人意外，我早就清楚可以利用这一点。

我请华莱士先谈谈他的童年，他便用单调的口吻无所谓地概述了一下老套的故事。他说小时候家里没有自来水和电，家庭用水来自户外的水井。他们的浴室里有几个便壶，他的任务之一就是倒便壶。他还提到，小时候家里天天鸡犬不宁。他很爱他的曾祖母。曾祖母帮着养育了他，但跟他妈妈相处不来，两个人经常吵架。他妈妈在一家纺织厂缝袜子，轮班的时间很长。华莱士说他妈妈极其严格，脾气火暴。他不到 2 岁时，妈妈就开始打他，原因通常是他把身上弄脏了，或是在沮丧时哭泣——这些一般小孩都会有的行为。除此之外，她经常冲华莱士喊叫，说自己希望没生过他就好了。姐姐伊冯娜比华莱士大 3 岁，总会尽力保护他。有时候他妈妈下班回来很累，会叫他姐姐到外面的煤棚那里找根枝条来抽打华莱士，她自己则在一旁观看。这样的家庭教育在幼小的华莱士心中培养出了一种深深的恐惧。甚至在华莱士成年以后,长到 6 英尺 4 英寸的他已经远比他妈妈高时,这种恐惧仍挥之不去。

"从初中到高中我都很怕她——她想要杀死我。"

"她为什么要杀死你?"

"她打我打得很凶。她说过她要杀死我。有一次她拿了一把切肉刀要捅我。我躲开了,身后的墙被她捅下来一大块。我妈妈不会表达自己,不会表达爱意。实际上,她几乎没有表现过爱。所以,这些只是我的推测。"

"跟我说说你的姐姐。"我转换了话题。

"我一直很在乎伊冯娜,我在很多地方受她影响,我们一起住在一所没有浴室的小房子里。"在整个童年中,都是姐姐在照顾他,尽她全力指引他。说起伊冯娜,华莱士的声音明显变得温柔起来,完全不像在描述母亲时那样尖刻冷漠。

华莱士继续说:"我总是在想象父亲的样子,他是谁,是什么性格。有一次我看到了一张他的照片。当我向我妈妈问起他时,她说他是她高中的一位老师。有一次,他打来电话,说要来看我。我没去上学,留在家里想见他。我等了又等,看着一辆辆车经过,但他没有来。"

我问华莱士,他人生中有没有榜样,有没有他敬重的男性。

"我妈有个男朋友,我挺喜欢的,"华莱士说,"但我知道他不是我父亲,他不是我的榜样。他在外面已经结婚,只是跟我妈随便玩玩。"

华莱士对自己成长的描述并不令人意外。它符合连环杀手研究确立的常见模式:单亲母亲,暴力的童年,男性榜样缺失。对华莱士来说,至少他还算是幸运的,有可以依赖的姐姐和曾祖母。但这样的情感联结还是不够，从小学起，华莱士就有了性方面的幻想。那是从他目击了一场家附近的轮奸场面开始的。

"那是你的第一次性经历吗？"我问，"你还记得多少？"

"不是……"华莱士支吾起来。他前倾靠在桌上，面无表情地看着我。然后他说起自己是在"一小群孩子"周围长大的，说他们总会找事，"打架，开枪，或者捅人"。他记得自己八九岁时就有了第一次性行为，女孩是个青少年。

"我知道我惹麻烦了，"华莱士承认说，"我看见她妈妈打了她，她妈妈过来对我妈说，她看见了我和那个女生之间发生的事。我很怕自己也会被打一顿。但是我姐姐和我妈开始笑，还逗我，说我为什么不挑个漂亮点的女孩。她们的嘲笑是最让我生气的。"

不久后，华莱士目睹了一次轮奸："我们去看高中足球赛。丛林队的一个女孩被几个家伙拉出了比赛，我和朋友跟着他们。我们看到她被吊起来，他们强奸了她。她一直在说：'等一下，等一下。'"

"你经常想起这个场面吗？你自己犯罪时会想起这个吗？"

"噢，是的。我觉得那样干是最完美的。"他露出微笑。

我记下华莱士在描述丛林队女孩被侮辱和控制时使用的词语：完美。这份记忆显然令他很愉快。这个画面很可能被他用作了幻想的原材料。

"第二天，"他继续说，"我听说有两个邻居被指控犯了强奸罪，他们惹上官司。这让我更兴奋了。我开始想象自己把人绑起来，这个想法来自我看到的那些男孩做的事。"

我在前面的笔记上补充道：看到丛林队女孩遭到强奸，开启了华莱士的其他可能。他把暴力当作工具，要改造自己童年的创伤。

只是这一次,他坐在了"驾驶座"上。他沉迷于掌控的感觉。

在这部分谈话中,华莱士的自信明显高涨了。他没有体现出攻击性或者其他情绪,但流露出了类似骄傲的迹象,仿佛陷入回忆中,进入了一个熟悉而舒适的世界。他在以某种方式同我们分享非常私人的情绪。虽然只是一点点行为上的转变,但是对于拥有强烈视觉记忆、描述过去时谨慎又细致的华莱士来说,这种转变像是一种邀请,主动带领我们走进他的内心。

此时,华莱士已不需要我们鼓励,而是掌控了谈话。他在做自我报告。他知道我们研究过他的案子,并对他做的事真心感兴趣。于是他打开了话匣子。他说起1979年,他刚上高中时,同班同学都喜欢他,老师也觉得他很配合又有礼貌。妈妈不让他参加足球队,他便加入了啦啦队,成为队里唯一的男生。高大的他在全是女孩的啦啦队里鹤立鸡群,但没人怕他。他的同学都认为他乐观、热心、有想法。华莱士很以自己在学校结交的友情为荣,他感到自己被同龄人接受了;在家中,他经常觉得自己是个外人,一个怪胎,会因为个子高、皮肤黑、动作不如别人快而受到嘲笑。

1983年5月,华莱士从高中毕业,他本想试着像姐姐那样考大学,但他缺乏动力,总是想着女人,无法专心学习,两个学期里换了两所学校,最后都没能如愿。说起这些失败经历时,华莱士显得非常沮丧,于是我问他,那些年有没有什么让他觉得有成就感的事情。这个问题让他精神一振,他稍微想了一会儿。"我真的非常喜欢在地方电台WBAW做晚间音乐节目主持人。"华莱士因为声音深沉悦耳而被称为"午夜骑士",在节目中他刻意模仿传奇摇滚DJ沃夫曼·杰克。当时的黑人音乐尚未被媒体大肆推广,杰克做夜间广播节目时,因为在广播里播放的音乐品位不俗而出名。但好景不长。几个月后，华莱士偷电台 CD 时被抓了个正着，失去了这份工作。

大学没考上，电台的工作也泡汤了，华莱士决定改变方向，加入美国海军预备役。这是他人生中最平稳的一段时间。从 1984 年 12 月起，在长达 8 年的时间里，华莱士老老实实，给自己建立了成功的水兵形象，军衔升到了三级军士。这段时间华莱士娶了一直与他分分合合的女友玛丽埃塔·布拉汉姆（Marietta Brabham），成了玛丽埃塔女儿的继父。但他们的蜜月期不长，矛盾正在暗中滋生。华莱士极度渴望拥有一个自己的孩子，而玛丽埃塔甚至不愿意考虑一下。华莱士难掩失望之情，开始在强效可卡因和其他毒品中寻找解脱，这最终导致他被捕，并因二级入室盗窃罪被判入狱两年。玛丽埃塔离开了他，华莱士别无选择，只能搬回家同母亲和姐姐一起生活。她们现在住在北卡罗来纳州的夏洛特市附近。

"你有没有想过杀死玛丽埃塔？"我问。

华莱士低头看着桌子。"是的，想过，"他喃喃道，"我甚至去过她家，在外面站了很久。但我还是离开了，我做不到。"

"那是因为你知道你必须回去清理现场吗？"雷斯勒问。

"我非常担心血迹和指纹。"华莱士轻轻说。但他语气中的懊悔很快消失了。

华莱士快速转换了话题，说起搬回夏洛特市后，他有机会可以重新开始，并且交了新的女友。当他终于让一位女朋友怀上孩子时，他喜不自胜——虽然那段恋情时间不长——因为他终于当上了父亲。1993 年 9 月，孩子出生了。他给女儿起名坎德拉，把她看得比世界上任何事情都重要。

"什么导致你杀人了呢？"我问道，担心他太过伤感而不再多说，于是把他从这个话题里拽出来。

"呃，不是钱的问题。我没有经济问题，我的工作很好，我在沃尔玛超市的防损部上班。我挺喜欢这份工作的，不过利用职务之便偷东西时被人抓到过，是一些器材，主要是相机。要是没被逮到，我本来能神不知鬼不觉地把那些东西清理掉的。我有个上锁的储藏室，每次要用开锁工具才能打开门。

"不过，当我跟我老婆玛丽埃塔分开时，我开始对她产生了怒意。她说自己在大学时被强奸了，所以才会有孩子。我问她，我们做爱时她有没有想到过那次强奸，她说想到过。那让我觉得我们做爱时，我好像在强奸她。就是在那个时候，童年的回忆重现了，我开始行动。整件事彻底改变了我的心态，我吸了更多可卡因，杀人也是从这个时候开始的。"

华莱士承认说，他第一次杀人是在 1990 年年初，地点是他的家乡，南卡罗来纳州的巴恩韦尔。那时他已经从海军退役两年。华莱士用枪强迫塔辛达·贝西亚（Tashonda Bethea）上了自己的车，后者之前就认识他。贝西亚虽然面对着枪口，但还是反抗了。华莱士把车开到一片树林里，强迫她为他口交，强奸了她，并对她说没人会找得到她。完事后，他割开她的喉咙，把她的尸体扔进一个池塘里。

"第二天早上，"华莱士讲述说，"我疑神疑鬼的，不确定她是不是真的死了。我跑回去看了池塘。水不深，但是我没有找到尸体。我拿着枪，朝池塘里开了几枪。然后我沿路看她的尸体是不是漂到下游去了。我肯定警察会找上门来，整天疑神疑鬼的，几天后，我变得心力交瘁。我不断地回到作案现场，总共去了三四次，再也没见到她。"

几星期后,贝西亚的尸体被冲到岸上。警察查问了贝西亚的很多熟人,打听她失踪的线索。华莱士就在这些被盘查的人中,他的犯罪记录让他非常醒目,但他从未被当作真正的嫌疑人。

华莱士第二次杀人是在1992年5月,据他自己说,他当时在跟莎伦·南丝(Sharon Nance)"约会"。那是他认识的一个妓女,她曾经因为贩卖毒品而被判刑。

"我对她说我想要肛交,她说:'你喜欢这种方式吗?'她的问题激怒了我。做完后,她问我要钱,我没钱,我们扭打起来,我把她打死了。我用车把她运到火车轨道附近的一片无人区,把她的尸体丢在了那儿。"

几天后,她的尸体被发现了。

一点一点地,华莱士的信心随着一次次地作案变得越来越足。他没费多大力气就成功地躲过了警方的正式问询,这令他觉得自己可以随意逃脱惩罚,没人能管得了他。

"唯一的问题是,"华莱士一边说一边紧张起来,"我跟妈妈同住。太讨厌了,我不得不单独装了电话线。我都25岁了,她还把我当作15岁的孩子。她不喜欢我带回家的一些女人。她给我的车配了备用钥匙,还骂我笨蛋。"

"你从什么时候开始失控的?"雷斯勒问。

"每个受害者都不同,"华莱士回答说,"肖娜那次,我们坐着聊了一小时,然后拥抱接吻,跟平时一样。后来我心中的怪兽出现了。姜珀那次,我一进屋就发起了攻击。砰的一下,我劲儿就上来了。我从来没想到我会对姜珀做这样的事。博康那次是个意外,她当时正好在家。杀人,碰上了就可能是任何人。"

"那愤怒、生气和敌意呢?你捅了最后一位受害者38刀。"

"那是后来才有的事。但是从强奸到杀人之间的过渡阶段没有。我强奸过非常多的妓女,还有过多位性伴侣,这些最终让我走到了杀人那一步。那时候我就发现自己更喜欢强迫的性行为。"

"让我来问你一个问题:对我来说非常重要的一点是,你认识几乎所有的受害者。只有一个例外。这是为什么?"

"我的性格就是想让她们信任我。"

"好吧。那为什么不找陌生人呢?"雷斯勒紧追不舍。

"我与人们相识时,她们的性格里总会有些东西,可以与我的过去——我的妈妈、姐姐和妻子——联系起来,"华莱士解释说,"对陌生人,我做不到。"

* * *

下午休息了一小会儿后,我决定采取另一个方式。我拿出一沓白纸和一些彩色铅笔,问华莱士是否愿意画出他杀人的情景。他点头同意了。这时他已不需要我们催促。华莱士马上投入地画起了简笔小人,图中表现出来的是他喜欢的窒息模式,然后他用同样简单的风格画出了他强奸和勒死受害者的画面。他还画了他所闯入的各种房子和看到的房间的基本轮廓。每幅图都线条清晰,有着基本的形状,画面的简化表明华莱士内心的冷漠。他只是在将脑中的回忆转移到空白的纸上时,脸上流露出了满足的专注神情。这一切都说明,对华莱士来说,暴力行为本身不是重点,真正让他兴奋的,是在脑海中一遍又一遍地上演这些犯罪,完善每一次的回忆,直到他可以清晰地回忆起所有恐怖的细节。他犯罪是为了拥有犯罪的回忆。他用这种方式去寻找和维持自己无法与他人建立的情感联结。

雷斯勒再次看了一眼华莱士的画，对其中的一张评价道："这张看起来像是你在从上往下俯视。"

"这正是我的感受，"华莱士点点头，"好像我在旁观。我盘旋在犯罪现场上空，观察着这一切，我好像并没有参与进去。有时候杀完人，我需要过好几个小时才能回到'地面'。所以我才会回犯罪现场看看。"

"如果你想，你能阻止自己吗？"我问。

"不行，"华莱士摇摇头，"一旦我碰到她们，就完了。我可以考虑停止这些行为，但我控制不了。"

"你如何理解自己所做的事？"我能感觉到我们并没有注意到他想告诉我们的信息。

"是……"华莱士吞吞吐吐起来，"我感觉在这副躯壳之下有两个人。一个很邪恶，会随机应变；另一个受人信任，是一个好人。善良的那个几乎在引诱另一个人，千方百计地隐藏那个疯狂、愤怒、狂暴、伤人的人。"

这种两人共居同一个身体的奇特解释着实吸引了我的注意。与其他的连环杀手的不同之处，在于其深刻性。第一，它解释了在复杂、充满压力的童年生活环境下，双面性会如何发展。第二，华莱士发展出的双重身份证明——无论是在自身还是社会方面——都极为缺乏完整性，这使他感到与周围的世界格格不入。我们在以前的访谈中见到过其他双面性的例子，如肯珀曾描述过自己拥有正邪两面。但华莱士的情况中有一个重要的区别：他对于自己的分裂是有充分觉察的。很多连环杀手都没有这样的自我觉察能力。

"你会考虑什么？当你夜里出门时，你有什么计划？"

"那不是我,"华莱士辩解道,"是另一个我在伺机而动。他更喜欢躲在阴影里,悄悄地跟踪她们。"

"我跟踪了凡妮莎·麦克好几个月,我幻想要狠狠地干她,她是个很漂亮的女人。我们约会过几次,但后来因为一顿不合心意的晚餐,她拒绝了我。是她让我认为我们不只是朋友的,结果她又怀了别人的孩子。

"她被杀的那天晚上,我知道她在家。我穿了一件黑色的紧身套头衫。她怀了孩子后我再也没见过她。我知道她在那里,但我也知道我已经'出局'了,她很烦我。去之前,我吸了很多可卡因。我想看看她有没有钱。我想要去拥抱她,她把我推开了。我问她要杯喝的东西,可她什么都不愿意给我。于是我又尝试了一次——要想掐住她的脖子,我不得不站在她的身后。我终于成功了,她去给我拿喝的,我走到她身后。她僵住了。我叫她配合我。我们进了卧室,我让她脱衣服,我用另一只手脱了自己的衣服。我让她给我口交,然后强奸了她。趁她在穿衣服时,我用枕套勒住了她的脖子,她晕了过去。然后我把婴儿的毯子围在她的脖子边。她的婴儿就睡在这个房间里。"

"你对婴儿下手了吗?"

"没有。我很关心那个孩子。我有一个孩子,我有妈妈和姐姐。现在想想,我当时对发生的事毫无感觉。我很庆幸当时她的大女儿不在,不然我可能会对她下手。"

"为什么?"

"我就是会这么干。跟我青少年时被猥亵,也猥亵过女人有关。我需要有人来阻止我。"

***

在访谈的最后环节,我和雷斯勒请华莱士讲述一下每件杀人案的情况。他干巴巴地按顺序讲下去,提到了他的思维过程,回忆起受害者最后说的话,他用他标志性的动作掐住受害者的脖子,让她们无力还击,然后强奸了她们。他说起她们眼中的痛苦时,语言之准确令人不寒而栗。

他解释说,他幻想过强奸他的女朋友莎迪·麦克奈特的一位朋友卡罗琳·拉芙,他想了好几个星期,最后下了手。他无法停止对她的幻想。他知道自己只有实现幻想,才能重新获得控制。于是,他闯入她的公寓,在她看电视时溜到她的身后,双手箍住她的脖子,掐得她透不过气来,然后把她拖到卧室,脱掉她的衣服,把她绑起来,趁她意识不清时强奸了她。完事后,华莱士将她勒死,把她的尸体丢到了小镇郊外的一条浅沟里。

"大约两天后,我回到那里,尸体已经腐烂,她看起来像皮革一样,像个 ET(外星人)娃娃。尸体腐烂得很严重。大约一周后我再去看,剩下的就只有骨头了。"

相较之下,华莱士对杀害肖娜·霍克的描述很让人意外。肖娜是他在塔可贝尔快餐厅工作时的同事。他俩成了朋友,有时下班后会一起出去玩。一天晚上下班后,华莱士到肖娜家坐了坐。但当肖娜拿他最近与女朋友吵架的事开玩笑时,他气昏了头[①]。他将她推到卧室,强迫她脱掉衣服,命令她给自己口交。她很害怕,一直在

---

① 开玩笑绝对会触怒华莱士。玩笑会打翻他童年的痛苦记忆,因为童年时邻居孩子总会找他的碴儿,让他没有控制感。

哭，华莱士很喜欢这样——要是女人反抗，他就会更生气。之后，华莱士叫她穿上衣服，把她带到浴室，扼住她的喉咙，紧紧地压着她，直到她晕死过去。离开前，他在浴缸中放了水，将她的尸体放进去，还从她的钱包里拿走了50美元。

奥黛莉·斯贝恩也是华莱士的同事，她也是因为与华莱士的友情而断送了性命。他们曾两次在她的公寓里一起吸大麻，后来她便遇害。华莱士还是按照老一套的模式行事：扼住她的脖子后，他将她拖进卧室，强奸了她，再勒死了她。之后，他偷了她的信用卡，给自己的车加了油，回到斯贝恩的公寓还使用了她的电话。他希望这样可以混淆视听，让警方无法确定斯贝恩的死亡时间。

华莱士杀害的很多女性与他相识时间都不长，但瓦伦西娅·姜珀不同，华莱士承认她就像自己的一个妹妹。他从来没有计划杀死她，但事情还是发生了。1993年8月10日晚上，华莱士去了两次姜珀的公寓。第一次他只是去谈心，第二次则是要杀了她。华莱士用惯用的方式掐住姜珀时，她央求他不要伤害自己，并且保证说，如果他愿意放她走，他们可以做爱。于是，他松了手。但在做爱后，他还是违背了自己的承诺，勒死了她。他知道她会说出去，到时他以前杀人的事就再也瞒不住了。杀人后，他卸掉公寓里烟雾报警器的电池，点燃了厨房里的炉子，在姜珀了无生气的尸体上浇满了朗姆酒，并点燃了火柴。离开时，他顺便偷走了珠宝，卖给了当地的当铺。

"我只跟姜珀关系很好。跟其他人只是相处了几个星期或者几个月，算是普通朋友，或者仅仅是认识。"

华莱士继续讲了一会儿类似的故事，冷静地回忆着他对女性熟人的迫害：扼住她们的喉咙，强迫她们为自己口交，然后强奸并杀死她们。虽然他的作案模式一成不变，但他的犯罪性质随着时间变得越来越恶劣。他必须冒着更大的被捕风险，使用更多的暴力，才能满足自己的需要。华莱士的阈值在不断升高。他杀人越来越没有理性，越来越铤而走险。他再也无法满足自己的幻想。他已经失控了。这一点，在他遇到倒数第二个受害者布兰迪·琼·亨德森时显得尤为明显。

华莱士是通过亨德森的男友伯尼斯·伍兹认识她的。华莱士和伍兹是朋友，他们认识好几年了。这件谋杀案发生在1994年3月9日的傍晚。华莱士知道那时候伍兹在工作，而亨德森则会留在家里照看他们10个月大的儿子T.W.。所以到了下午5点左右，华莱士按计划来到亨德森的公寓，说要给伍兹一点东西。亨德森邀请他进来，在她转身给华莱士拿饮料时，他从后面勒住她，命令她进卧室。

华莱士对她说，他要抢劫，要的是钱。亨德森给了他一个饼干桶——里面装着将近20美元的硬币，并说家里没有其他钱了。华莱士命令亨德森脱衣服，然后一把抓来她的儿子T.W.，放在她胸前。华莱士强奸她时，就这么让孩子紧紧地贴在两人的中间。最后这个细节让我非常不安，暗忖这个举动可能是在象征性地杀死华莱士内心的孩子，或是在杀死他渴求而无法拥有的、他与玛丽埃塔的孩子。

做完后，华莱士叫亨德森穿上衣服，自己去浴室拿了一条毛巾，用毛巾勒死了她，然后将她的尸体放在了T.W.的床上。T.W.哭了起来，于是华莱士给了他一个安抚奶嘴，并在冰箱里翻找T.W.可以喝的东西，但没找到。被哭声闹得心烦意乱的华莱士从浴室又拿来一条毛巾，绕在T.W.的脖子上拉紧，直到孩子停止哭闹。出门前，他偷走了音响和电视，以及之前快递送上门的食物，还有那个装硬币的饼干桶。他卖了电器，赚了175美元，用这笔钱买了强效可卡因。

* * *

即使是对我们而言，华莱士也属于非常罕见的案例。在所有已经认罪了的连环强奸犯、连环杀手中，他不符合任何一种确定的犯罪侧写类型。但也可能正是他的与众不同，令他可以长时间逃脱侦察。"他完全不在我们以前研究的范围内，"雷斯勒说，"我从来没听他好好解释过他这样做的原因。"

雷斯勒有一点说得没错，华莱士令人费解。部分原因是华莱士与受害者的关系以及受害者的情况，另一部分则是华莱士是我们遇到的第一批白人以外的连环杀手。

虽然华莱士有一些连环杀手身上常见的局外人心态，但他的观点和整体态度相当独特，不符合已确立的模式。他不是我们预料中的独狼型杀手，他自称为密友型杀手——考虑到他在杀人前与受害者的关系，这种说法着实诡异。他没费多大力气就找到了自己的位置，也不觉得这个世界不公平。某些时候，他确实会表现得有点偏执，但这也可能是因为他使用毒品。他并不认为权威和生命是矛盾的、难以预测的，或不稳定的。从一开始他就知道，这种犯罪的狂欢终有结束的一天。他相信权威，认为自己最终会落入法网。

真正的差别是华莱士对控制感的深度执迷。他被自己对控制的痴迷所控制，程度超过了我们访谈过的所有连环杀手。因此，他才会选择自己认识的人下手，由此可以对身边的世界施加更彻底的控制。其他连环杀手利用暴力和控制去修补自己在身边看到的瑕疵，而华莱士却对这种修补毫无兴趣。他感兴趣的是创造和维持一个完全的现实。他将自己看作神一样的存在，俯视着"坏亨利"——他对自己内心中的怪兽的称呼——在"下面"做出种种恶行。他精心构建的幻想世界，令他可以在自我认知与其犯下的罪行之间保持距离。

然而，华莱士对控制的痴迷远不止如此。虽然强奸行为满足了他被仰视的需要，但仍无法满足他维持这种幻象的基本需要。这种需要只能通过全然无视他人的生命才能被满足。对于华莱士来说，从强奸过渡到杀人是他对主权的终极表达。通过一次完整的犯罪，他成了创造者和毁灭者。这是一种彻底的控制，不只是在重塑世界，也是在重塑过去、现在和未来。如同一盒磁带，一遍遍被重录，直到最初的内容荡然无存。华莱士利用他的受害者录了自己的历史，将过去扼死在暴力和恐惧的声音中，最后只能听到他童年创伤的微弱回响。

第 17 章

内心的怪兽

在两年的恐怖行动中,"午夜骑士"亨利·路易斯·华莱士夺取了夏洛特市 9 位年轻黑人女性的生命。但无论警方、媒体还是大众,都没有注意到这个案子。这太奇怪了。单凭受害者的数量本应引起关注,何况这个案件性质恶劣,我禁不住思考为什么人们的反应不够强烈。夏洛特警局称他们尽力了,他们甚至曾在 1994 年向联邦调查局求援,但联邦调查局不认为这些谋杀案属于连环杀手所为。但由于每件谋杀案是分别处理的,其中的几位受害者被列为"失踪人口",甚至完全没受到关注,并且通常当地的法医并不都将勒死当作死因,因此联邦调查局的理由看似合理。但我很清楚,种族问题在这里也起到了一定的作用。

华莱士杀害的女性不是白人,她们都是黑人。同我早前在研究强奸受害者时看到的一样,这个案子再次证明耻辱是正义的劲敌。如果受害者某方面不符合某个模式,如果案子让调查人员觉得不舒服或者对他们构成威胁,那么他们会有很多办法让案子石沉大海。这就是华莱士的杀人狂欢可以持续如此之久的最大原因之一。华莱士的第四位受害者肖娜·霍克的母亲迪·桑普特说："这些受害者都不是社会经济地位突出的人。她们没有特别之处，而且她们是黑人。"

不过，在调查人员确认了6英尺4英寸高、180磅重的华莱士是犯罪者后，人们对这件事的热情高涨起来。华莱士的体形和杀人手法——慢慢勒死那些无力逃脱他魔爪的女性，符合大众眼里完美怪兽的形象。华莱士的肤色令他的故事更加扣人心弦，为连环杀手类型增添了新的口味。《夏洛特观察家报》称他为"精明的冷血杀手"。《纽约时报》引用调查小组副组长的话说，"这片社区的女性睡觉时可以有更多安全感了"。《时代》周刊则很快堂而皇之地用起怪兽的比喻，写了一篇关于案件调查情况的文章，题为《与狼人共舞》。

与此同时，这篇报道还提到，华莱士在祈祷时情绪崩溃，被捕后哭着请求原谅。文章引用了华莱士的朋友的话，说他聪明、温柔而迷人。这篇大言不惭的文章还重点描述说："女人们被他可爱的微笑、关切的态度和翩翩的外表打动，对他心悦诚服。"

媒体使用的把戏很老套。他们用了同一把刷子描画所有连环杀手，也以此粉饰华莱士。这种手法兼具恐怖性和娱乐性。华莱士被塑造成一个备受煎熬的人，他的极端暴力行为与他内心深处沉睡的人性在激烈地交战。这种简化将华莱士变得像一个漫画人物，也令他显得更有亲和力和说服力。经过如此简化，华莱士成了正义战胜邪恶的又一个廉价故事。他再无其他可说的故事了。

宣传和重复令当代美国连环杀手的神话深入人心。陪审团读不读某个案件的新报道，不重要；华莱士是不是天生与以前的连环杀手不同，也不重要。模式早已被确立，板上钉钉。

这才是我极力反对的事。

***

1996年9月，华莱士案在梅克伦堡县高级法院开庭。我很熟悉这里的陈设：法官席旁边的地板已磨损，法庭速记员席有张小桌子，陪审团席是梯级座位，12位陪审员会在那里安静地听证词，最后提交裁决。不过，我仍很紧张。我把华莱士视为这些年我对于强奸、连环杀手和犯罪心理学的研究乃至所有积淀的顶点。除此之外，密切关注此案的不仅有法律界人士，也有大众。华莱士在报道中的形象，媒体对他的罪行的描述，以及受害者的信息是否被如实还原，这些都很重要。我要利用这次机会打破连环杀手的神话，我要公开连环杀手身份核心的赤裸真相，我要让所有的信息都准确无误。

对于辩护律师来说，方案很简单。因为这是件死刑案件，并且华莱士已经坦白了所有罪行，他的供词也已经被收录进法庭记录中，所以辩护律师唯一可做的就是让陪审团相信华莱士不是一个神智完全健全的人。这样会将审理的范围缩小到量刑的问题上：死刑或是终身监禁。这件案子的重担不偏不倚地落在我和雷斯勒的肩上。我们专门研究连环犯罪者、犯罪分类、心理社会发展和精神疾病方面的问题，因此作为相关领域的专家，我们有责任影响陪审团对相关情节加重还是减轻判罚的理解[1]。华莱士案中的加重情节很恶劣，包括强奸时杀人，当着儿童的面杀人，以及多次犯案。但也

---

[1] 加重情节可以为犯罪行为提供语境，以便犯罪者罪行的严重性可以通过与类似犯罪者的类似罪行比较而得到衡量。减轻情节则为特殊犯罪者的生活经历提供语境。减轻情节往往是生理、心理或智力缺陷，用于展现被告为何无法完全为自己的发展和行为负责。

有很多陪审团需要考虑的减轻情节。我和雷斯勒可以列举行为学上的先例，为理解华莱士杀人时的心理提供不一样的角度。我们能够用自己在这个领域多年来的耕耘，来解释连环杀手行为中的道理。

当然，这不是个轻松的任务。陪审团对华莱士的固有偏见几乎不可扭转。毕竟，他是个认了罪的连环杀手。控方律师站在陪审团席前，声情并茂地再三要求他们"看看受害者的家人，换位思考"。不过，我和雷斯勒无法入戏。我们了解华莱士。我们采访过他，采访过他的母亲、姐姐，甚至在监狱里当护士的未婚妻。虽然我们也能打感情牌，但我们不会这样做。我们会坚持事实。就事论事更难，但这一向是我们的作风。在行为科学调查组的经历教会我们，要相信自己的工作方法是有效的，而不要去理会外部的压力和质疑。此时的动摇是毫无意义的。我们所能做的，就是利用我们的所学，为华莱士在犯罪时的思想状态提供行为学和心理学上的科学证明，以及解释他的童年经历。我们会中立地讲述事实。之后则交给陪审团来裁决。

雷斯勒先上去证明了华莱士有心理不稳定的表现："华莱士似乎总是进一步退两步。他会拿一些东西放到炉子里烧掉，却忘记点燃炉子。"

雷斯勒继续解释说，华莱士的犯罪表现出有序型和无序型两种特征。他直接举例证明，华莱士的行为与脑力下降或精神疾病相关。他特别点出了华莱士对自己杀死本案的第二位受害者莎伦·南丝的解释，并引用了访谈时华莱士的原话。

"他的理由是，她问了一个问题，这'激怒了他'。于是，性行为结束后，她问他要钱时，他将她打死了，"雷斯勒停顿了一会儿，补充说，"他完全不在我们过往的研究范围内。我从来没听他好好解释他这样做的原因……如果他决定当一个连环杀手,那他的路子肯定是走错了。"

结论很简单:这些无计划杀人案只能归结于精神或情绪障碍的影响。华莱士的精神尤其不正常。当这些失常影响到他时,它们就会控制他。

接下来轮到我陈述证词。我坐到证人席,定了定神,在控方直接询问时,如实讲述了我对华莱士的身份和他的心理机制的理解。

"被告表现出了足够多的精神疾病因素,我可以肯定地说,他无法形成特定意图或者按预谋行事。他创造复杂的幻想并演绎出来,他无法区分自己脑中的世界和周围的现实世界。这一点在被告选择杀害熟人的模式上体现得很明显。我的专业看法是,华莱士患有精神疾病,无法形成特定意图。"

我循着自己的思路继续解释,先陈述了一个事实:华莱士在很多方面都不具有成为连环杀手的可能。他上学时受人喜欢,风度翩翩,在海军时也很成功。但就像所有犯罪行为都可以受到大众文化影响那样,连环杀手的本质也总是在变化的,验证着我们对于未来会发生什么或不会发生什么的预测。暴力是特定人格的自然流露。暴力会随环境而变,会以极个人的方式彰显出来。

对于华莱士来说,一切都是来自他对于拥有真正的情感生活的追求。这种渴望如同催化剂。问题始于他的家庭,尤其是他的母亲和妻子,她们既侵犯了他的情感,又是他唯一真实的情感羁绊。通过选择与自己有情感联结的受害者,华莱士试图修复过去情感联系中的失败环节。这种对情感联结的困惑,进一步因华莱士的双重特质而难以掌握。但不论他的内心有多混乱,他在使用暴力手段时却始终冷静沉稳。他用恨、性和谋杀,实现了自己关于权力和控制的理想。

华莱士的行事方法也十分罕见。他主要是个有序型杀手。但他只跟踪自己认识的人，利用与受害者的交情，使用药物强化自己的体面、松弛自己的拘束感。其他犯罪者很少有华莱士这种程度的社交能力。他自我感觉无法与他人联结，这不重要。重要的是他有能力让别人觉得自己与他产生了联结。这是华莱士的重要武器，这件武器让他在杀害多人后仍可以逍遥法外。

我还特别强调了华莱士在幼年和青春期的幻想的重要性。由于他母亲长期虐待他，他父亲抛弃了他，他对周围的世界感到极度疏离。于是，他沉迷于创造和控制一个自己的世界，无法与他人建立有意义的关系。这既构建了他的幻想，也是他选择熟人作案的理由。但在表达幻想时，他是反直觉和特别残忍的。华莱士无法向陌生人表露自己的憎恨、进攻性、抱负心和恐惧，只能通过背叛自己认识的人来发泄情绪。这源于华莱士以自己混乱的童年的巨大空虚构建了幻想世界，并在其中生活了多年。他是在寻找肯定。他用仪式性的手法杀死对自己表现出友爱的人，并从中得到解脱。华莱士用这种方式看到了完整的自己。只有这样他才能获得联结感。

在证词的最后，我重申了华莱士无力区分现实与幻想。我解释说，他有双重人格，他不能区分或保持对两种人格的控制。我提到这一点和其他内容，是为了证明他的精神状态不稳定。"我认为，不管华莱士的罪行多么恐怖，他无法为自己的行为完全负责。他的犯罪是不可避免的。犯罪是他的意图，他的心理，是他与生俱来的特质和环境影响的综合产物，它们将他变成了一个杀手。但这些都不代表他内心住着一个怪兽，华莱士本人也是这么认为的。这意味着他是一个复杂而有深度缺陷的人，他无法在社会中正常表现而不对社会造成威胁。"

***

1997年1月7日，4个月的审理结束了，整个审理过程涉及了100多位证人和400件证物。12位陪审员最终认定被告有罪，9项罪名全为一级谋杀。上诉报告写道："每项罪行都出于恶意，是经过预谋和深思熟虑的。"3个星期后，1月29日，陪审团给出了最终判决——华莱士应该为自己的罪行付出生命的代价。主审法官罗伯特·约翰斯顿宣布判处华莱士9项死刑，其中包括对其犯下的强奸罪和多项其他指控的判罚。

虽然我不认同，但我理解这样的裁决。我也很受鼓舞，陪审团考量了40项减轻情节，并发现其中一半以上与判刑有关。毕竟，这是我们为华莱士做证的意图——证明连环杀手比人们熟悉的暴力怪兽要复杂得多。我们请求陪审团考虑了心理因素、成长经历和个人发展的所有层面的现实，以及在这个过程中个人走向歧途的可能性。至少，我们的声音被听到了。

宣判结束后，华莱士得到发言机会。他利用这个机会向受害者的家人做了陈述，表现出一定的同情和理解，这出乎我的意料。"这些女性，你们的女儿、母亲、姐妹或其他家庭成员，完全不应遭受这样的命运，"他说，"她们没有对我做出任何会招致杀身之祸的事。"

***

过去，我很少有时间缓口气，更别说有时间思考某件案子了。我需要准备接二连三的庭审，要教授大学课程，还要完成行为科学调查组无休无止的任务。即便如此，我还是会时不时想起华莱士。他的案子对我而言是个转折点。从那以后，我不断被高调的听证会请去提供专家证词，包括梅内德斯兄弟杀人案、比尔·科斯比案和杜克大学长曲棍球案。不过，我还是抽时间查看了华莱士的申诉，阅读了那些试图解释其罪行的少量文章。

但让我感兴趣的不仅仅是华莱士。以前作为辩护团队成员访谈他时，我也了解了华莱士生命中的女性。她们各有各的不幸。通过对她们的访谈，我们建立了联结。华莱士的母亲洛迪·梅，他的姐姐伊冯娜，还有他那在监狱当护士的未婚妻贝琪，都对我讲述了她们各自对华莱士的了解。这些都是宝贵的信息。而我则在听了她们的讲述后，结合以前我给强奸受害者提供专业咨询时学到的经验，也为她们提供了一些有价值的东西。

洛迪·梅告诉我，她自己的母亲年轻时就去世了，之后她父亲抛弃了家庭。当我问起华莱士父亲的情况时，她说自己受到了一位老师的蒙骗。那位老师有妻子，却在午休时间跟她在学校的礼堂里做爱。为此，她怀孕了两次。第一次怀孕被当成一次意外，但当洛迪再度怀孕时，那位老师很生气，说他能理解一次错误，但不能接受第二次。他离开了洛迪，辞了职，回归了自己的家庭。之后不久，洛迪也辍了学。这件事对她造成了很大的创伤，回首往事，她觉得自己可能把这种愤怒发泄在了华莱士的身上。

华莱士的姐姐伊冯娜对我说，她和弟弟的关系非常亲密。她总是试图保护他，但他们的童年过得并不轻松，而华莱士尤其不容易。他是个男孩，成长过程中却缺少了父亲的陪伴。由于他的个头大，说话却轻声细语，因此经常会被同龄人欺负。伊冯娜认为，由于华莱士比其他男孩高大，有些邻居家的女孩会以轻佻的方式戏弄华莱士。她觉得这也许很重要。

  蕾贝卡·托里哈斯是一位体形娇小的金发女孩，是监狱里的一名护士。她是在华莱士在县监狱里等待审判时，遇到并爱上华莱士的。由于这段恋情，她辞掉了工作。她告诉我说："我知道自己越了界。"虽然她清楚地知道华莱士的过去，但她觉得他受到了误解。在华莱士受审期间，她始终支持着他，每天出庭，给他带去干净的换洗衣服。最后，她嫁给了华莱士，举行了一个15分钟的简短仪式，华莱士的公设辩护律师[①]伊莎贝尔·戴伊给他们当了官方见证人和摄影师，而地点则选在了行刑室的旁边。华莱士将在那里被处以死刑。"你不了解亨利柔软的那一面。"她在电话那头对我说。

  当然，她说得没错。虽然我偶尔会收到华莱士的来信，他在信中会讲述案子的最新情况，但我肯定不了解他柔软的那一面。我所了解的是他的复杂面。他脑中巨大的紧张感，在现实世界中碎裂成一片混乱的暴力行为。这部分让我一直思考着华莱士的问题。我越思考他是谁，就越意识到连环杀手现象中有一些新东西。在华莱士之前，我一直在用抽离的态度看待这个现象，仿佛连环杀手代表了一种疾病，而我可以追踪、分析并学习如何预测。但华莱士对自己内心的怪兽的描述帮助我打开了认知，他真的认为自己是两个不同的个体，甚至将自己过去的行为分为是"好亨利"做的，或者"坏亨利"做的，从不觉得这些是两者的共同行为。这样分裂的自我理解概括反映了他破碎的人生经历。与大多数连环杀手一样，华莱士施加于他人的痛苦，本质上属于一种自我保护，是对自身遭受

[①] 指的是在美国领取政府工资，在刑事案件中为被控犯罪人提供法律援助的律师。——编者注

的痛苦的正常回应。或者,至少开始是这样。但是一旦按下了这个"开关",一切将一发不可收拾。暴力是不会回头的。

是什么驱使了一个人杀害另一个人?是什么让那些个体与其他所有人都不一样?我在整个职业生涯中都在为寻找答案而努力。但答案并不简单。

强奸、折磨或者杀死一个人,相当于击碎了对人类境遇最基本的期待。这些行为破坏了维系人类延续的社会契约。这些行为丧尽天良,冷漠无情。但是,在这些存在于人类边缘的连环杀手中,这些全然漠视人命的行为是一种制造意义的方式,一种让他们获得平衡的方式。对杀手来说,暴力表达着神圣的意义。

犯罪心理最让人着迷的地方在于,它与我们普通人的心理如此相通,相通得令人不安,同时这些心理又是那么陌生。但是,"找到答案"、破解谜团的执念往往会掩盖令这份工作如此重要的根本原因。

我研究连环杀手几十年,不是为了猫鼠游戏,也不是因为我觉得连环杀手很有趣。我做研究不是因为我同情他们的困境,也不是因为我想要改造他们。

对我来说,研究连环杀手从来都是为了受害者。

受害者是我坚持下去的原因。他们是我一次又一次凝视黑暗的原因。他们为连环杀手的自我发现付出了惨痛的代价,他们是无助的。他们本是与我们一样的鲜活生命,拥有无限的可能,却因偶然和巧合而成了一条新闻、一则数据。虽然很多受害者的姓名早已湮灭在历史中,或者沦为了连环杀手及其罪行的脚注,但我永远不会忘记他们。

受害者才是最重要的。这个故事既是关于我的,也是关于他们的。

致　谢

我们将此书献给：

琳达·莱特尔·霍姆斯特龙（1939—2021）

　　琳达·莱特尔·霍姆斯特龙是一位卓有远见的学者，也是跨学科合作的创始人。我和琳达相识于波士顿学院，当时我们都刚当上教授，一起教一门医疗保健课程。这么多年过去了，我依然记得在新英格兰，那个阳光灿烂的午后，琳达对我说起想做一个新的研究课题，这个课题将会影响女性的生活以及两性关系。

　　在阅读了女性主义的文献，以及20世纪60年代末显现觉醒意识的女性团体的报告后，琳达对性侵的话题产生了兴趣。但她注意到，很少有人会选择攻击行为作为研究课题。这引起了我的关注。它令我思考，如果我们用学术方法研究这个课题能学到什么。通过跟踪强奸受害者所要经历的程序——他们与警方、医院和法院系统等的互动，我们会获得什么样的认知呢？

　　我建议在研究中加上咨询环节。琳达问我："一位社会学家和一位精神科护士可以合作吗？"我们决定亲自寻找答案。正是这种在合作中探寻新形式的意愿促成了我们对性受害的新理解。

琳达在研究中表现得训练有素。没有事情能逃过她锐利的眼睛，一切都被记录了下来。她不会放过任何一个细节或数据点。她对强奸行为的研究为后世的女性和学者留下了经久不衰的财富。

罗伯特·罗伊·黑兹尔伍德（1938—2016）

很少有人能在调查实践和研究两方面都产生重要影响，也更少有人能像罗伊·黑兹尔伍德一样留下不可磨灭的成绩。黑兹尔伍德的功绩影响了执法部门、调查科学以及侧写。他精力旺盛、有同情心，全心全意扑在事业上。他毫不动摇地追求正义。但或许他最大的贡献是他树立了榜样，促进了高校教师、法医科学家和医院从业者之间的合作互动和知识交流，在不同的研究领域之间架起了桥梁。

罗伯特·肯尼思·雷斯勒（1937—2013）

鲍勃是联邦调查局行为科学调查组的传奇。在理解暴力罪犯时，他"打击怪兽"的眼界和勇气令人惊叹。他想出了"连环杀手"一词，并且不知疲倦地拓展调查科学的边界。更重要的是，鲍勃理解受害者所受的创伤，他总是组织人员围绕着对受害者的认识展开调查。他心地宽厚，古道热肠，总会抽时间陪伴家人、同事和朋友。对于其他探员，他是能力极强的领导；对于学生，他是诲人不倦的老师。他是读者心中的英雄。他的贡献超越了国界，影响到了世界上的其他国家。

＊＊＊

我们也要向一直以来对本书的写作提供过帮助的很多人表示感谢。

我们要感谢探员爱丽丝·马特尔（Alice Martell），从第一天起，她就坚定地相信和支持我们的工作。我们要感谢编辑卡丽·纳波利塔诺（Carrie Napolitano），她的热情和投入给我们带来了无法想象的鼓励。感谢帮助本书写作的阿歇特出版公司的工作人员：米歇尔·埃尔利（Michelle Aielli）、迈克尔·克拉克（Michael Clark）、克里斯蒂娜·帕拉娅（Christina Palaia）、阿什莉·吉德罗斯基（Ashley Kiedrowski）、劳伦·罗森塔尔（Lauren Rosenthal）、林赛·里基茨（Lindsay Ricketts）、杰夫·斯蒂费尔（Jeff Stiefel）、阿曼达·凯恩（Amanda Kain）、玛丽·安·纳普勒斯（Mary Ann Naples）、迈克尔·巴斯（Michael Barrs）、莫妮卡·奥鲁威克（Monica Oluwek）、朱莉·福特（Julie Ford）和整个销售团队。

我们要衷心感谢约翰·道格拉斯，他是鲍勃·雷斯勒在连环杀手研究中最初的搭档，还要感谢肯尼思·拉宁。他们都是匡蒂科的明星，激励着我们前进。

我们非常感谢联邦调查局的上层领导，他们相信我们的研究并支持着我们：局长威廉·韦伯斯特，局长助理詹姆斯·麦肯兹、拉里·门罗和肯·约瑟夫博士，还有小组组长艾伦·E.伯吉斯（Alan E.Burgess）、约翰·亨利·坎贝尔（John Hnery Campbell）以及罗杰·迪皮尤。特别感谢联邦调查局行为科学调查组中支持我们的研究并与我们有论文合作的同行：迪克·奥尔特、阿尔·布兰特利（Al Brantley）、格雷格·库珀、比尔·海格米尔、乔·哈珀尔德（Joe Harpold）、吉姆·霍恩（Jim Horn）、戴夫·埃克夫、辛迪·伦特（Cindy Lent）、贾德·雷、吉姆·里斯、罗恩·沃克、阿特·韦斯特维尔（Art Westveer）和吉姆·赖特。

我们还要感谢支持我们工作的其他司法部门的同事：芝加哥联邦调查局的康迪斯·迪隆，美国司法部的鲍勃·海克（Bob Heck），国家失踪和受剥削儿童中心的约翰·拉邦（John Rabun）。此外，还包括来自犯罪人格咨询委员会的：医学博士小詹姆斯·L.卡瓦诺（James L. Cavanaugh Jr.），医学博士赫曼·切尔诺夫（Herman Chernoff），哲学博士查尔斯·R.菲格利（Charles R. Figley），医学博士托马斯·戈德曼（Thomas Goldman），法律博士威廉·黑曼（William Heiman），哲学博士马文·J.霍姆兹（Marvin J. Homzie），法律博士及注册护士乔伊丝·肯普·拉伯（Joyce Kemp Laber），护理学博士及注册护士瓦勒里·G.莱思罗普（Vallory G. Lathrop），医学博士理查德·拉特纳（Richard Ratner），医学博士肯尼思·里克勒（Kenneth Rickler），医学博士乔治·M.赛格（George M. Saiger）。

还要特别感谢的是波士顿城市医院团队，他们为这项研究花了很长时间辨认手写文件、录入和分析数据以及撰写报告：程序员阿尔·贝朗格（Al Belanger），调查设计及数据管理员艾伦·G.伯吉斯（Allen G. Burgess），行政助理霍莉-让·查普里克，我们的文件和书籍编辑玛丽安·L.克拉克，波士顿大学统计员拉尔夫·B.达格斯蒂诺（Ralph B. D'Agostino），研究助理蕾妮·古尔德（Renee Gould），护理学博士及心理动力学数据解析员卡罗尔·R.哈特曼（Carol R. Hartman），行政人员黛博拉·勒纳（Deborah Lerner），哲学博士及数据解析员阿琳·麦科马克（Arlene McCormack），誊写员卡罗琳·蒙泰恩（Caroline Montane）和凯伦·沃尔费尔（Karen Woelfel）。

一些优秀的同事分别指导了我们并相信这项犯罪调查的未来主义观点：A. 尼古拉斯·格罗斯（A. Nicholas Groth）、卡罗尔·哈特曼、苏珊·J. 凯利（Susan J. Kelley）、安娜·拉斯洛、莫琳·P. 麦考斯兰（Maureen P. McCausland）、阿琳·麦科马克、罗伯特·普伦特基（Robert Prentky）和温迪·沃尔伯特·韦兰（Wendy Wolbert Weiland）。

我们不能忘记感谢的还有波士顿学院的同事和领导，他们始终支持着我们的工作：康奈尔护理学院的院长苏珊·詹纳罗（Susan Gennaro），院长威廉·P. 莱希（William P. Leahy），教务长戴维·奎格利（David Quigley），克里斯托弗·格里罗（Christopher Grillo），特雷西·比南（Tracy Bienen），玛丽·凯瑟琳·哈特（Mary Katherine Hart）。

感谢宾夕法尼亚大学和威廉之家的同事：克莱尔·法根院长、埃伦·贝尔（Ellen Baer）、杰奎琳·福塞特（Jacqueline Fawcett）、内维尔·施特伦普夫（Neville Strumpf）和研究助理克里斯蒂娜·格兰特（Christine Grant）。

最后，但同样重要的是，我们想要对我们的家人表示真诚的理解和感谢——艾伦（Allen）、伊丽莎白（Elizabeth）、本顿（Benton）、克雷顿（Clayton）和萨拉·伯吉斯（Sarah Burgess），以及莫妮卡（Monica）和米洛·康斯坦丁（Milo Constantine）——他们在吃饭时，用极大的宽容和风度忍受了我们无数次谈论本书中那些不适合吃饭时谈论的内容。感谢陪伴。